異世界の貧乏農家に転生したので、レンガを作って城を建てることにしました

3

カンチェラーラ
Illustration Riv

I was reincarnated as a poor farmer in a different world,
so I decided to make bricks to build a castle.

TOブックス

ウルク領
バルカニア
ウルク領都
北の街ビルマ
川北城
アインラッドの丘
フォンターナの街

アーバレスト領
フォンターナ領

CONTENTS

イラスト　Ｒｉｖ
デザイン　西山愛香（草野剛デザイン事務所）

フォンターナ領

バルカ騎士領

Name:

マリー

アルス達の母親。優しいが子育てでは厳しい一面も。

Data

Name:

バイト

英雄に憧れる、アルスの兄〈次男〉。魔力による身体強化が得意。

Data

Name:

アルス

主人公。貧乏農家の三男。現在はバルカ騎士領の領主。日本人としての前世の記憶と、自力で編み出した魔法を駆使して街作り中。

Data

Name:

アッシラ

アルス達の父親。真面目で賢い。

Data

Name:

カイル

アルスの弟〈四男〉。聡明で書類仕事が得意。

Data

Name:

ヘクター

アルスの兄〈長男〉。バルカ村の村長の娘と結婚。

Data

Name:

バルガス

リンダ村の英雄。強靭な肉体と人望を持つ。

Data

Name:

リオン

リリーナの弟。元騎士・グラハム家の長男。

Data

Name:

リリーナ

カルロスと異母姉弟。元騎士・グラハム家の長女。アルスの妻。

Data

フォンターナ家

Name:
カルロス

フォンターナ家の若き当主。野心家。アルスに目を付ける。

Data

Name:
パウロ

フォンターナ領の司教。アルスの良き理解者。抜け目のない一面もある。

Data

Name:
グラン

究極の「ものづくり」を夢見る旅人。アルスに出会いバルカ村に腰を据える。

Data

Name:
レイモンド

フォンターナ家の家宰。バルカの動乱でアルスに討ち取られた。

Data

Name:
トリオン

行商人。アルスの取引相手。名付けに参加しバルカの一員となる。

Data

Name:
マドック

木こり。世話焼き。年長で落ち着きがある。

Data

アーバレスト領

フォンターナ領の西に位置する。

Data

ウルク領

フォンターナ領の東に位置する。アインラッドの丘争奪戦で騎竜部隊がアルスに敗北。

Data

Name:
クラリス

リリーナの側仕え。高い教養を持つ。

Data

プロローグ

「とりあえず、やれることをやっていくしかないか」

カルロスによって招集されたフォンターナ軍は、見事にアインラッドの丘をウルク家から奪い取った。

最初にウルク家が誇る騎竜隊をバルカ軍というか俺とヴァルキリーが倒したのも大きかったが、その後の丘争奪戦ではフォンターナ家の呼びかけに集まったすべての騎士が獅子奮迅の働きをしたのも大きかっただろう。

おかげで、俺が率いるバルカ軍はさほどの被害もなく、無事に戦いが終わり、これで戦は終了かと思っていた。

なのに、そうはならなかった。

カルロスはなんとアインラッドの丘を攻略してすぐに、別働隊が向かっていた北の街ビルマに向かうというのだ。

しかも、奪い取ったばかりのこの地はバルカ軍にまかせて、ほぼ全軍で向かうという。

あまりにも素早い決断とその実行力によって、丘争奪戦の疲れをわずかばかり癒やして、補給を終えるとすぐにフォンターナ軍はビルマに向かって出発してしまった。

カルロスたちフォンターナ軍がいなくなり、風がピューピュー吹いているアインラッドの丘に残された俺は思わずつぶやく。

カルロスの奴は何を考えているんだろうか。

こんなところに少数を残して再出撃するなど意味不明なんだが。

だが、愚痴ばかりを言ってもいられない。

アインラッドの丘の守備を言い渡され、それを引き受けた以上やり遂げなければならないのだ。

ほっぽって帰ってしまえば俺に未来はない。

「最初は崩れたところを修理するとしてだ、問題はどのくらいの期間を守備しとけばいいんだ？」

「おそらくそう長い期間というわけではないと思います。ですが、カルロス様が援軍に向かった北の街の攻略も包囲しての攻城戦となっていると聞いています。短い期間というわけにはいかないかと」

「リオン、とりあえずで構わないから予測できる守備期間を計算しておいてくれ。おっさんは、その期間以上ここに立てこもることになっても大丈夫な量の食料を確保して、運ばせるように。他に早めにしておくことってあるかな？」

「大将、募兵するんじゃないのか？　今の人数でここの守備は無理だぞ」

「そうだった。バルガスは兵を集めてきてほしい。希望者には、あとで働き口を斡旋《あっせん》すると言っても構わない。とにかく人数を集めてくれ」

「了解したぜ、大将」

「集めた兵はバルガスがまとめておいてくれ。特に決まりと命令はしっかりと守らせるように。この近くの村は何年もウルク家が治めてたって話だし、変なことをするやつがいたら処罰を与えてもいい。頼んだぞ」

「アルス、俺は何をすればいいんだ？」

「バイト兄は俺と一緒に防衛線を構築してくれ」

「防衛線？　なんだそりゃ？」

「このアインラッドの丘を守るために、ここの守りを固める。だけど、それだけだときついかもしれない。一応外に打って出ることも考えておきたい。そのための防衛線を作るんだよ」

「……具体的には何をするんだ？」

「バイト兄はアインラッドの丘争奪戦の間、騎兵を率いて敵の増援部隊を迎撃していただろ。敵の進軍経路もある程度わかってきたと思う。だから、予測できる進軍経路を見張るための監視塔を造ろうと思う。敵を発見したら狼煙《のろし》と伝令を使って、籠城《ろうじょう》する前に迎撃できる準備をしておきたいのさ」

「なるほど、監視塔か。それなら気になる場所もあるし、案内してやるよ、アルス」

「よし、それじゃ各自準備を進めてくれ。なんとしても守り切るぞ」

「「「「おう」」」」

　こうして、俺たちのアインラッドの丘防衛が始まったのだった。

第一章　アインラッド砦

【壁建築】によって造られたいくつもの壁によって周囲を囲まれたアインラッドの丘。

少し前までこの丘の持ち主だったウルク家に勝利し、今は俺が管理しているその地には周囲の農村などから段々と人が集まってきた。

そいつらはもちろん俺たちの味方となる存在だ。

バルカ軍の呼びかけた募兵に応じて集まってきた者たちだった。

「結構、集まったみたいだな、バルガス」

「おう、大将。かなりの人数だろ。農家の次男坊や三男坊ばっかりだがな。大将の人気が高いから自分たちから志願してきたぜ」

「俺の人気？　そんなもんがあるのか、全然自覚ないんだが……」

「なんといっても、自分たちと同じ農民から領地持ちの騎士にまでなった奴だしな、大将は。それについこの間の戦でも圧勝したから名前が広まったんだよ。もしかしたら、自分も魔法を授けられて騎士になれるかもと気合が入っていたな」

「そうか。だけど、防衛戦は一致団結してることが重要だろ。あんまり手柄を焦って勝手な行動するなって言っておかなきゃな」

「そのことだがな、大将。どうやって防衛するつもりなんだ？　普通は城壁の上から弓を使って防衛するんだろ？　でも、弓の練習なんかまともにできてないぞ。今からやるのか？」

「問題はそれなんだよな。弓はまともに使えるようになるまでに時間がかかるから難しいんだよな」

「何か考えがあるんじゃないのか？」

「一応考えてはいるよ。やっぱりレンガを武器にしようと思っているかな」

「レンガを？　城壁の上から落とすのか？　悪くはないと思うが、壁を登ってきている奴にしか効果ないんじゃないか？」

「さすがにそれだけじゃ無理だってのはわかっているさ。投石機を使うんだよ」

バルカ軍を騎兵団にするというコンセプトに決めた俺だが、防衛や籠城について一切考えなかったわけではない。

いずれそういうときが来る可能性というのも頭に入れていたのだ。

そこでどうやって防衛するのかという問題がある。

そのときに考えたのはやはり兵器となるものの存在だった。

この世界には魔法が存在しており、戦場では魔法の有無が戦局に関わってくる。

であれば、勝負の決め手となる強力な魔法があればいいのかとも思った。

だが、以前リリーナと話したときの王家の話を思い出したのだ。

王家は強力な大魔法を使ったという。

確かにそれは非常に強く、この地を平定する原動力になったのだと思う。

だが、下手に殺傷力の高い魔法を作るとバルカ姓を持つ者全員が無差別にその魔法を使えるようになってしまう。

かといって、俺だけにしか使えない魔法では使い勝手が悪い。

その場合、俺が毎回その場にいなければいけないということになるからだ。

あまりむやみに攻撃魔法を増やしたくないという思いと、俺がいなくても使える攻撃手段を確保したいという思い。

その両方を満たすものとして俺は投石機を作ることにしたのだ。

大きなスプーンのような形状をした棒の先にレンガを入れて、テコの原理を利用して遠方へとレンガを飛ばす。

まともにそのレンガがぶつかれば、たとえ防御力を増したバルガスであっても無事ではいられないだろう。

十分兵器として使えるし、壁の向こうに殺到する敵軍に対しても使用可能だ。

「……でも大将、そんなもんがどこにあるんだ？　バルカニアから持ってきたってことはないだろ？　ここで作るってんならすぐに材料とかを用意しないといけないんじゃないか？」

「ふふふ、慌てるなよ、バルガス。投石機は俺が作る。材料は土があれば作れるからな」

そう言って、俺は地面に手をついて土に魔力を流し込んだ。

投石機はすでに一度バルカニアにいるときにグランと試作していたのだ。

そのときに、投石機の構造を【記憶保存】で覚えている。

であれば、簡単だ。

俺は記憶している通りの構造の投石機を硬化レンガで作り上げたのだった。

車輪が四つ付いていて場所の移動も可能な投石機。

レンガを飛ばすために、スプーン側とは反対側が重くなるようにする。

あとはスプーン側と紐をつなげて、この紐を投石機の土台にある、ハンドル部分につなぐようにする。

ハンドルをグルグル回すと紐につながった側が下に下がってくるが、それを解き放てば跳ね上がるようにして持ち上げられ、レンガが飛ばされる。

石の代わりとなるレンガはバルカ姓を持つ者ならば誰でも作り出せる。

よって、弾となるレンガがなくなる心配はない。

こうしてアインラッド の丘は、その日のうちに多数の投石機が設置された砦に早変わりしたのだった。

◇◇◇

「アルス、父さんは夢でも見ているようだ」

「どうしたんだよ、父さん。まだ夢を見る時間じゃないだろ。真っ昼間だよ?」

「いや、自分の見ているものが信じられなくてな。なんで、ちょっとバルカまで往復してきただけで、ここまでおかしなことになっているんだ?」

「おかしなこと?」

「いや、何がおかしいの？　みたいな顔をしてるんじゃないよ、アルス。おかしいだろ。ちょっと見ないうちにアインラッドの丘の地形が変わってるじゃないか」

バルガスとは別に、父さんはバルカニアに戻って新たに募兵して人を連れてきてくれた。

そうして、帰ってきた父さんの第一声がこれだった。

まあ、驚くのも無理はないだろう。

何せ、本当に地形が変わっているのだから。

アインラッドの丘というのはその付近よりも少しだけ地面が盛り上がり、小山といえるかどうかといった高台になっている。

フォンターナ領やウルク領から南に行こうとするとこの付近を通ることが多いそうで、長年この地の支配を両家で争ってきた。

そうして、ついこの間までは、ウルク家によってこのアインラッドの丘は所有され要塞化されていたのだ。

小山ほどの標高となるアインラッドの丘。

その丘をフォンターナ軍はウルク軍から奪い取り、そしてカルロスは奪った丘を俺に預けて出かけていってしまった。

俺にこの丘を任せ、守備しておけと命じてだ。

だから俺はここの防御を固めたのだ。

アインラッドの丘争奪戦で丘の上の砦からウルクの兵を逃がさず、逆に外からの攻撃を防いだ

「壁」を、更に増やすという手段でだ。要塞化された丘の周りを囲むようにして造った急造の壁を完全に一周回るようにしてつなげてしまったのだ。

だが、それだけでは不十分かと思って更に丘に手を加えた。

といっても、やったことといえばいつもと変わらない。

壁の外側に堀を造ったに過ぎない。

だが、丘の外周とはいえ少し標高があるところに壁があったため、壁の外に堀を掘ってその面を【壁建築】で補強すると見た目が変わってしまった。

平地であれば壁の外側の地面を掘って穴を空けると空堀となる。

だが、他の地面よりも盛り上がった丘を掘ったことで、あたかも壁の外には地面がなかったかのようになってしまったのだ。

つまりアインラッドの丘の見た目はそれまでの丘ではなく、高さ三十メートル近くあるレンガの壁で囲まれたひとつの大きな砦そのものへと変貌していたのだ。

遠目からだとカップケーキみたいな形の砦と表現できるかもしれない。

「ちょっと丘の土を掘りすぎたかもね」

「全然ちょっとじゃないだろ。大丈夫なんだろうな？　崩れたりしたら冗談では済まないぞ」

「多分大丈夫だよ。一応側面は【壁建築】を二回やって補強しているから」

「そうか……。しかし、本当にやることが無茶苦茶だな、アルスは」

「仕方ないよ。こうでもしないとバルカ軍でここを守り切るのは無理だし。文句があるなら父さんがカルロス様に言ってやってよ。無茶ぶりはやめてくれってさ」

「言えるわけないだろう。もういいよ。中に入れてくれ」

「ああ、それなら一緒に行こうか。入り口はこっちだ。ついてきて」

顔から表情が抜け落ちたような父さんが諦めたように言う。

それを受けて俺は父さんと一緒にアインラッドの丘、あらため、アインラッド砦に入っていったのだった。

◇◇◇

「ここは壁で囲んでいるが、入り口は一箇所だけなのか？」

「いや、反対側にもう一箇所入り口があるよ」

「そうか。しかし、入り口は吊り下げ橋みたいになっているんだな。夜は引き上げるようにするのか？」

「そうだね。いざというときには完全に閉め切って籠城できるようにしているよ。硬化レンガで造ったから防御力も抜群だ」

「……これを見たらもうウルク家も攻めてこないんじゃないかな」

「そう願いたいね」

父さんと新兵たちを引き連れてアインラッド砦の入り口を前にする。

十メートルの壁の外側の地面を二十メートルほど掘ってしまったので、砦の内部に入るには二十メートルを登る必要がある。

そのため、その差を埋めるように入り口を造ったのだ。

毎朝毎晩、人力で上げたり下ろしたりする大型の硬化レンガの板が、敵の侵入を防ぐための防壁となり、人を中に招き入れるスロープにもなる造りだ。

かなり重くて使いづらさが半端ではない。

だが、ここは普段住む土地ではなく、要害の地を守る砦なのだ。

これくらいは利便性よりも防御力を優先してもいいのではないだろうか、と思って造ってしまった。

ぶっちゃけ、地面を掘りすぎてしまったことへの対処法だったりする。

アインラッド砦の外壁は硬化レンガではなく普通のレンガだ。

ここはいつもの通り、【壁建築】で造り上げた壁の上を迎撃可能なように手を加えている。

だが、バルカニアとは少し違う点もある。

壁の内側は更に上り坂になっているのだが、その坂の途中に物騒な兵器がいくつも置いてあるのだ。

俺が【記憶保存】しておいて再現した投石機だ。

投石機には、新たにバルカ軍へと志願してきた兵たちがついている。

今も【レンガ生成】で作り置きしてあるレンガが投石機のそばに山積みとなっており、それを新兵が壁の外へと打ち出していた。

やはり、いきなり実戦で使うわけにはいかない。

最低限、どの程度の飛距離があり、方向を狙い定めるにはどうすればいいかを確認して訓練しておかなければならないからだ。

あまり人がいない方向に向かって、ポンポンとレンガが飛んでいく光景がいたるところで見られた。

「はい、到着。新兵たちはここで寝泊まりすることになる。食事は向こうで配給係が作っているからそこで受け取るように言っておいてね」

さらに坂を上っていくと、兵士たちが寝泊まりする場所がある。

ここはウルク家が作っていた場所をそのまま使っている。

もっとも、俺は自分の家を頂上に【記憶保存】で再現しているのだが。

こうして、アインラッドの丘は着々と鉄壁の防御を備える砦へと変わっていったのだった。

◇◇◇

「アルス、北東の監視塔から狼煙が上がってるらしいぞ」

「まじかよ。バイト兄、騎兵をまとめろ。出るぞ」

バルガスや父さんが新兵を連れてきてから、しばらくしてからのことだった。

アインラッド砦の城壁を改修したり、投石機の使い方を訓練していると、バイト兄から声がかかった。

どうやらウルク家の動きを監視するために造った監視塔のひとつから、狼煙が上がっているようだ。

父さんではないが、アインラッドの丘の形を変えるほど要塞化をしたこの砦を見れば、ウルク家はこちらを攻めてこないのではないかとも少し考えていた。

だが、どうやらその考えは甘かったようだ。

俺とバイト兄はヴァルキリーに騎乗して北東へと走らせたのだった。

「あちらです。あそこからウルクの軍の様子が見えます」

「わかった。案内ご苦労さま」

監視塔に配備していた兵が、ウルク軍全体が見える位置へと案内してくれた。

監視塔で狼煙を上げ、遠方の異変を知らせる。そうすることで、いくつかの監視塔を経由して伝えられたウルク家の動きはまだ初期のものだったようだ。

◇◇◇

こちらに向かっている最中の軍を発見して知らせてくれたらしい。

軍の進行というのは思った以上に時間がかかる。

大人数でまとまって移動するというだけでも時間がかかるのだが、それに合わせて食料などの荷物までも一緒に運搬しなければならない。

軍の規模が大きくなればなるほど、進軍するスピードというのは遅くなってしまう。

とくにフォンターナもウルクもそのことを分かっていて、あえて道を整備していないため、余計に時間がかかるようだ。

場所によっては一日で十五キロメートルほどしか進まないこともあるそうだ。

そんな鈍足のウルク軍の動きを早めに察知できたうえ、こちらはヴァルキリーという素早い移動手段がある。

だから、まだ防衛地点のアインラッド砦よりも離れた位置で、実際に進軍してきたウルク軍の姿を自らの目で確認することができたのだった。

「監視塔が役に立ったのは嬉しいけど、こりゃきついな」

「多いな。ウルクの連中、あんな数を引っ張ってきたのか。おい、アルス。あれはどのくらいの数になるんだ?」

「正確にはわからないけど……、ざっと見た感じ、少なくても三千人、多くて五千人って感じじゃないかな、バイト兄」

「どうする? 攻撃を仕掛けてみるか?」

「いや、バルカの騎兵は二百騎くらいだろ。角ありを入れても数が少なすぎる。無茶だぞ」

「なら、このままアインラッドまで帰るのか? っつっても、アインラッドにいる新兵を合わせても数はこっちが少ないだろ。どうするつもりなんだよ」

「うーん、そうだな……」

想定していた以上に相手の数が多い。

平地の遠い距離から双眼鏡で見ているため、正確な数は分からない。

だが、ものすごい数の人が移動していた。

どうやら使役獣などにも荷物を曳かせているうえ、きちんと並んで歩いているわけではなく、数が数えにくい。

そのため、かなり幅のある数の差だが、なんとか相手の人数を推定する。

が、その数はどう見てもバルカ軍の数を超えていた。

俺はバルカニアからバルカ姓を持つ者を全員連れてきてはいない。

せっかく造った新しい街があり、そこを無防備にするわけにもいかなかったからだ。

そのため、バルカ姓を持つ者を二百人ほど、ヴァルキリーに騎乗する騎兵として連れてきていた。

カルロスと一緒にアインラッドの丘にやってきたときには、さらにバルカニアに飢えをしのぎにきた連中で、若い男連中を募兵していたのでその数が二百人ほど。

そして、今回カルロスの許しを得て新たにバルカニアの他、フォンターナの街とアインラッドの丘付近の村で集めた人数を合わせて、おおよそ千人弱の規模が俺の配下としてアインラッド砦にいる。

この数でウルク家に対抗できるだろうか？

相手の数が三千ならば、防衛できる砦があるこちらの三倍程度で攻めかかってくることになり、いい勝負になるかもしれない。

もっとも、こちらは防衛戦などしたこともなければ、新兵だらけできちんと対応できるかどうかは分からないのだが。

だが、五千ほどが戦力だとすればこちらの五倍に相当する。

そうなるとかなり厳しいかもしれない。

というか、今、カルロスたちが北の街とやらに攻めかかっているのではなかったのだろうか。

そちらでも戦が行われているのに、アインラッドの丘奪還のためにここまで兵を追加で出してくるとはウルク家も相当力が入っているものと見える。

相手も必死だということだろう。

「とりあえずは、このことを北にいるカルロス様とアインラッド砦にも報告しておかないといけないだろう。伝令を走らせよう」

「そうだな。何人かに行かせようか」

「バイト兄、北には土地勘があるやつを向かわせてくれ。ついでに救援に来るように俺からも一筆書いておくから持たせようか」

「救援が必要なのか？」

「そりゃそうだろ。俺が命じられたのはアインラッド砦の防衛だ。ってことはこのまま敵と戦うとなると最悪籠城することになる。籠城するからには外からの救援がないと無理だ」

「ってことは、このまま何もせずにあいつらを進ませようっていうのか、アルス？」

「……いや、それも面白くないな。ちょっかいくらいはかけてみようか」

「そうこなくっちゃ。で、どうするんだ？　普段の訓練どおり、騎乗して近づいて魔法攻撃を撃ち込むのか？」

「いや、それをするには相手の数が多すぎる。弓矢で迎え撃たれたら、騎乗していてもこっちに被害が出る可能性があるだろ」

「ならどうするんだ？」

「決まってるだろ。夜襲だよ。夜、暗くなってから攻撃を仕掛けよう。うまくいけば、相手を引き返させることもできるかもしれない」

こうして、俺たちバルカ騎兵団は数千人に及ぶウルク家の軍に対して、夜襲を仕掛ける準備に取り掛かるのだった。

◇◇◇

進軍しているウルク軍が移動を切り上げて野営の準備に入った。

俺はその動きを遠方から双眼鏡を使って監視していた。

この野営もなかなか大変な作業だ。

数千人がいる陣営を食わせて眠りにつかせなければならない。

だが、それは野原で気軽にキャンプするのとはわけが違う。

なかなか大掛かりな準備が必要になるのだ。

寝床を作り、食べ物を用意する。

この作業があるためにまだ割と日が高いうちから移動をやめて、野営の準備へと入る。

その人や物の動きから、俺はどこに何があるのかを推測していく。

「食料とかはいくつかに分配しているみたいだけど、軍の中央に集まってるな」

「夜襲するんだろ？　アルス、向こうの食料を狙うつもりなのか？」

「ああ、そうだよ、バイト兄。食うもんがなけりゃ、軍も進みようがないだろ？」

「だけど、向こうも警戒しているだろ。大丈夫か？」

「ヴァルキリーに騎乗して一直線に食料庫に駆け寄れたら成功するんだけどな。相手の警戒次第ではそこまで近寄れないかもしれないか……」

「そのときは向こうの天幕でも焼いてみるか。騎士でも討ち取れたらいいんだけどな」

「ま、臨機応変にいこう。これがあれば放火しやすいしね」

バイト兄と話しながら俺が腰に下げた剣に手を当てる。

今、俺は武器を二種類持っている。

ひとつはバルカの動乱のときから使っている硬牙剣《こうがけん》。

そして、もうひとつは先日の戦いでウルク家のキーマという騎竜隊の将を倒したときにカルロスからもらった九尾剣《きゅうびけん》だ。

九尾剣は、フォンターナに伝わる氷精剣と同じように魔力を注ぐと剣の形をした炎が出現する魔法剣だ。

ただ、氷精剣は氷という質量のあるものが剣の形をなしていたため、出現した氷で相手を切りつけることができた。

だが、九尾剣はそうではない。

どういう原理かは知らないが剣の形をしているだけで炎は炎であって物質的な重さはない。

剣と剣で打ち合うようにはできず、炎で攻撃するという特性があった。

しかし、自分でも魔力を込めて使ってみたが、初見でこの九尾剣を相手に剣で立ち向かわなくてよかったと思ってしまう。

ぶっちゃけると氷精剣よりもかなり強い武器なのではないかと思うのだ。

魔力を込めたときに現れる剣の形をした炎は熱量の塊であるだけで氷の剣とは違う。

すなわち、見た目の剣の形に惑わされてそれと硬牙剣で打ち合うようなことをしていれば、相手の炎が硬牙剣をすり抜ける形で俺を襲っていたに違いない。

要するに、九尾剣に魔力を注いで現れる炎の剣の部分は防御不能の攻撃なのだ。

ダメージを防ぐには炎を回避し続けるしかないという恐るべき特徴があるのだった。

「そんな剣を持っていたなんて反則だよな、ウルクの連中は」

「そうだね。だけど、欠点がないわけじゃないと思うよ、バイト兄」

「欠点？　どう考えても硬牙剣よりは強いだろ」

「硬牙剣も結構いいと思うけどな。武器として耐久性が高いから信頼度が高いし。その点、九尾剣は魔力の消費量が激しいんだよ。氷精剣よりも燃費が悪い。多分、長時間炎の剣を出すことはできないのが欠点かな」

「ってことは、もし剣で戦うことになったら炎を出している間は避けて、魔力切れを狙うしかないのか。結局、相手のほうが有利だろ、アルス」

「まあ、硬牙剣とはちょっと相性が悪いかな。氷精剣があれば氷の冷気と距離の差で、炎の剣に対応できたんだろうけどね」

「くそー。俺も他の魔法剣が欲しいぜ。あそこにいる軍なら九尾剣を持っている奴らがいるんじゃないか？　夜襲のときに手に入んねえかな」

「バイト兄、変な欲を出すなよ。今回は暗くなってから近寄って相手の陣に火をつける。それが目的だ。欲張って深入りしたら駄目だよ」

「わかってるよ。おい、アルス、相手の動きが完全に止まったぞ。狙うのはあのあたりでいいな?」

「……そうだね。日が沈んで寝静まった頃に仕掛けよう。こっちも一眠りして体を休めておこうか」

話をしながら観察を続け、夜襲への作戦を決定する。

狙いを定めたら、一度距離をとって体を休める。

向こうは薪を燃やして温かい食事を食べているが、こっちは極秘裏に行動しているので火を使えない。

持ってきていた塩漬け肉を頬張ったら、あとは適当に夜がふけるのを待つのだった。

そうして、日が完全に沈んで闇夜が広がった頃合いになって、俺たちは動き始めた。

「よし、行くぞ。なるべく音をたてるなよ」

日が暮れて夜の暗さが広がった。

だが、万全を期して空に昇った月すら傾き始める頃合いになってから俺は動き始めることにした。

間違いなくウルク軍は寝静まっているだろう。

電気のないこのあたりでは、夜に自然の光となるのは月くらいしかない。

月が出ているかどうかで結構明るさが変わるものだ。

だが、いくら月が出て完全な闇ではないとはいえ、前世のころに体験していた夜と比べるとほとんど真っ暗にしか見えない。

周囲を照らすには【照明】という生活魔法があるが、それを使うとすぐにバレてしまう。

気づかれずに夜襲を行うには【照明】を使わずにこの暗さの中を移動する必要がある。

このような暗さの中でも夜襲を仕掛けようとしたのは、やはり移動する手段があったからだ。

バルカ軍の持つ機動兵器であるヴァルキリーさん。

非常に優秀で、かつ、俺の言うことを理解してくれる知性を持つ、この世界で俺が最も信頼しているといってもいいヴァルキリーはなんと夜の移動も苦にしないのだ。

両目が月夜の晩の明るさでも周囲の状況をしっかりと把握して走ることができる。

たとえ、道路が整備されていないこのような場所でも、地面に足を取られることもなく敵陣へと行くことができるだろう。

本当にヴァルキリーの存在は俺にとって大きい。

そのヴァルキリーの背中に騎乗して、敵陣へと進みはじめた。

あたりは暗いが覚えておいた地形を頼りに進むと相手の陣地へとたどり着く。

むこうはいくら夜だとはいえ大人数がいる集団だ。

陣地警戒用の【照明】の光や薪を燃やして番をしている者がいるのだろう。

だが、それが逆に相手の陣地の位置を正確に把握する助けにもなっていたのだ。

「ここからは全速力で敵陣へと襲いかかるぞ。目的は食料庫に火を放つことだ。いいな、行くぞ」

予測している食料庫の位置に向かって進むために最後の言葉を発する。

そして、俺は腰に吊るしていた九尾剣を手にとった。

敵陣へと入り込んだらこの九尾剣へと魔力を注ぎ込み、炎の剣を出して食料庫を燃やす。

対して、俺以外の騎兵には油の入った瓶を持たせることにした。

これは火炎瓶の代わりだ。

騎乗して走りながら敵陣へと入り、【着火】で火をつけてから油の瓶を投げていく。ウルク軍は体を休めるために簡易なテントを張っているので適当に放火していくだけでもパニックを起こすだろう。

被害を与えつつ、こちらが安全に逃げるための時間稼ぎにもなるはずだ。

騎兵がみんな手に瓶を持つのを確認して、俺はヴァルキリーによる突撃を始めたのだった。

◇◇◇

敵陣から距離が離れているときはカッポカッポと普通に歩いていたヴァルキリー。

そのヴァルキリーの移動速度が上昇し、そのスピードは最高速度へと達した。

それは先頭を走る俺のヴァルキリーだけではなく、すべてのヴァルキリーが同じ速度でついてきている。

まさに一個の群体となって、バルカ騎兵団はウルク軍へと襲いかかったのだった。

「来たぞ！　迎え撃て」

だが、闇夜を疾走するバルカ騎兵団が敵陣へと入り込む前に声が聞こえた。

次の瞬間、あちこちで人の動く音がして、【照明】の光が増えていく。

「なんだ？　気づかれてるぞ。なんでわかったんだ？」

敵に気がつかれたことに俺が驚いていると、隣を走るバイト兄が遠目に見える人影に異常があるのを見つけた。

「……アルス、あそこにいる奴が見えるか？　あいつ、獣化してるぞ」

それは普通の人影ではなく、ある特徴を示していた。

以前、俺が戦ったキーマとかいう奴と同じように、人の頭の上に三角形の狐の耳がついていたのだ。

「獣化？　本当だ、耳がある。……もしかして、獣化した奴にはこっちの移動する音が聞こえていたのか？」

ウルクの持つ魔法は【狐化】というもので、狐の耳と尻尾が生えて炎の魔法が使えるようになる。

だが、炎の魔法を使わなくとも単純に獣化という種類の魔法は身体能力の向上という効果があるという話だった。

しかし、こうも暗い中でこちらの気配を察知することができるとは思ってもいなかった。

もしかして、ウルクでは夜襲を警戒して獣化した騎士を配置しているのかもしれない。

「どうするんだ、アルス？」

「このまま突っ込むぞ、バイト兄。こっちにはヴァルキリーの足がある。陣の内部の食料庫は無理でも適当に火をつけるだけでも効果があるはずだ」

「了解だ。お前ら、気合い入れていくぞ」

だが、気づかれたといえどもここで引き返すわけにはいかない。

最高速度までスピードを上げきったヴァルキリーならば、いまだに迎撃準備をしている敵陣へと先制攻撃を仕掛けることができるはずだ。

しかし、その考えはすぐに覆されることとなった。

「ウォオオオオオオオオォォォォォォォォォォォ」

全力で駆けるヴァルキリーに乗る俺の耳には風切り音が鳴り響いていた。

だが、その風を切る音すら打ち消すほどの大きな声が聞こえた。

それはまるで、人智を超えた生物が発する雄叫びのようにも聞こえた。

いや、それはある意味で正しかったのかもしれない。

なぜなら、それは間違いなく異形の生き物の声だったのだから。

「なんだあれ？　冗談だろ」

今まさにウルク軍へと突っ込もうとしていた俺はあまりのことに呆然とするしかなかった。

大きな音とともに、ウルク軍の中で何かが動いているのだ。

それはかなりの大きさだった。

だが、その大きさだけが俺に驚きを与えたのではない。

それは大きいが、しかし、人の形をしていたのだ。

常人の何倍もありそうな巨体を持つ人型。

それがウルク軍の中で立ち上がり、夜襲を仕掛けた俺達へと反対に攻撃してきたのだった。

「散開。火炎瓶を投げつけろ」

ブオンという音をたてながら巨大な何かが攻撃を仕掛けてきた。

それを見た俺はとっさに指示を出す。

一つの塊となって走っていた騎兵団が左右に別れて手に持っていた火炎瓶を投げつけた。

だが、あまり効果がないようだ。

もともと食料やテントを燃やせればいいやと思って用意した火炎瓶は油をまいて火の回りをよくしようという原始的なものでそれほどすばやく燃え広がるようなものではなかったからだ。

それに油は結構貴重なので数も多くはない。

すぐに移動されて火によるダメージはほとんど得られなかった。

「なんなんだよ、本当に。生きてるんだよな？　巨人か？」

俺は火炎瓶の攻撃から逃れた敵対者を見つめる。

間違いなく人の形をしているが、大きさが普通の人間のものではない。

多分四、五メートルくらいあるのではないだろうか。

もしかして、何らかの魔法兵器、例えばゴーレムのようなものだろうかとも思った。

だが、火炎瓶によって広がる火によって周囲が明るさを増し、その考えは否定される。

それはどう見ても人を大きくしたものだったからだ。

人間と同じように頭には髪が生えており、皮膚《ひふ》を持つらしい。

見れば見るほど大きさ以外は人と同じであり、ゴーレムのようなものとは思えない。

その巨人は太い丸太を手にしていた。

おそらくあれで攻撃してきたのだろう。

普通ならば持ち上げることなどできない長さと太さの丸太を棍棒のように振り回している。

だが、丸太だといってバカにはできない。

その巨体故か力も尋常ではないらしく、振り回した丸太で近くのテントや柵を吹き飛ばしているのだ。

人やヴァルキリーに当たれば無事にはすまないだろう。

「おい、アルス。どうするんだ？　狐野郎どもも集まってきてるぞ。このままだと囲まれるぞ」

俺がその巨人を観察しているとバイト兄が近づいてきて周囲の状況を伝えてくる。

どうやらウルク家の騎士たちも魔法を使い、こちらへと集まってきたようだ。

それを受けて、俺は再度周囲を観察した。

「他に巨人はいないのか……。よし、バイト兄、撤退するぞ」

「おい、いいのか？　まだなんの戦果もあげてないぞ」

「構わないよ。それよりいくらヴァルキリーがいるとはいえ囲まれるとまずい。相手の数が多すぎるからな。ここは引こう」

「っち、しゃあねえか。全員撤退するぞ。残った瓶は適当に投げていけよ」

夜襲は完全に失敗だ。

だが、収穫はあったと思おう。

ウルク家の持つ獣化の魔法は周囲の警戒能力が高いこと。

そして、相手には謎の巨人がいるということ。

それがきちんと戦う前に分かったのはプラスだと思う。

俺はそう判断して、即座に敵陣から疾風のごとく走り去っていったのだった。

◇◇◇

「ってことがあったんだが、あの巨人はなんだ？　どこかの貴族は巨人化する魔法を持つのか？　何か知らないか、リオン」

夜襲に失敗した俺はすぐにアインラッド砦へと戻ってきていた。

距離的にも時間的にも再度襲撃を行うことは可能だっただろう。

ゲリラ戦法のように嫌がらせのごとく襲撃を繰り返そうかとも考えた。

だが、それはやめて一直線に帰還することを選んだ。

それはやはり謎の巨人のことがあったからだ。

「……巨人ですか。こう言ってはなんですが本当にそんな大きな人間がいたんですか？　わたしは人が巨大化する魔法というのは聞いたことがありません」

「リオン殿に同意だ。他の貴族が持つ魔法で巨人に該当するような魔法はなかったように思う」

「うーん、リオンもピーチャ殿も知らないってことは魔法じゃないのか？　もしかして巨人族みたいな、生まれつきあの大きさの奴らがいたりするのかな」

「アルス、それはないだろ。お前は俺と一緒に双眼鏡まで使ってウルク軍の陣の様子を見てただろ。あのとき、あんな大きな奴は絶対にいなかったぜ」

「そういやそうだな、バイト兄。さすがにあんなのがいたら気づかないほうがおかしいか。ってことは、やっぱり普段は普通の人間で魔法を使って大きくなったって線が濃厚かな」

あの巨人がなんなのかというのも気になるが、どこの所属かというのも気になった。

俺がカルロスやリオンから聞いていたウルク家の情報では巨人などといったものの存在は聞かされていなかった。

であれば、もしかすると他の貴族家が介入してきたのかもしれないと思ったのだ。

もしそうなら、フォンターナ家とウルク家だけの戦いではすまなくなるかもしれない。

できればカルロスの指示を仰ぎたいところだ。

だが、俺よりも他家の魔法について知っているリオンもピーチャも巨人については聞いたことさえないという。

しかし、バイト兄が言う通り、あの巨人は魔法ででかくなっている可能性が高い。

これはいったいどういうことなのだろうか。

「それはおそらくアトモスの戦士でござるな」

「グラン？　何か知っているのか？」

「その巨人はアトモスの戦士でござろう。おそらく間違いないと思うでござるよ」

「ちょっと待ってください、グランさん。アトモスなどという貴族は聞いたことがありませんよ」

「リオン殿、アトモスの戦士は貴族ではないのでござる。奴らは傭兵としてあちこちの戦場で働くことが生きがいであり、誇りでもあると思っている連中でござる」

「そんな奴らがいるのか。だけど、グラン。みんな聞いたことなさそうなんだけど」

「そうかもしれないでござるな。アトモスの戦士はこの土地の人間ではないのでござる。ここより更に東に住まう者なのでござるよ」

「東？　ウルク家の東には大雪山があって人が越えられないって聞いたことがあるぞ。本当なのか？」

「本当でござるよ、アルス殿。以前話したことはなかったでござるか。拙者も東の出身だということを」

そういえば、他の人とは違う話し方をするグランに初めて会ったとき東の出身かどうかと聞いたことがあった気がする。

だが、考えてみればフォンターナ領の東にはウルク家があり、その更に東には天にも届くと言われる高い山があるだけで、普通ならば東の出身といえばウルク家が当てはまるはずだ。

しかし、グランはウルク家の出身ではなかった。

このあたりは大自然の要害が守る土地で初代王が国を作ってからは王家が支配してきた土地だ。

だが、その外には他の国がある。

ほとんど交流もないその外の世界。

もしかしたらグランはそこの出身なのかもしれない。

そして、そのグランだけが知る巨人の情報。

ということは、あの謎の巨人も外の国の魔法を使うものなのか。

急に出てきた内容に驚きつつも、俺はグランに巨人のことを聞いていくことにしたのだった。

「グラン、そのアトモスの戦士って奴のことをもっと教えてくれ」

「アルス殿、わかったでござる。といっても、拙者もあまり知らないのでござるよ。聞いた話というだけでござるが」

「ああ、それで構わないよ。知っていることだけでいいからどんどん言ってほしい」

「では、巨人になるアトモスの戦士も拙者たちと同じ人間なのでござる。魔法で大きくなるのでござる。聞いた話ではおおよそ三倍ほどの大きさになるという話でござるな」

「三倍か。見た感じだいたい五メートルくらいだったし、合ってそうだな」

「ウルク領の東にある大雪山の更に東にはいくつもの国があるのでござる。そこでも、ここと同じように争いが続いているのでござる。国と国同士の争いなのがこちらと違うといえば違うでござるかな。その中で傭兵として生活しているのがアトモスの戦士でござるよ」

「傭兵？　貴族ではないのか？」

「もともとアトモスの里と呼ばれるところがあるのでござるが、そこはあまり作物が育たないそうでござるよ。それでアトモスに生まれた者は他の国に出稼ぎに行くのでござる」

「なるほど。土地を治めるってよりは傭兵として活動しているのか。……でも、それならどこかの土地を奪ったほうがいい気もするけど」

「そのへんのことは拙者もよく知らないのでござるよ。ただ、巨人となるアトモスの戦士は考えられないような力を発揮するのでござる。戦場では大きな戦力として活躍する話はよく聞いたでござるよ」

「そりゃそうだろうな。あんなのがいるってだけでこっちの士気に関わるよ。動きを見た感じ、大きくなったからって動作が鈍くなってるようには見えなかったよな、バイト兄」

「ああ、丸太を振り回してたけどすごかったぜ。風圧だけでも体が押し戻されるかと思ったしな」

「アルス殿、バイト殿、アトモスの戦士は巨大化している間、体が非常に硬くなり攻撃も通じにくくなると聞いたことがあるでござるよ」

「マジか。バルガスみたいな感じになるのか、あの巨人が。弱点とかはあるのか？」

「うーむ、弱点でござるか。特にこれに弱いという話は聞いたことがないのでござるよ。ただ、あくまでも人間には違いないのでござる。絶対無敵というわけではないはずでござるよ」

なるほど。

グランがいてくれてよかった。

事前に知らずに戦ったらこちらも少なくない犠牲が出ていただろう。

それにウルク軍がアインラッド砦に来るまでにこの情報を得られたのも大きい。

何せ巨人の大きさは五メートル近くあるのだから。

もし、何も知らずに砦での攻防戦になっていたらどうなっていたか、まったく予想がつかなかった。

「よし、確認するぞ。巨人の正体は大雪山よりも東の土地からきたアトモスの戦士であり、他の貴族の介入ではないってことになるな。間違いないな？」

「アルス様、それは間違いないと思います。さすがにそのような魔法を使う貴族家があれば聞いたことすらないというのはありえませんから」

「ありがとう、リオン。それで、グランに聞いておきたいのは他にもアトモスの戦士はいるかどうかってことだ。というか、大雪山を越えて続々とアトモスの戦士が流入してくるってことはないのか？」

「それは、……おそらくとしか言えないでござるがないと思うでござるよ。大雪山を越えるのは自殺行為でござるから。まず間違いなく途中で死んでしまうのでござるよ」

「……お前もその大雪山を越えてきたんだよな？　なんでそんなことをしてんだよ」

「興味があったからでござる」

「は？　興味？」

「そうでござる。すべての生き物を阻むほどの偉大なる山の向こうに住む人々がどのような暮らしをして、どういうものを造っているのか。気にならないほうが不思議なのでござるよ」

「……そんな理由で死ぬ危険を負ってまで大雪山を越えてきたのか。変わり者だと思ってたけど正真正銘の変人だな、グランは」

「しかし、そのおかげでアルス殿と出会えたのでござるよ。来たかいがあったというものでござる」

「そうかい。そりゃよかった」

なんか質問していたらグランの変人具合が明らかになってきてしまった。

だが、どうも話の内容からするとアトモスの戦士とやらも軽々と山を越えては来れないようだ。

じゃあなんでウルクの軍の中にいたのかという疑問もあるが、それは置いておこう。

ここでいちばん重要なのはそこではない。

アトモスの戦士が別の貴族家の人間ではないということだ。

もしそうだったらカルロスに指示を出してもらおうかと思っていた。

が、どうやらそうではなく気にする必要もなさそうだということがわかった。

「よっしゃ、じゃあ巨人狩りといきますか。あのデカブツだけはここの砦に辿り着く前に始末するぞ」

そうと決まれば話は早い。

あんな大きいのが来たら、せっかく造った砦が壊されかねない。

ササッと退治してしまうことにしよう。

こうして俺は再びウルク軍に向かって出撃することにしたのだった。

◇◇◇

「やっぱ軍の進軍速度ってのは遅いんだな。まだこんなところにいたのか」

「おそらくアルス様が夜襲を仕掛けたからではないでしょうか。警戒して進むといつも以上に進むのが遅くなるものですし」

「そうか。まあ、それならあの夜襲も十分意味があったってことだな。これなら事前に準備ができる。進軍が予測できる経路で一番いい場所を狙うぞ」

前回、俺とバイト兄が威力偵察のような夜襲を行い、巨人の存在を把握した。

そこで無理をせずに一度退却してからアインラッド砦で軍議を開いて、再び出撃したのだが、まだ思った以上に遠い距離にウルク軍がいた。

どうやら警戒しながら進んでいるようで、進むスピードがかなり遅いようだ。

これなら余裕を持って準備ができる。

「それで、どういう作戦でいくつもりなんだ、アルス」

「ああ、作戦は一応考えてきてあるよ、バイト兄。あの巨人とはまともに戦うとこっちにも被害が出るかもしれない。だから、罠にはめようと思う」

「罠？　でも、一度攻撃されている相手を罠にはめるのは難しいんじゃないか？　向こうも警戒しているだろ？」

「だろうね。だからこそ罠にはめれば戦果が得られるってことさ。ま、今から言うから準備に取り掛かろうぜ」

こうして、俺達はウルク軍の進行ルートに罠を仕掛けていったのだった。

◇◇◇

「で、罠を仕掛けるって言っといて結局夜襲するのか、アルス」

「夜襲しないとは言ってない。ていうか、しょうがないでしょ。相手はこっちより人数が多いんだから」

「まあ、な。さすがに俺もあの人数相手に正面から普通に突撃しようなんて言わないさ」

うーむ、バイト兄なら言いそうな気がしているんだが、さすがにそれくらいの分別はあったか。

結局、俺は再び夜襲を仕掛けることにした。

理由はある。

今回の狙いはウルク軍にいるアトモスの戦士という巨人になる魔法を使う者を狙い撃ちすることにあったからだ。

だが、ウルク軍はバルカ軍よりも圧倒的に人数が多い。

普通に戦いを挑むと人数が多いところにあの巨人が加わってきて手がつけられなくなる。

なので巨人だけを釣り出すことにしたのだ。

そのための夜襲。

寝静まったところに攻撃を仕掛けて敵軍を叩き起こす。

そして、できれば巨人だけを引っ張り出して仕留めようというものだった。

「見つけた。あそこにアトモスの戦士がいるぞ」

「よくわかるな、アルス。双眼鏡があるって言ってもまだ巨人化してない普通の人間と同じ姿なのに」

「簡単だよ、バイト兄。眼に魔力を集中させれば魔力が見えるからね。前の夜襲のときにアトモスの戦士の魔力を実際に見てるし間違えようがないさ」

数千人いるウルク軍の中にいる一人を狙い撃ちにする。

そのためには最低限、敵陣のどこにターゲットがいるかを知っておく必要があった。

だが、それは思った以上に簡単に分かった。

それはバイト兄に言ったように、眼に魔力を集中させればその人から出ている魔力が見えるという特性があるからだった。

グランの言うように戦場にて傭兵として働いているらしいアトモスの戦士は明らかに他とは違う魔力量である。

また、魔力量が多いのはもちろんだが、魔力の質も高い。

ひと目見てすぐに分かるので、見間違えるということもないだろう。

「気をつけろよ、バイト兄。あの巨人の魔力はやべえぞ。俺やバイト兄が二人がかりで戦っても勝てないと思う。作戦通りにむちゃだけはしないようにな」

「そんなにやばいのか？」

「ああ、魔力の量も質もこっちを圧倒している。ただ単にでかくなるだけだと思ってたら死ぬぞ」

「わかったよ。気をつけるさ」

「よし、夜襲は前回よりもさらに時間を遅らせて出よう。早朝に近いくらいのほうがいいだろう」

すでに準備は整っている。

日が傾きかけてこの日の進軍を停止し野営の準備に入ったウルク軍の中にいるアトモスの戦士の居所を確認し終えた俺とバイト兄は偵察を終了してバルカ軍へと戻っていったのだった。

第二章　対巨人戦

日が沈んで夜になり、さらに月が頭の真上を越えてからも移動し続けたころ、ようやく俺たちは動きはじめた。

この日は月もだいぶ欠けてきており雲も出ている。

前回夜襲を仕掛けたときよりもだいぶ暗いがそれでもヴァルキリーは問題なく移動してくれた。

ウルク軍への偵察は俺とバイト兄が二人だけで行い、敵の偵察部隊には見つからないように気をつけていた。

目視での確認とともに魔力的にもあたりを確認していたのでこちらのことは気づかれていないと思う。

だが、おそらくは夜襲を警戒したウルク軍では【狐化】した騎士が見張りをしているに違いない。

どんなに音を消して近づこうとも敵陣に入り込むまでに見つかる可能性が高い。

なので、今回は察知されないであろう距離から一気にヴァルキリーで駆けていって夜襲を行うことにした。

「見えた。やっぱり前よりも向こうの動きが遅れている。このまま、アトモスの戦士がいる場所に突っ込むぞ」

狙い通り遠距離から一気に接近したことによってウルク軍の初動が遅れている。

だが、向こうも警戒しているだけあって、前回よりも寝ずの番を多く配備していたようだ。

動き出しが遅れてはいるが動いている人数そのものは多い。

対してこちらは一気に夜襲を仕掛けるために前回同様に騎兵団だけで攻撃を仕掛けている。

囲まれるとまずい。

さっさとアトモスの戦士をおびき出す必要がありそうだ。

こうして再び暗闇の中での戦闘が始まったのだった。

「柵をこじ開ける。ついてこい」

全速力で走るヴァルキリーに騎乗しながら俺は指示を出して右手を敵陣へと向ける。

ウルク軍の野営地では木で柵を作って囲っている。

その一部に【氷槍】を放って柵を薙ぎ倒し、そこから陣内へと突入する。

「止めろ。敵騎兵を入れるな」

「邪魔だ、どけ」

陣地を囲む柵を突破しようとしているとウルクの兵が集まってきてこちらを止めようとしてくる。

俺はそれを手にしていた武器で薙ぎ払った。

今回俺が持ってきているのは槍だ。

棒の先端を尖った三角錐の形にした硬化レンガのいわゆるランスと呼ばれるような槍だ。

以前レイモンドが率いるフォンターナ軍と戦ったときは普通の棒のようにしたものを騎乗時に使っていたがそれを少し改良した形になる。

槍の先はかなり鋭く尖っているので多分一番攻撃力を発揮するのは突き刺すときだろう。

ドンッという音がしてウルク兵が吹き飛ばされ、そこを俺の乗るヴァルキリーが走り抜ける。

その後に続くようにバイト兄や他の騎兵たちも突入に成功した。

「敵の食料を狙うぞ。火炎瓶を用意しておけ」

柵を越えてから俺がそういいながら食料庫をめがけて進んでいく。

と見せかけて、ヴァルキリーを走らせる方向は例の巨人がいるであろう場所だった。

できれば本当に食料庫も狙いたいのだが第一の目的はあくまでもアトモスの戦士を排除すること

にある。

　さっさと出てきてほしい。

「ウォオオオオオオオオォォォォォォォォォォォオオオ」

「おっ、出たか。巨人のお出ましだな、アルス」

「ああ、そうだな、バイト兄。油断するなよ」

　早く出てこい、と思っているところに例のバカでかい咆哮《ほうこう》が聞こえてきた。

　次の瞬間にはそれまではいなかった場所に巨大な姿が現れる。

　高さ五メートルほどの人型の姿。

　アトモスの戦士が俺たちの襲撃を迎え撃つために現れたのだった。

◇◇◇

「巨人って裸なんだな……。でかくなるのも意外と不便なんじゃないか？」

「そんなこと言ってる場合かよ。来るぞ、アルス」

　姿を表した巨人に向かって進んでいくと、その姿がよく見えた。

　前回は急に現れたので驚いてそこまで気にはならなかったのだが、今回は事前にその存在を知っており、更にウルク軍の陣地は明るかった。

　どうやら見張りからの警報を受けて、ウルクの兵が【照明】の魔法を使いまくったようだ。

　おかげでお互いの姿がよく見える。

そんなわけで巨人の姿を改めてよく見る機会に恵まれたわけだが、なんと裸だった。

いや、それは正確ではないのかもしれない。

一応腰蓑《こしみの》のようなもので股間部分は隠している、が上半身は間違いなく裸だった。

もしかして、巨大化する魔法を使うとそれまで着ていた服が破けたりするんだろうか。

バルガスのように全身の防御力を上げて戦場を駆け巡るという話だったが、あるいは着ることができる防具がなくてそうせざるをえなかったのかもしれない。

「バイト兄、攻撃、行くぜ」

そんなことを考えながらも、俺は巨人の動きを観察していた。

どうやら本当に巨人にはまともな装備がないらしい。

今回も手に持っているのは丸太だった。

専用装備とかはないのだろうか。

だが、装備がないというのであればありがたい。

危険ではあるが一度攻撃してみることにした。

グランのことを信用していないわけではないが、本当にそれほどの防御力があるのかを実際に見ておかないといけない。

ブオンという音とともに巨人が丸太を振り回す。

走っているヴァルキリーの体勢が一瞬グラっと揺れてしまうほどの風が発生する。

やはり丸太といえどもまともに当たると一撃で死にかねないほどの威力がありそうだ。

俺は手綱を握りしめながら、鐙《あぶみ》に足を力を入れて振り落とされないように騎乗し続ける。

眼に魔力を集中させ、相手の動きをスローで見ながら攻撃の当たらない範囲を見極め、その外側からこちらの攻撃を放った。

「氷槍」

丸太を振るう巨人に対して少し回り込みながら右手から【氷槍】を放った。

成人男性の腕の太さと長さほどの氷柱《つらら》が俺の右手から発射されて巨人へとぶち当たる。

さらに俺の後方からついてきていた騎兵たちも俺の【氷槍】のあとを追うようにその右手から魔法を放った。

ズドドドドドドと音を立てて【氷槍】が巨人へと殺到する。

その攻撃はさながらマシンガンのような連射攻撃だった。

「やったか？」

「おい、バイト兄、それは駄目なフラグだ」

巨人に対してものすごい数の魔法が放たれ、ヴァルキリーの移動による土煙もあってすぐには状況がわからなかった。

巨人の横を通り過ぎるようにしながら攻撃をした俺たちはグルっと回りながら通り過ぎた地点へと視線を向ける。

だが、土煙がはれたあとには変わらず巨人の立ち姿があった。

「これは、グランの言っていた以上の硬さなんじゃないか？　【氷槍】をあれだけ当てても傷一つ

なしとかありえんだろ」

「おい、アルス。あっちのほうも試してみろよ」

「わかったよ、バイト兄。次の攻撃が効かなかったら予定通りに」

尋常ではない数の【氷槍】を受けてもピンピンしている巨人。

五メートルの身長であっても【氷槍】の大きさなら多少のダメージはあるんじゃないかと思っていたのだが、全然効いていないらしい。

もしかしたら攻撃を受ける瞬間、魔力を高めて防御力を増していたのだろうか。

同じ攻撃を何度も繰り返してみればあるいはダメージは通るのかもしれない。

だが、敵の陣地の中でそんな時間のかかる攻撃を続けることは不可能だ。

なので、俺はもう一つだけダメージが与えられそうな攻撃を試してみることにした。

手に持っている武器を取り替える。

硬化レンガの槍から魔法武器である九尾剣へと握り替える。

「魔力注入」

その九尾剣へと魔力を注ぎ込む。

俺の体から発生した魔力が九尾剣へと送り込まれて、その魔力をもとに炎の剣が形作られる。

ロングソードの剣身だけが伸びたような形で真っ赤な炎が吹き出している。

その炎の剣を出しながらヴァルキリーが巨人の横を走り抜ける瞬間、俺は剣を横薙ぎに振った。

「グウッ」

「ッチ」

九尾剣による攻撃。

どうやらこれは【氷槍】とは違い、巨人に対して多少のダメージを与えられたようだ。

だが、大ダメージというほどではない。

巨人の腕にあった炎の剣はジュワっと音を立ててその皮膚を焼いたのだが、当たった部分だけが多少あぶられただけという感じのようだ。

その巨体から見るとちょっとした火傷程度の傷なのかもしれない。

そのためか、傷を負うことを無視して巨人は反撃してきた。

炎の剣に当たりながらも丸太を振って俺を叩こうとしたのだ。

眼に魔力を集めた状態だったのが幸いした。

ヴァルキリーの上でギリギリ上体を反らしてそれを回避する。

だが、完全に回避することは不可能だったようだ。

左肩を軽く丸太が掠った。

が、それだけで俺の左腕は上がらなくなってしまっていた。

「あ、あれはウルクの至宝の九尾剣だ！　全軍に次ぐ。なんとしても奴らから九尾剣を取り戻せ!!」

なんとか肩の怪我をかばって騎乗を続ける俺の耳にウルクの騎士らしきものの声が聞こえてきた。

どうやら俺が使った九尾剣の炎の剣を見て、これが奪われたものだということに気がついたようだ。

それまでは巨人と戦うこちらを取り囲んで半ば見守るような形になっていたのに、九尾剣を取り返そうと迫ってくる。

これ以上、ここで巨人と戦うのは無理だろう。

「大丈夫か、アルス」

「なんとかね。ちょっと予定とは違うけど敵を引きつけられそうだ。このへんで退こうか」

「わかった。例の場所に誘い込む」

ここで巨人を仕留められるならそれもよしと思っていたが、まったく攻撃が通じなかった。

だが、九尾剣のおかげで陣地にいる連中を外に引っ張り出すことはできそうだ。

俺は痛む左肩を押さえつつ、ウルク軍と一緒に巨人が追撃しているのを見ながらバイト兄を先頭に敵陣からの退却を始めたのだった。

「どうだ、ついてきているか、バイト兄？」

「ああ、大丈夫だ。巨人はちゃんといるぞ。だけど、ウルクの騎士連中も騎竜に乗って追いかけてきてやがるな。どうするんだ、アルス？」

「このままの速度を維持しよう。少なくともウルクの歩兵はついてこれてないしな。分断自体は成功だろ」

真夜中の遅い時間帯にウルク軍の陣地へと夜襲を仕掛けた俺達バルカ軍は敵陣から逃亡していた。

もしかしたらそのまま夜襲で巨人を仕留められるかもしれないとも思っていたのだが、予想よりも遥かに強かった。

九尾剣まで使っても大したダメージを与えられないのであれば、少なくとも一対一の戦いでは勝てないだろう。

となると、このままうまく誘導して罠にかける必要がある。

だが、そこでひとつ問題がある。

それはウルクの騎士の存在だった。

成功の可能性は低いとは思っていたが、ウルク軍から巨人だけを引っ張り出すことはできなかった。

しかし、ここまで多くのウルクの騎士が追撃してくるとも思わなかった。

どうやら、俺が九尾剣を持っているというのに気づいたのが原因みたいだ。

よほど、この九尾剣はウルクの騎士たちにとって大切なものらしい。

血走った目で怒声を放ちながら騎竜にまたがって追撃してくる。

が、これはこれでよしと思おう。

なんといっても数が多い歩兵がついてこられないスピードで逃げているにもかかわらず、騎竜に乗った騎士と大きな歩幅で走る巨人だけがついてきているのだ。

罠にはめるという目的を巨人以外にも使ってもいいだろう。

「そろそろだな。頼むぞ、リオン」

バルカの騎兵団が逃げ続け、それを追い続けるウルクの騎竜と巨人という構図がしばらく続いた。

その追走劇によって更に後方から追いかけてきていたウルクの歩兵たちの距離が十分に開いた頃、目的のポイントが見えてきた。

そこはいわゆる隘路《あいろ》と呼ばれる地形になっているところだった。

道が細くなり、その道の左右は高くなっている場所。

当然集団がそこを通るときには針の穴に糸を通すように先頭から集団の形が絞られるようになる。

この隘路をヴァルキリーが駆け抜け、それをウルクの騎士と巨人が追いかけてきた。

「今です。壁を造ってください」

全速力で駆け抜けるヴァルキリーの一団が通り過ぎ、その後に同じところを騎竜たちが駆け抜けようとしたタイミング。

そのとき、リオンの声が響き渡った。

その声を合図にして細い道に高さ十メートルの壁が出現した。

俺たちが通り過ぎたあとに配置していたバルカの兵が道へと飛び出し、【壁建築】の魔法を使ったのだ。

高さもあるが、この壁には厚みもある。

突進力に定評のある大猪にもびくともしない信頼性のあるもので、以前ウルクの騎竜隊と戦ったときにもそれは証明されている。

その壁が最初は追撃してくるウルクの行く手を阻むように現れ、更にそのあと、追撃してきた集団の後方でも壁が造られた。

これで細く狭まった道で完全に前と後ろを囲まれたことになる。

「投石、放て!」

進行ルートに突如として現れた壁に追撃者たちは完全に翻弄されていた。

先頭を走っていた者は壁へと衝突し、それを見た者は急停止したものの後方から来ていた者にぶつかられて押しつぶされ、うまく立ち止まった者たちは状況を把握しきれず立ち往生してしまう。

周囲が暗いから余計に状況把握が難しいのだろう。

そこへ道の左右から投石が放たれた。

この隘路というポイントに誘い込んで攻撃を仕掛けると決めたあと、俺が魔法で作っておいた投石機によるものだった。

当初は防衛設備として考えていた投石機だったが、別に罠にはまった敵軍に使ってもいいだろう【記憶保存】で覚えている投石機を再現するだけなので後付けで必要な縄など、一部の材料さえあれば襲撃地で即席でも作れる攻撃兵器。

とはじめての実戦投入に踏み切ったのだった。

そして、投石機によって放たれるのはただの石ではない。

俺が大猪の牙とヴァルキリーの角という素材と触媒によって作り上げた通常よりも硬い硬化レンガを今回は使ったのだ。

それが行き場を失ったウルクの追撃軍へと集中砲火を浴びせる。

リロードの遅い投石機の弱点を補うために、投石機の数をそれなりに多く用意しておいたおかげで雨のように硬化レンガが降り注いでいた。

「どうだ？」

「ガアアアアァァァァァァァ」

「……まじか。硬化レンガをあの勢いでぶつけても仕留められないのか」

俺が用意した罠は確実に戦果を挙げていた。

騎竜に乗っていたウルクの騎士たちはさすがにこの攻撃を防ぎきれなかったからだ。

狐に獣化するという魔法はたしかに身体能力を上げてこちらの奇襲を察知したり、炎の魔法を使ったりすることはできる強力なものだが、物理的な破壊力のある硬化レンガの雨を防ぐには相性が悪かったのだろう。

数多くの騎竜と騎士たちが細く逃げ場のない道で倒れ臥《ふ》している。

が、その中で異彩を放つ巨人は違った。

投石機によって飛ばされた硬化レンガで傷を負ってはいるものの、いまだに健在で動いているらしい。

「って、うそだろ。あいつにとって十メートルの壁は大した障害にならないってか?」

そして、さらに俺は衝撃的な現場を見せつけられた。

急な壁の出現によって立ち止まってしまった巨人だが、その壁の上部へと手をかけて乗り越えてきたのだ。

自分の二倍の高さの壁だというのに手で体を引き上げて、足を伸ばし、その足も壁の上部へと引っ掛けて体全体を持ち上げる。

そうして、壁の上に乗り上がった巨人は周囲をグルリと見回した。

「まずい、リオンたちが狙われるかも……。おい、こっちだ、デカブツ」

壁の上に立つ巨人からだと隘路となった道の左右に配置していたリオンを含めたバルカ兵が襲われるかもしれない。

そう思った俺はとっさに手にしていた九尾剣を頭上へと掲げて魔力を注入した。

ゴウっという音をたてるかのように九尾剣から炎の剣が現れる。

あたりを見ていた巨人の眼が俺を捉える。

今はまだ日も出ておらず周囲は暗い。

その中でこの炎の剣は目立つだろう。

何より、一度自分に切りかかってきた剣なのだ。

無視するという選択肢は取りづらいはず。

そう判断した俺の考えは正しかった。

ギロリとこちらを見た巨人は周囲にいるバルカ兵を無視して、俺に向かって走ってきたのだ。

「壁の高さが十メートルって駄目なのかな」

「今そんなこと言ってる余裕ないだろ、アルス。ほら、逃げるぞ」

「わかってるよ、バイト兄。でも、一応あの罠も役に立ったと言えるのかな。最初の目的通り、巨人を一人きりにすることができたし」

用意した罠では巨人を倒すことはできなかった。

が、巨人と一緒に追撃してきたウルクの騎士の騎兵には大打撃を与えられた上、更にその後から追いかけてくる歩兵の進行を遅らせることもできるだろう。

だとすると、あとはあのしぶとい巨人をどうにかしさえすればこの戦いは終わることになる。

こうして、巨人との追撃戦は第二ラウンドへと突入したのだった。

◇◇◇

「グアアアアアァァァァァァァァァァァ」

「はっや、あいつ、あんな巨体で走りのフォームがよすぎだろ」

隘路を封鎖して逃走した俺達を追いかける追撃軍に壊滅的打撃を与えるという作戦。

それ自体はうまくいったのだが、ウルクの騎士を仕留めたものの肝心の巨人はいまだ俺たちを追いかけてきている。

左右の手をシュッシュと動かして走るフォームはまるで陸上選手の走りのような一種の芸術性があるものにも見える。

巨人のそんな意外なパフォーマンスを見せつけられながら、俺はバイト兄とともにヴァルキリーに騎乗して逃げ続けていた。

「おい、アルス。あいつのほうがヴァルキリーよりも脚が速いぞ」

「ちっ、このままだと追いつかれる。頼む、ヴァルキリー。頑張ってくれ」

必死になって逃げ続けるヴァルキリーよりも更に速い巨人の速度。

もしかして、さっきまではウルクの騎士たちがいたから本気で走れなかったのだろうか。

どうなってんだよ、あいつのスペックは。

大雪山よりも向こうにはこんな化物がうじゃうじゃいるんだろうか。

正直、あんなのがいると分かっていたら、俺なら戦う前に降参してしまうかもしれない。

「……ついたぞ、バイト兄。ここだ。俺の後ろから離れるなよ」

「言われなくてもわかってるぜ」

巨人がここまでの強さだとは思っていなかった。

だが、逆にグランの話を聞いたときに、どこまでの強さかを正確に測ることもできなかった俺は、隘路の罠が通じなかったときのことも考えていた。

もしも、あそこで巨人を仕留められなかったらどうするべきか。

答えは、もう一つ別の罠にかけるというのが俺の考えだった。

隘路を抜けて更に巨人に追われながら逃げてきた先にもう一つの罠が仕掛けられている。

そのポイントまで来たとき、俺はヴァルキリーの手綱を握り直して記憶しておいたとおりの場所を走らせるようにした。

それまではまっすぐに逃げていたのに対して、少し右にカーブするように曲がり始めたのだった。

俺が通ったあとを正確にバイト兄たちの騎乗したヴァルキリーが追走する。

だが、後方から追いかけてきていた巨人は違った。

右にカーブする俺たちを見た巨人は追いかける者の習性として、距離を縮めようとしたのだ。

俺に追随するように曲がるのではなく、曲がっていく俺たちの方向へと先回りするように最短距離を走ろうと若干走行ルートを変えた。

だが、それは間違いだった。

ドッッパーーーーン。

唐突にそんな音がしたと思ったら追撃してきていた巨人の姿が消えた。

俺はその音を聞いた瞬間、疾走するヴァルキリーの背で後方へと視線を向ける。

暗く、周囲の状況がはっきりとは分からないものの、それでもあの巨人の大きな体はどこにも見当たらなかった。

「巨人が罠にかかった。壁を造るぞ」

巨人の姿が間違いなく消えたことを確認した俺は即座に声を上げる。

俺と一緒に逃げていたバイト兄をはじめとする騎兵たちが周囲へと散らばってあたりに壁を造っていく。

バシャンバシャンと音がし始める。

俺たちが大急ぎで壁を造り囲っていく内部で巨人が出している音だ。

音の正体は水の中で巨人がもがいている音。

そう、巨人は水の中にいるのだ。

第二の罠の正体は落とし穴だ。

落とし穴という罠も大猪で何度も使ったものであり、うまくはめれば人間以上の化物をも仕留めることができる信頼性のある方法だ。

だが、高さ五メートルもある巨体の持ち主をただ穴に落とすだけで仕留められるかどうかはやはり未知数だと感じていた。

そこで、ただの落とし穴ではなく水攻めの要素も追加したのだった。

といっても、落とし穴に水を入れたわけではない。

むしろ逆で、水のあるところに巨人を誘い込んで落とすことにしたのだ。

つまり、ここは俺が掘った穴ではなく、もともと沼のような濁った水が溜まる池だったのだ。

隘路を抜けた先にある池の水面に巨人を落とす。

そう考えたものの、普通に追走されているだけではいくら暗いといっても月明かりもある中で巨人が池に落ちるとは考えづらい。

そこで俺は水の表面を覆ったのだ。

もちろん、水の上に魔法で土を被せようとしても無理だ。

だが、それが普通の土ではなく軽石だったらどうだろうか。

俺は魔法で水に浮く軽石を作り出し、それで水面を隠してしまったのだった。

この作戦はこの日が満月のような明るい状況でなかったからできたことでもある。

日中だったらまず間違いなくひと目で気づく罠だ。

だが、月が欠けた真夜中の時間帯だったからこそ、軽石を浮かべられた池を全速力で走る巨人は地面だと疑うこともせず踏み込んでしまった。

俺たちがあえて水に落ちないように曲がりながら走っているとも知らずに。

「さすがの巨人も水の中から壁の上には上がれないようだな」

巨人が池にハマった瞬間に俺たちは池を壁で囲ってしまった。

事前に調べているが池そのものも結構深さがある上に沼に近い池なのでハマると動きが取りづらい。

こうなるとさすがの巨人も水の中でいくらもがこうとも這い上がることができないらしい。

最初こそバシャバシャと大きな音をたてていたものの、次第にその音が小さくなり、最後にはまったくなくなってしまった。

だが、万が一ということもある。

隘路から移動してきたリオン率いる兵たちが合流する日の出の時刻まで、巨人であるアトモスの戦士が姿を現さないか、俺は池を囲む壁の上から確認し続けたのだった。

◇◇◇

「アルス様、ご無事ですか？　追撃していったアトモスの戦士はどうなりましたか？」

「リオンか。俺たちは平気だよ。狙い通り二個目の罠にかけて仕留めた。リオンこそよくあの場で取り乱さずに指揮をとってくれたな。助かったよ」

「いえ、わたしにできるのはそのくらいですから」

「謙遜するなよ。うちは兵をまとめられる奴って少ないからな。新兵も含めた部隊でよくやってくれた。それで、隘路の罠にかかったウルクの騎士たちはどうしたんだ？」

「はい。投石による損害がやはり大きかったようです。動ける者も一部いましたが、部隊としては壊滅的でした。ただ、すぐに後方から歩兵部隊がやってきたので、そちらに残っていた投石をぶつけてから被害の出ないように撤退してきました」

「いい判断だ、リオン。よくやってくれた」

「おい、アルス。ウルクの騎士も巨人も倒したんだ。今ならもう一度敵に攻撃を仕掛けてもいいんじゃないか?」

「うーん、いや、やめといたほうがいいだろ。あの場にいた騎士が追いかけてきたけど、それがウルク軍の騎士すべてってわけじゃないし、軍全体を見ると数が違いすぎる。危険だ」

「ですが、アルス様、ウルク軍が今後どう動くかを確認する必要はあるかと思います。さすがに騎士たちに多数被害が出た状況でそのまま進軍してくるか微妙でしょう。もしかすると撤退するかもしれません」

「撤退する場合は追撃をかけたほうがいい、か?」

「はい」

「わかった。バイト兄は騎兵団をまとめてウルク軍の偵察に行ってくれ。リオンもそれに同行しろ。角ありたちを連れて行って構わない。ただし絶対に無理をしないこと。あくまで偵察で、撤退の動きがあれば追撃してもいいけど深追いはしないこと。いいな?」

「おう、まかせとけよ、アルス」

「ほんとに深追いするなよ。リオンが見張っておいてくれよ」

「アルス様はどうされるのですか?」

「俺は歩兵たちを連れて一度退く。アインラッド砦にいるバルガスたちにもアトモスの戦士を倒したことを報告しておきたいしな」

「わかりました」

こうして、俺は当初の目的通り巨人討伐を成功させて、アインラッド砦へと帰還することにしたのだった。

◇◇◇

「それでは、間違いなく例の巨人を仕留めたのだな、貴殿は？」

「え、そうですけど、ピーチャ殿は何か気がかりがあるのですか？」

「もちろんだ。騎士を相手にするときもそうなのだが、確実に仕留めない限りは再び戦場で相まみえることになるのはよくあることだからな」

「……どういうことです？」

「そのままの意味だが、戦場で戦った騎士に手傷を与えても教会で回復魔法による治療を受けるとすぐに治る。間違いなく仕留めない限りは再び戦場で向き合うことになるのはよくあることなのだよ、……貴殿らは知らなかったようだが」

「ってことは、隘路の罠で損害を与えたウルクの騎士たちもすぐに復帰してくるということですか？　そうなるとバイト兄やリオンが危ないんじゃ」

「いや、そうとも限らない。基本的に回復魔法を使えるのは教会でも司教以上の立場の者で、そのような者が戦場へと足を運んでいることはないであろう。なので、反対に騎士たちを回復させようと判断したのであれば間違いなくウルク軍は退くことになると思う」

「そうか……。となると相手を退かせたいときにはむやみに殺さないで半殺しのほうがよかったりするのかな？」

「何げに怖いことを言うな、貴殿は」

「あはは、でも回復魔法のことをすっかり忘れていました。リオンも戦場に出た経験がなかったから、そのへんのことをうっかりしていたのかも。助言感謝します」

「いや、このくらいはどうということはない。それにしても、話を聞くだけではその巨人の戦いぶりは信じられないが。本当にそれほどの強さだったのですかな？」

「ええ、実際に戦った自分でも信じられないくらい強かったですよ、アトモスの戦士というのは。ピーチャ殿なら勝てますか？」

「とうてい無理だろうな。フォンターナ領でそのような者とまともに戦えるのはカルロス様くらいではないかと思うが」

「……カルロス様はあの巨人に勝てると？」

「正直なところ、勝てるかどうかは話を聞くだけではわからない。だが、戦うこと自体はできると思う。当主であるカルロス様ならば我々には使えない上位の位階の魔法をも使えるだろうしな」

なるほど。

あれほど強かった巨人だが、どうやら領地を治める貴族当主クラスの強さらしい。

このあたりでの戦はただ単に数が多いほうが勝つというものではなく、個人の武力が戦況に大きな影響を与えることがある。

それは単純に魔力パスの恩恵によって絶大な魔力を保有する者ほど個人的な戦闘能力が上がるというのも理由だ。

だが、それ以外にも位階の上昇が関わってくる。

一般兵よりも遥かに魔力量が多い騎士たちでさえ使えないような魔力消費量の魔法を当主が使える場合があるというのが原因だ。

かつて、街ひとつを一度の魔法行使で滅ぼすことができたという王家の魔法ほどではないが、戦局に多大な影響を与えることができる魔法を各貴族家の当主たちは使えたりするのだ。

だからこそ、力のある騎士たちも貴族の配下となって従うのだろう。

そして、ピーチャが言うにはアトモスの戦士もそれに匹敵するレベルの実力ではないかということらしい。

「でも、そうなると一部の人間が強すぎるな……。正直、農民兵ってそこまでいらないんじゃ……」

「そうでもない。カルロス様のような貴族家の当主がいくら強くともそれは個人の力でしかない。例えばこのアインラッドの丘を奪い取っても、北の街の攻略に向かっている間にここにカルロス様がいなければ再び奪われるかもしれない。各地を守る兵や指揮官といったものは必ず必要になる」

「ああ、なるほど。いくら一人だけが強くても領地全体を考えるとその人以外も必要ってことか。やっぱり、最低限、数を揃えるのも戦略上重要になる、か……」

しかし、カルロスの奴ってそこまで強いのか。

あの巨人レベルであることをピーチャは疑いもしていない。

単独で戦況に影響を与えるとかどんなだよ。

今まで【壁建築】が使えるからといって割と気楽に考えていた部分もあるが、アトモスの戦士のような存在を見た以上楽観視はできない。

せめてもう少し壁の高さが必要かもしれない。

改めて俺は、これからのことを考える時期にきていることを痛感したのだった。

◆◆◆

「リリーナ様、アルス様からお手紙が届いていますわ」

バルカ城にある私の部屋に入ってきたクラリスがそう言いながら手紙を載せたお盆を持ってきました。

バルカの紙でできた封筒が蝋付けされて、その上にバルカ家の紋章が押されています。

これは数ヶ月前に戦場へと向かったアルス様からのお手紙で間違いないのでしょう。

私はいそいそとその手紙を受け取りました。

「ありがとう、クラリス。……どうしたの、こちらをじっと見て？」

「いえ、もう何度も見ているのですが、そのような紙は今まで見たこともないので驚いてしまうのですわ。わたくしの中で紙といえば羊皮紙という認識でしたので」

「ふふっ、わたしもそうよ、クラリス。この紙はアルス様自らが発明なさったそうよ。すごいわよね」

「そうですわね。それにしてもアルス様はリリーナ様にぞっこんですわね。戦場へと出かけていってもこうして何度もリリーナ様へとお手紙をお送りになられるなんて、アルス様はすごいですわ」

「ありがとう、クラリス。アルス様と結婚してすぐに戦場に行かれたときにはどうなるのかと胸が張り裂けそうでした。けれど、このようにアルス様がお手紙をしたためてくれるので、すごく安心することができます」

「よかったですわね、リリーナ様。それで、今回のお手紙はどのようなことが書かれているのかお聞きしてもよろしいですか？」

アルス様は意外と筆まめなお方でした。

というよりも、クラリスが一枚噛んでいるようです。

カルロス様のはからいで私とアルス様の婚姻が決まったあとから、クラリスはアルス様に対して教養を身につけるようにと進言したそうです。

そして、クラリス自らが教鞭をとってアルス様に教えたのが詩作だったのです。

だからでしょうか。

アルス様はよく私に対してお手紙を書くようになっていたのです。

近況報告と一緒に自作の詩を書き添えて送ってこられるので、私としても詩を作ってお返事しなければなりません。

今日はいったいどんな内容が書かれているか、ワクワクしながら封筒を開けていきました。

「ええ、ちょっと待ってね、クラリス。あら、この紙、花の模様がついていますね？」

「……本当ですわ。いえ、待ってください、リリーナ様。これはもしかして絵柄ではなく、本物の花なのでは？」

「え？　そんなまさか……。あ、見てください、クラリス。ここにアルス様がこの花について説明している文があるわ。これは押し花というそうよ」

「押し花、ですか……。バルカの植物紙に花を挟んで乾燥させるとできる、とありますわ。このような使い方が紙にはあったのですか。驚きですわ」

「この押し花もきれいですね。大事にとっておきましょう」

「アルス様は意外とお花好きなのでしょうか、リリーナ様。先日も乾燥させた花を送ってきていたのですわ」

「ドライフラワーですね。フォンターナでは見られないウルクの花を送ってきていましたね。ここにもひとつ飾ってありますが、本当にきれいです」

「花を乾燥させると長持ちするというのは知っていましたが、このようにガラスの容器に入れるとここまでキレイなものになるとは思いもしませんでした。わたくしはてっきりガラスというのは窓にはめるだけのものかと思っていましたのですわ」

「わたしもそうよ、クラリス。ここに来て以来、見たことのないものばかりで驚きの連続です」

「まったくですわ。最初、リリーナ様のご結婚の話が出たときは驚かされましたが、来てよかったですわね、リリーナ様」

「ありがとう、クラリス。あなたが身の回りの世話をしてくれているのも、わたしにとっては安心することができる理由のひとつです。これからもよろしくおねがいしますね」

「ええ、お任せください。ささ、リリーナ様。まだお手紙に目を通していないのではないですか？早く読んでお返事を書くのですわ」

「そうね。……ええ？　これは本当かしら？」

「どうかされましたか？　何かあったのでしょうか？」

「え、ええ。アルス様が戦った相手の中に大雪山の更に東からきた戦士がいたそうです。本当にあったのですね、遥かなる東の国々というものが」

「そんなまさかですわ。大雪山は到底人間には越えられない山だと聞いているのですわ」

「でも、グランも大雪山の東からきた旅人だと書かれていますよ」

「グランさんが？　え、でも、確かに変わった様式のものをお作りになりますが、まさか……。本当に遥かなる東の地からきた人物というのですか？」

「アルス様はそうお手紙に書かれています。書かれた文からは疑いようのない真実であると思っているのではないかしら」

「あのグランさんが東の……。でも、そう考えるとこのバルカでいろいろな変わったものがあるのも納得できるかもしれませんわ。お伽噺の中の東の地ではここらでは見ることのできないものがたくさんあるという話でしたし」

「このお城も風車という建物もガラスも紙も、みんな聞いたこともないようなものばかりですし、もしかするとそうなのかもしれませんね。ですが、クラリス、紙はアルス様が発明したといいます。

あまり憶測だけであれこれ言わないほうがいいのでしょう」

「わかりました、リリーナ様。わたくし、憶測だけで吹聴するようなことはいたしませんわ」

「そうしてください。さて、わたしはもう少しこのお手紙を読んだらお返事を書こうと思います。紙とインクの用意をしておいてもらえますか」

お手紙の内容は今回も驚きのものでした。

前回頂いたものも、たった一人でウルク家の騎竜隊と戦ったというもので心底驚きましたが、今回はそれ以上でしょうか。

クラリスとともにその内容に驚きつつも、すぐにお返事のことに意識を向けます。

すると、クラリスから再び声がかかりました。

「はい、かしこまりましたわ。そうだ、リリーナ様。わたくしからもアルス様に一言お伝えしたいことがあるのですが、そのお手紙に一筆追加しておいていただけないでしょうか？」

「どうしたの？　何かあるのかしら？」

「はい。以前アルス様がこちらに送ってきた品のひとつ、ヤギについてですわ。ヤギがピョンピョン飛び跳ねて住宅の屋根の上を走り回っていてみんな困っている、と伝えておいていただけないでしょうか」

「ふふ。それは確かにみんな困るでしょうね。わかりました。わたしからしっかりとアルス様に伝えましょう。さ、少しお手紙に集中しようと思います。しばらく一人にしてもらえないかしら、クラリス」

「わかりましたわ。何かあればすぐにお呼びください、リリーナ様」

こうして、私は遠くに行ってしまったアルス様へのお手紙をしたためていったのでした。

◆◆◆

「おい、アルス。手紙が来てるぞ」

「ありがとう、父さん」

「どうしたんだ？　なんか顔が暗いぞ、アルス」

「いや、本当なら俺は新婚さんなんだよなーって。なんでこんなとこまで来て、嫁さんと文通しなきゃなんねえんだと思ってね」

本当になんでこんなことになってんだか。

まあ、手紙の返事からはリリーナが贈り物を喜んでくれていることが伝わってくるからよしとしよう。

しかし、ヤギに関してはクラリス嬢がお怒りだとか。

どうするのがいいだろうか。

俺はリリーナからの手紙を読みながら、今後のことを考えていくのだった。

「リオン、バイト兄の付き添いお疲れ様。で、ウルク軍はどうなったんだ？」

「ありがとうございます、アルス様。あのあと、ウルク軍は撤退していきました。こちらもそれなりに追撃をかけて、ウルク軍が街へと引き返していったのを確認してから戻りました」

「そうか。追撃では被害は出なかっただろうな」

「はい、慎重に行いましたし、ウルク軍の足も鈍かったので大丈夫でした」

「ん？　相手もそんなにゆったり撤退したわけではないだろう？」

「いえ、アルス様が行った夜襲で罠にかかった騎士が多かったのが向こうには痛手だったようです。進軍してきたときの指揮官たちが多数戦線離脱したことになり、軍としての動きが遅くなったのです。追撃への対応も場当たり的でしたから」

「そうか。まあ、何にしてもこれでこのアインラッド砦を攻撃してこようとする奴らはいなくなったってことだな。なら、あとはカルロス様が北の街とやらを落としてくるのを待とうか」

「そうですね。それでいいと思います」

リオンの報告を受けて俺はフーっと大きく息を吐いた。

どうやら、とりあえずは安心のようだ。

数千にもおよぶアインラッドの丘奪還の軍が退いたということは、すぐにその代わりが来るということはないはずだ。

一応、周囲の警戒自体は怠ってはいない。

何かあれば、また監視塔からの報告もあるだろう。

これでカルロスに任されたアインラッドの丘防衛任務の完了に一歩近づいたことになる。

そうと決まれば先日来たリリーナからの手紙への返事でも書こう。

俺はいそいそと机の上に紙を広げて、何を書こうかと悩み始めたのだった。

◇◇◇

「なあ、グラン。本当にアトモスの戦士はもう出てこないんだろうか。もしかしたら、第二、第三の怪物が現れてくるんじゃないか？」

「どうしたのでござるか、アルス殿。あのあと、周囲に情報を集めさせて、結局それらしいものの存在はどこの領地でもなかったと言っていたではござらんか」

「いや、そうなんだけどさ。夢で見ちゃってな。俺が造った壁をヒョイッと越えて襲ってくる巨人の姿が……。あんなの漫画の中だけだと思ってたけど、実際にあり得るかもと思うと気が気じゃなくてな」

「漫画……とはなんでござるか？」

「ああ、いや、なんでもない。とにかく不安だってことだよ。あんな巨人がいたらここ、アインラッド砦も守りきれるかわからないだろ」

「そうでござるな。ですが、アトモスの戦士が出た場合のことを考えると、もっと壁を高くするとか、新しい兵器の開発をするとかくらいしかないのではござらんか？」

「なんだよ。グランは東ではどうやって対処していたかとかは知らないのか？」

「拙者も詳しくは知らないのでござるよ。大雪山の東といってもいくつも国があったのでござる。国が違うと情報も得にくいでござるし、アトモスの里とは距離もあったのでござるよ」

「そうか。だが、何もしないってわけにはいかないだろ。仕方ない。せめて壁だけでも高くしてみよう」

「今から砦の壁を改修するのでござるか？」

「いや、今後のことも考えて新しく魔法で造れないか試してみよう。グランも手伝ってくれ」

「わかったでござる」

アトモスの戦士という巨人の存在が実際にいた以上、無視することはできない。

現状のアインラッド砦の外壁は地形を利用したおかげで高さ三十メートルほどになっている。

だが、身体能力も高く身長も五メートルほどもある巨人が相手では守りきれるかどうかも分からない。

さらに言えば、今まで多用してきた【壁建築】で作れる十メートルの壁では罠にかけたときのように乗り越えられてしまうことになる。

やはり、新しく魔法を作るほうがいいかもしれない。

そう考えて、俺は新たな魔法作りを始めたのだった。

◇◇◇

「まずは方針をまとめようか。とりあえず巨人から街を守ることができるように高さがいるな。どのくらいがいいと思う？」

「そうでござるな。できるのであれば高ければ高いほどいいと思うのでござるが……」

「それはそうだけど、あんまり高すぎるのはなしだぞ、グラン。基本的に他の連中も魔法で壁を造れるというのが呪文化する利点なんだ。仮に俺しか使えない魔法ができてもそれじゃ意味ないからな」

「となると、最低限の高さを維持しつつ、防御力も確保するということでござるな。であれば、壁の材質を変えるのがいいでござる。今までは通常のレンガであったのを硬化レンガで造れば、厚みがなくとも硬い壁になるのでござるからな」

「そうだな。じゃあ、壁の材質は硬化レンガで、とりあえず厚みは一メートルくらいにしてみようか?」

「それだとちと薄すぎではござらんか?」

「いや、硬化レンガは金属のような硬さがあるしな。一メートルも厚みがあれば結構丈夫な壁になると思うぞ。それにアインラッド砦を改修したときもやったけど、呪文で壁を造ったすぐ後方にもう一度呪文を使えば、二層分の厚みの壁ができあがることになる。必要があれば呪文を何度も唱えればすむってことだろ」

「なるほど。であれば、厚みを五メートルから一メートルへと減らしてしまえば、高さは五十メートルまで可能ということになるでござるな。ただ、その場合、気になることがあるのでござるよ」

「気になること?」

「壁を高くするのは構わないでござるが、そこまで高さがあると土台が気になるのでござる。地面の上に五十メートルもの高さのレンガを積んだとして、それが崩れてしまわないかという問題でござるな」

「そうか……。なら、地面の中の基礎部分も魔法発動時に造ることにするか? ある程度下のほうまで地面を固めといたらどうだろう?」

「そうしたほうがいいでござろう。それと壁の上も胸壁の形にしておいたほうがいいと思うでござる。

今までは毎回魔法で造った壁の上を改修する必要があったのは正直面倒だと感じていたのでござる」

「でも二層、三層構造に壁を並べるなら邪魔じゃないか？　胸壁があると」

「むむ、確かにそれはそうでござるな」

「それに改修自体はその時々に必要な形に合わせやすいほうがいいから、やっぱり魔法で造れる壁は単純な形にしよう。ってことで、硬化レンガで高さ五十メートルの壁を造れるように呪文化する作業に入るから、みんなにはよろしく言っておいてくれ」

「わかったでござる。他のことは任せておいてアルス殿は魔法作りに集中するでござるよ」

よし、とりあえず、グランとの協議の結果、新たな壁魔法を作ることにした。

実際に何度か試作してみて形を確かめてみる。

造った壁に攻撃をしてみたりもした。

魔力を込めて強化した身体能力で全力で攻撃したり、魔法をぶつけてみたり、投石機で石を飛ばして当てたりと試作した壁にやり、そのつど気になる点があれば修正する。

そうして、ついに決定した壁を【記憶保存】で魔力的に覚えて、それを再現しながらひたすら呪文となるキーワードをつぶやいて呪文化する。

そうして数ヶ月もの時間をかけて、ついに高さ五十メートルの壁を造り上げる魔法が完成した。

こうして【アトモスの壁】という巨人を意識しまくった今までにないほどの高さの壁を呪文を唱えるだけで生み出す新魔法が出来上がったのだった。

「結局、新しく壁を造る魔法を作ったものの、魔力消費が思った以上に多くなっちゃったな」

「そりゃ、あんだけ高い壁を造るならそうなるだろ。最初に考えなかったのか、アルス？」

「そう言わないでよ、父さん。いろいろ試作してたらどんどん改良点が見つかったから、つい手直ししてたら魔力の消費量が増えちゃったんだから」

「まあ、いいんじゃないか？　あんな高い壁を造ることなんてそうそう必要ないだろ」

「え？　でも、もし今度巨人が現れたらって考えたら砦とか街を囲むようにしておかなきゃならないでしょ。壁を造る機会なんていくらでもありそうだけど……」

「アルスはいっつも壁を造りたがるよな。別に街を囲む必要はないんじゃないか？　敵軍を迎撃する拠点を囲むならともかく、街を全部囲まなくてもいいと思うんだがな」

「……ああ、なるほど。生活する街と迎撃用の城を別に造って、いざ戦いが始まるってときには城に移動するってことかな？　それでもいいのか……」

「ていうか、普通はそうだろ。父さんはてっきり、防御力のなさそうなバルカ城をアルスが造ったから、そういうつもりなのかと思ってたけどな」

「そうか、そういうのもありなんだね」

なるほど。

フォンターナの街が城壁で囲まれていたからてっきり、すべての街は壁で囲まれているものなのかと思っていたが、どうもそうではないらしい。

ここ、アインラッドの丘や俺が造った川北の城みたいに、戦時に使うための防衛用の城をしっかりと固めておくだけでも十分効果があるということか。

俺が新しく作った【アトモスの壁】という呪文は思った以上に魔力を使う魔法になってしまった。

俺自身は何度も連続して使うことができるレベルだったので、これくらいでいいかと思って呪文化したのだ。

だが、それが一般兵レベルでは厳しかったらしい。

もともと、バルカ姓を与えた連中の中でも【壁建築】を使える者と使えない者に分かれていた。

だが、その【壁建築】が使える者でも【アトモスの壁】は使えなかった人が結構いたのだ。

正直、もうちょっと使える人がいると思っていたので誤算だったと言わざるを得ない。

「でも、まあ、父さんのおかげでみんなで壁を造る算段もついたからホント助かったよ」

「いや、礼を言われるようなことじゃないさ。父さんはなんとかあの呪文を使えたけど、アルスやバイトみたいに連続使用はできなかったからな。苦肉の策ってやつだよ」

「そう謙遜しないでよ、父さん。俺はあの方法を知ってたけど自分以外で使う発想がなかったんだからさ」

俺やバイト兄、バルガスなどは魔力量が多いが、父さんは【アトモスの壁】がなんとか使えるというほどの魔力量しかなかった。

もちろん使えない人間が多い中で、父さんが使えるというだけでもありがたい話だ。

だが、父さんはそれをよしとしなかったらしい。

なんとか、自分でも壁造りに貢献できないかと頭を悩ませたようだ。

そこで、父さんがとった方法は他の人の魔力も利用するというものだった。

一定の魔力量がないと【アトモスの壁】自体を発動することすらできない。

今までのバルカ軍だと、【整地】が使える人間、【壁建築】が使える人間、そして【アトモスの壁】が使える人間に分かれてそれぞれ別で作業をしていたのだ。

だが、父さんはその分担作業を取りやめて全員で【アトモスの壁】を使えるようにしたのだった。

【アトモスの壁】を使える父さんが、使うことのできない者たちを集めて自身で壁を造る。

そして、父さんが呪文を使い、魔力がなくなると、一緒に行動しているメンバーから【魔力注入】を受けて魔力を回復させる。

こうすることで、今まで魔力量が少なく壁造りに貢献できなかった人間までをも活用することに成功したのだ。

俺も新しい魔法を呪文化するときにはヴァルキリーたちから【魔力注入】してもらい、魔力を回復させることはあったが、人間同士でのやり取りは考えもしなかった。

少し考えれば誰でも思いつきそうなことだが、ちょっとした発見というやつだろうか。

おかげでアインラッド砦の壁を囲み直すのを時間短縮していた。

「それで、アインラッド砦を離れてこんなことをしていていいのか、アルス？」

「ん、こんなことって？」

「いや、今やってる作業だよ。アインラッド砦の周りの村にわざわざ【整地】や【土壌改良】をする必要があるのかってことだよ」

「ああ、そのことか。別に問題ないでしょ。アインラッド砦を確保すればもうこのあたりの土地はフォンターナ領に組み込まれることになるんだから」

「そうは言ってもな。もう何年も前からここらはウルク家が統治していたんだぞ？」

「ま、別に今回は農地の改良だけで村を壁で囲ったりしてないからね。もし仮にもう一度ここがウルク領になってもそんなに不利益はないでしょ」

父さんと一緒にヴァルキリーの上からみんなが作業しているところを見守りながら、そう話している。

アインラッド砦の周囲にある村へ出かけていって、畑に手を入れているのだ。

もちろん無理矢理ではない。

これはあくまでも合意によるものだった。

このあたりの村はつい先ごろまでウルク領だったのでそんなことをする必要はない。

にもかかわらず、なぜそんなことをしているのかというとアピールやパフォーマンスのためだった。

俺がアインラッドの丘の防衛をカルロスから命じられたときには、ここらの村からも戦力となる兵を募兵していた。

我こそはと意気込んだ若者たちが今のバルカ軍には多数おり、むしろ現状そちらのほうが数が多い。

募兵をして軍として使い始めてからそれなりに時間もたっている。

ここらでひとつ、お返しでもしておいてやろうと考えたのだ。

バルカ軍へ志願して入ってきた者たちの村に行き、そいつらの実家の畑を改良する。

よっぽど偏屈な奴でなければそれだけでも喜ぶだろう。

何せ、彼らはアインラッド砦で【土壌改良】した土地でハツカが数日で収穫できているのを実際に見ているのだから。

さらにこの行為は志願してこなかった村人たちにもこちらの力を見せつけることにもなる。

うちに来て頑張ればこんな魔法を使えるようになるかもしれない、と思ってもらえれば、もしかしたらもっと志願してくる奴らも出てくるだろう。

そう考えた俺は、空いた時間を利用して村へと【土壌改良】にやってきていたのだった。

バルカニアは無駄に土地を広げたおかげで、まだ人を受け入れる余地がある。

ちょっとでも引っ越しを希望するものが出ることを祈りながら、村での作業を見守っていたのだった。

◆◆◆

「カルロス様、北の街ビルマが見えてきました」

「うむ。別働隊はどうなっている」

「はっ。北の街ビルマを攻略中のようですが、現在はまだ目立った戦果は得られていません。こちらが合流することになった際に、無理するなと伝えたため、現状は街を囲む配置を維持しているようです」

「よし。陣地についたら軍議を行う。皆に集まるように伝えろ」

「はっ」

去年フォンターナをまとめた俺は、何年も手が出せていなかったアインラッドの丘を奪還するために動いた。

以前、俺がまだ今よりも幼かった頃に奪われてから奪い返すことができなかった土地だ。

それはつまり、今までレイモンドがまとめていたフォンターナではできなかったことを、俺がやるということになる。

ここで躓《つまず》くようなことがあれば、俺はフォンターナ家の当主としての才覚を疑問視され、またレイモンドのような連中の台頭を許すことになるかもしれない。

このアインラッドの丘の奪還作戦は絶対に失敗することはできない。

俺はこの作戦に自分の人生をかけて挑んだ。

だが、蓋を開けてみればそれは思った以上に簡単に終わった。

去年急に現れた男、かつ、今では俺の血縁にも関わってくることになったアルス・フォン・バルカによってだ。

アインラッドの丘の奪還を行うために先行して陣地とそこへ至る道路工事を行え。

俺が奴に命じたのはそれだけだった。

だが、そう命じられて先にアインラッドの丘に向かった奴は到着早々に戦闘を始めやがった。

しかも、ウルク家が誇る騎竜隊と一戦を交えたのだ。

戦場において騎竜隊の戦力というのは驚異的なものである、というのが一般的な考えだろう。

しかも、ウルク家はアインラッドの丘を防衛するために常時千騎近い規模の騎竜隊を置いているのだ。

だからこそ、俺はアルスに陣地造りを命じた。

奴が使う魔法であれば、即座に壁を造り陣地を囲むことができるからだ。

その陣地さえ完成してしまえば騎竜隊からの強襲という危険を抑えて作戦を進めることができる。

そのはずだった。

だが、結果的にはウルク家ご自慢の騎竜隊はこの世から消滅してしまった。

奴らも最初に先制攻撃をかけて主導権を握ろうと考えたのだろう。

しかし、それを迎え撃ったバルカ軍によって壊滅させられたのだ。

さらに、驚くべきことにバルカ軍にはほとんど損害なしという信じられない結果だけを残して初戦が終わってしまった。

報告を受けたときには俺をはじめほとんどの者が何かの間違いではないかと思ったものだ。

だが、何一つ報告に誤りはなかった。

本当にバルカ軍の圧勝で終わってしまっていたのだった。

そして、その後に行われたアインラッドの丘の争奪戦。

こちらは初戦で大きな手柄をたてたアルスには陣地造りだけをさせ、他の者達で取り掛かることにした。

各騎士たちは獅子奮迅の働きをし、俺に能力を示そうとしていた。

だが、そこでも大きく目立ったのはアルスを始めとしたバルカ軍だったのだ。

こちらが丘を攻略している後ろで丘ごと壁で囲ってしまうような陣地を造ったのだ。

しかも、丘へと救援に来る敵軍を事前に察知して、近寄らせないように戦ってもいた。

誰がそこまでしろと言ったのかと言いたいくらいだ。

アルスは自分から主張はしないが、どう考えてもアインラッドの丘の争奪戦でも武功の大きさで奴を無視することは不可能になってしまった。

あの働きを無視してしまったら、俺が正当な評価を下せない人間だと言われてしまう。

だから、と言うと語弊があるかもしれないが、丘の争奪戦が簡単に終わった場合の戦略をとることにした。

奴に奪還したアインラッドの丘を任せて、他の軍で北の街ビルマを攻略に行くことに決めたのだ。

まあ、奴らなら大丈夫だろう。

お得意の壁造りで丘の守りを固めてしまえばしばらくの籠城は間違いなく成功する。

その間にこちらは北の街ビルマを攻略してしまおう。

アインラッドの丘と北の街ビルマを押さえればウルク領を大きく圧迫することにつながる。

そうなればこれ以上ない戦果だ。

俺の当主としての力を内外に示すことにも成功する。

「みな、集まったか。それではこれより北の街ビルマの攻略に関して軍議を行う。まずは各自考えがあれば述べてみよ」

こうして、俺は北の街ビルマの攻略へと取り掛かったのだった。

◆◆◆

「ちょっと待て、今なんと言った？　先日ウルク軍の増援部隊を発見したと報告してきたばかりだったのではなかったか？　救援要請もあったはずだぞ」

「はっ。再度、申し上げます。アルス・フォン・バルカ様率いるバルカ軍が推定五千のウルク軍に夜襲を行いました。キシリア街道にて罠を張り、多数の騎士を相手に迎撃することに成功。その後、ウルク軍はウルク領第二の都市まで撤退したことを確認しました」

「五千の軍を撃退したのか、本当に？　というか、ウルク軍を迎撃したのは間違いなくキシリア街道なのか？」

「はい。間違いありません」

「そうか。何を考えてそんなところまで出ていったんだ、あいつは」

アルスに任せたアインラッドの丘から北東に位置するキシリア街道という場所。

当然、そこについての地形などは俺の頭の中にも入っている。

だが、本当にそんなところまでウルク軍を迎撃に行ったのか？

キシリア街道といえばアインラッドの丘から北の街ビルマに向かって移動する距離よりも離れているはずだ。

なぜ、丘の防衛を任せたはずの奴がそんなところまで突っ込んで、撃退に出向かなければならないのか。

というか、ウルクの大軍が進軍していたとすれば、むしろ敵の増援はアインラッドの丘ではなくこちらに来ていた可能性もある。

それを迎撃したのではあれば、これほど助かることはない。

「アインラッドの丘にはピーチャも残っていたな。奴からの報告も出させろ。それとキシリア街道へと直接確認にも行かせようか。本当に増援が退いたのであれば、これ以上の機会はない。確認が取れ次第、周囲に大々的に知らせろ。籠城している奴らの気力を萎えさせるようにな」

こうして、一進一退を続けていた北の街ビルマの攻略もアルスによって大きく戦局が変えられ、フォンターナの勝利に近づいていったのだった。

……今回の戦の恩賞はどうすればいいのだろうか。

アルス率いるバルカ軍に対しての適当な恩賞の選定が非常に難しく、俺は一計を案じることにしたのだった。

◆◆◆

「この度の戦によって、我らフォンターナ家は無事、アインラッドとビルマという二つの重要な土地を手に入れることに成功した。まずは諸君らの働きに感謝する」

アインラッド砦の頂にある硬化レンガ製の建物の中でカルロスが話している。

先日、無事にカルロスたちが北の街ビルマを攻略したと報告があった。

そうして、それからしばらくして主だった者たちがアインラッドへと帰ってきたのだ。

もしかして、うまく北の街を攻略できたからさらにウルク家を攻めるぞ、と言い出すのではないかと多少不安に思っていた。

が、どうやら、ここらで一区切りして平定した土地を治めるつもりらしい。

「さて、今回の戦いでの働きに対して、俺はそれぞれの騎士に対して恩賞を与えることになるのだが……、知っての通りひとりだけ先に話をつけておきたい相手がいる。アルス・フォン・バルカ、前に出ろ」

「はい」

「アルス、貴様はこの度、キーマ騎竜隊の撃破とフォンターナ宿敵の猛将ミリアムを討ち取り、アインラッドの丘の争奪戦での包囲陣、更に奪取したアインラッドの丘の砦化とその守護、そしてウルク軍五千の撃退と多数の騎士を討ち取ったという手柄がある。相違ないな?」

「はい」

「よし。では恩賞を与える前に貴様に聞いておきたいことがある。次の質問に正直に答えろ」

「はい」

「氷精剣と九尾剣、どちらかしか手に入れられないとした場合、貴様はどちらを選ぶ?」

……はあ?

戦の働きに対しての恩賞の話ではなかったのだろうか。

急にカルロスが二択クイズを出してきた。

これはいったいどういう意味の質問なのだろうか。

単純に氷精剣と九尾剣という魔法剣のどちらがほしいと思っているかを聞いているのだろうか。

いや、そんなわけではないかもしれない。

もしかして、九尾剣と答えたらフォンターナの氷精剣を侮辱しているのかなどといった、よく分からない理由で糾弾されたりするのだろうか？

俺が今までカルロスと接してきた期間は長いとはとてもいえないが、こんなまどろっこしい言い回しはせず、ズバズバものを言うタイプだと思うのだが……。

もしかして、何かこれは意味のある隠喩でも含まれているのか。

それとも貴族や騎士の中ではこういう質問がテンプレとしてあるんだろうか。

分からん。

「カルロス様、わたしはすでに九尾剣を頂いております。これ以上は身に余るものとなるでしょう。もし、もう一振り剣を得ることができるのであれば、普通の金属剣で十分です」

「ほう、本当にそれでよいのか？」

「はい、構いません」

あまりにも予想外で急な質問だったため、つい日本人気質を発揮してしまった。

奥ゆかしい謙遜の心なんて弱気と取られる可能性もある。

だが、二つの剣を選べという話が金の斧と銀の斧の選択という童話を頭に思い浮かべさせたので、とっさにこう答えてしまった。

もうちょっと強気にいくべきだっただろうか？

「よかろう。アルス、貴様は新たにバルカ騎士領の西にある村三つを恩賞として与えよう。ただし、これから俺が招集をかけた場合は最低五百以上の兵を連れてこい。いいな？」

「はっ、ありがとうございます」

「これからも貴様の働きには期待している。では、次だ。アインラッドとビルマを押さえてウルク家の動きを封じるための領地替えを行う。まずはアインラッドに入る者だが……」

……ふう。

なんか思ったよりもサッと終わってしまった。

あの答えでよかったのだろうか。

まあ、よく分からんがどうやらカルロスの機嫌が悪くなるようなこともなく事が済んだようなので、答え方を間違ったわけではないのだろう。

こうして、俺は新たに村三つを領地として認められることになったのだった。

◇◇◇

「リオン、お前本当にあの話を断ってよかったのか？」

「ええ、魅力ある提案でしたが構いませんよ、アルス様」

「でも、お前はグラハム家を再興するって目的のために頑張ってたんじゃないのか？　せっかく今回の戦の報奨でリオンの騎士叙任の話になったのに」

「そうですね。確かに家の再興のための大きな一歩になったかもしれません。ですが、わたしはバルカの兵を一時的に借りて指揮をとっていたにすぎませんから。この一戦だけで騎士になったとしても私自身の実力を認める人はいないでしょう」

「そうかな。まあ、リオンがそう言うなら別にいいんだけど」

「ええ、いいのですよ。それより、アルス様はあの質問に見事に返答されましたね。どう答えるか、他の騎士たちもみんな見ていましたよ」

「っていうか、あれでよかったのか？　実は失礼にあたるとかあったりしたらやべーんだけど。どういう意味があったんだ？」

「おそらくは、という推測程度でしかありませんがわたしの考えで良ければお聞かせしましょうか？」

「お、リオンはわかったのか。なんの意味があったんだ？」

「おそらく、どちらを選んでも大きく状況が変わる可能性のあった質問だったのでしょう。氷精剣と九尾剣はフォンターナ家とウルク家を暗示しています。アルス様の望みがどこにあるのかを探る意味があったのでしょう」

「……つまりどういうことだってばよ？」

「氷精剣を選ぶ、と答えていた場合はフォンターナ家での出世につながったのでしょう。おそらくは本来の意味でフォンターナ家を支える家宰のような立場を担うことになる恩賞が与えられたのではないかと思います」

「ふむふむ。じゃあ、九尾剣を選んでいた場合は？　ウルク家の家宰にはなれんだろ？」

「それはそうです。九尾剣の場合はウルク家というよりもウルク領というのが適切かもしれませんね。おそらくウルクの土地を恩賞として与えることを指していたのではないかと思います」

「なるほど」

「ただし、そのどちらも利点ばかりの話ではなかった可能性もありますよ」

「え、どういうことだ？」

「氷精剣と答えていた場合はフォンターナ家の家宰のような身分になる、ということはアルス様を当主とするバルカ家はフォンターナ家の中に完全に取り込まれることにもなります。それはつまり、バルカのものであるバルカの騎士やヴァルキリー、魔力茸などといったものが、すべてカルロス様の一存で好きなように使われる可能性もあったということです」

「はあ、なんだそりゃ。それじゃ貧乏くじ引いたみたいなもんじゃねえか」

「九尾剣と答えていた場合はウルク領、おそらくはアインラッド砦とその周辺の村を与えられていたのではないでしょうか。ただ、その場合、今のバルカ騎士領とアインラッドは土地が接していません。家臣の少ないバルカ家のことを考慮して加増ではなく領地替えという形になっていた可能性がありますね」

「領地替え、ってことはつまり九尾剣を選んでいたらバルカニアから出ていかないといけなかったってことか？」

「あくまでもわたしの考えであり、可能性でしかありませんがそうなっていたかもしれません」

おいおい、カルロスくんよ。

油断も隙もないじゃないか。

あんなおちゃめな質問でとんでもないリスクを含ませてくれるとは思いもしなかったよ。

だけど、同じ話を聞いてリオンはすぐにこういう可能性を頭に浮かべたということは、他の騎士もあの質問の意図が読み取れていた可能性も十分ある。

質問があったときに割と周りの空気がピリッとしたのはそういう意味だったのか。

ようするに俺はあの場で、他の騎士が見守る中でフォンターナ家での出世も、新たに大きな領地も望まないという宣言したことになるのか。

まあ、それでもなんの恩賞もなしではまずいということで無難に村三つを渡されたってところか。

うーむ、俺の口から何を望むかを言わせたいのならいつものように直接聞いてほしいが、これが貴族や騎士同士での言い回しだったりするのかもしれない。

だが、なんとか結果的には損のない着地点に落ち着いたのではないだろうか。

俺は知らないうちにバルカニアを担保にした賭けをうまくこなして、領地を増やしたことになったようだった。

◇◇◇

「ただいま、リリーナ。やっと帰ってこられたよ」

「おかえりなさい、アルス様。戦場での活躍はこちらでも噂になっていますよ」

「そうなのか。ま、とりあえず無事に帰ってこられたってだけで儲けものだよ。これからはゆっくりしたいね」

「ふふ、そうですね。けれど、アルス様。今すごくお仕事が溜まっているようです。バルカ騎士領ができてすぐに主だった者たちが出兵していったので、残った者たちは大変だったのですよ」

「ああ、そうか。そういえば、帰ってきたときに見たけどバルカニアに向かって来る商人の数も多かったし、バルカニアにいる人も増えてたな。というか、よく持ちこたえてたな。俺とかおっさんがいなかったのに」

「本当に日増しに移住者が集まってきていましたから大変だと思いますよ。それに自由市の管理や商人の格付けなどもありますし」

「グラハム家の縁者に感謝しないといけないな。あとで礼を言っておくよ」

「はい、みんな喜ぶと思います。けれど、一番大変だったのはカイルくんですよ。あの子のこともしっかり褒めておいてくださいね、アルス様」

「カイルか。あいつは残って事務仕事だもんな。わかった。カイルにもちゃんと礼を言っておくよ」

カルロスの招集によって兵を引き連れて戦場へと行っていた俺たち。

当然だが、領地を完全に空にするわけにはいかない。

が、まともに戦えない者ばかりを連れて行って俺にもしものことがあっても困る。

というわけで、主なメンバーは総動員で戦場へと出払ってしまっていた。

そうすると領地の運営は残ったメンバーだけでやることになる。

一応主なところはグラハム家関係の人間の手を借りているがそれでも仕事数に対しての人数が圧

倒的に足りなかった。

特に俺と直接血のつながりのある人間は母さんと長男であるヘクター兄さん、そしてカイルだけであるが、まともに文字を書けて計算もできるのは最年少のカイルだけなのだ。

ようするに領地の経営の代理人としてはまだ年齢一桁のカイルの両肩にその責任がのしかかっていたことになる。

本当に大丈夫だろうか。

カイルがブラックな職場である領地経営で死にかけているかもしれない。

俺はリリーナへ帰還の挨拶をしたあと、すぐに執務室へと向かっていったのだった。

◇◇◇

「カイル様、こちらの書類の確認をお願いします」

「自動演算。……ああ、ここところ、あとこっちも計算が間違っているね。特にそこが間違っていると全体の計算が大きく狂うからやり直しておいて」

「わかりました」

「カイル様、こちらもご確認を」

「うん、わかった。速読。……この商人は以前別件で問題を起こしていたはずだったよね。この格付けにはふさわしくないから駄目だよ。他は問題ないからそこだけ直しをよろしく」

「はい、ありがとうございます」

「カイル様、こちらもよろしくお願いします」

「うん、……あれ、アルス兄さん。リリーナ様のところに行ったんじゃなかったの？」

「ああ、ただいま、カイル。リリーナと話してたんだけど、領地の仕事が大変だって聞いたからな。様子を見に来たんだけど」

「そうなんだ。じゃあ、ちょっと待ってくれるかな。あ、そうだ。当主の署名が必要な書類があるから、アルス兄さん、そっちをお願いしてもいいかな」

「お、おう。わかった。どの書類だ？」

「ここだよ。これ全部今日中によろしく」

「……この山盛りになった書類がか？　これを今日中にやらないといけないのか？」

「仕方ないよ。しばらくいなかったんだから。よろしくね、アルス兄さん」

執務室へと入った俺は忙しく働くカイルや他の者たちの姿に驚かされた。

なんだかものすごい大変そうだが、それにしてもカイルの頼もしさが半端じゃない。

次から次へと書類に目を通して仕事をこなしている。

というか、俺がいたときよりもかなりきっちり仕事をしているのではないだろうか。

俺はカイルに渡された山積みの書類をチェックして、それにサインを書いていったのだった。

◇◇◇

「お疲れ様、アルス兄さん」

「つ、疲れた。なんでこんなに仕事があるんだよ」

「なんでって決まってるでしょ。アルス兄さんや他のみんなが戦で活躍して領地が増えたんだよ。その分、やることが増えたんだからね」

「そうか、書類の中にあったけど、もう新しく増えた領地の検地までやってたんだな。っていうか、カイル。お前、あれはなんだよ」

「あれって何？」

「いや、なんかすごい速度で書類を読んだり、計算したりしてただろ。どの書類もあっという間に内容を把握して計算するなんて尋常なことじゃないぞ」

「ああ、あれか。実はアルス兄さんに聞いた呪文の作り方ってあったでしょ。さすがに毎日すごい量の事務仕事があったから、それがちょっとでも楽になるようにと思って、文章を読む速度を上げたり、計算速度を上げる魔法を作ったんだよ」

「……え、今なんて言ったの、カイルくん？」

「だから、魔法を作ったんだよ。【速読】と【自動演算】ってやつを。どう？　すごいでしょ、アルス兄さん」

……まじで？

いや、仕事中に何度もそのワードが聞こえてきていたのでもしかしてとは思ってはいたんだ。

だが、聞き間違いではなかったのか。

どうやら【速読】というのは書類に書かれた文字を見た瞬間に全文の内容を理解できるらしい。

【自動演算】に至っては正しい計算結果を瞬時に出すこともできるとか。

魔法って本来魔力を扱った技を魔術として使いこなす魔術師が、さらなる修練によって呪文というキーワードをつぶやくことで発動させられる技術へと昇華させたもので、簡単に作れるものではないはずなんだが。

現にやり方を教えてもバイト兄やバルガスは肉体強化系の魔法を作り出すことには成功していない。

それをまだ八歳の弟カイルが実現してしまった。

おいおい、カイルくんよ。

お前、天才かよ。

すごすぎだろ。

こうして、バルカには俺の予想もしなかった魔法がもたらされることになったのだった。

第三章　新魔法の活用法

「できねえ。カイル、お前の魔法すごすぎだろ」

「そうかな？　アルス兄さんの魔法のほうがすごいと思うよ。あの高さの壁なんてもう普通の人には絶対に突破できないだろうし」

「いや、それでも俺はお前の魔法のほうがすごいと思うよ。ほんとどうやってるんだか」

カイルの作り出した魔法は【速読】と【自動演算】というものだ。

どちらも事務仕事を瞬時に片付けてしまうシンプルながらもそれ故に使い勝手のいい魔法だと言える。

だが、それ以上に俺はカイルの魔法に驚いていた。

というのも、俺が魔法を作ったやり方ではカイルの魔法は再現できそうにもないからだ。

俺の場合は同じ形のレンガを作り続けて、それを毎回同じキーワードをつぶやきながら条件反射にできるようにした結果、【レンガ生成】という魔法を完成させたのだ。

そして、その魔法は呪文をつぶやけば、必ず同じ大きさと重さ、材質のレンガが出来上がるという特徴がある。

つまりは、呪文として設定したキーワードをつぶやくと毎回同じ結果が得られるというのが俺の魔法理論なのだ。

だが、カイルの魔法はそれと似ているようでも違っている。

【速読】は文字の書かれた用紙を見ながら呪文をつぶやくと、一瞬でその文章を読み取り、内容を理解することができる。

【自動演算】も同じように導き出したい計算を瞬時に正確に行うことが可能というものだ。

呪文をつぶやけば効果が得られるという点では同じだが、どんなに内容の違う文章であっても一瞬で理解したり、答えの違う計算をして正解を導き出すという点が明らかに俺の魔法理論から外れていた。

どうやったら同じ言葉をつぶやくだけで違う結果を出すことができるようになるのだろうか。

「そんなに難しいことじゃないと思うよ。誰だってやればできるよ。アルス兄さんもちょっと練習すればできるようになるって」

おい、カイルくんよ。

軽々しく「やればできる」なんて言うんじゃない。

やってもできないことなんかいくらでもあるっつうの。

……ってそうか。

もしかしたら、俺はなぜか土に関する魔法が得意でそれ以外ができないのに対して、カイルはこういう事務系に異常なほどの適性があるのかもしれない。

もしそうなら、これからもいろいろ便利な魔法を開発してくれる可能性もあるということになる。

「まあ、でもお手柄だよ、カイル。じゃあ、さっそくその魔法を俺も使えるようにしようか」

「うんうん、練習するのはいいことだと思うよ、アルス兄さん」

「え？　練習？　なんでそんなことしなきゃなんねえんだよ、カイル。お前が俺に名付けしてくれたらそれで十分なんだけど……」

「え？　名付け？　誰が誰に？」

「カイルが、俺に、名前をつけるの」

「いやいやいや、それは駄目でしょ、アルス兄さん。なんでボクがアルス兄さんに名前をつけることになるのさ」

「だって、そうしないと俺が【速読】とか【自動演算】を使えないじゃん。俺も使いたいんだけど。絶対便利だし」

「絶対ダメだって。アルス兄さんはフォンターナ家から名付けをしてもらって領地を任されているんだよ？　そのアルス兄さんにボクが名付けするなんて許されるわけないじゃないか」

「駄目かな？　やったらいけないとは聞いてないんだけど」

「普通に考えて駄目だよ。何考えてるのさ」

「だって、あんなにたくさんの書類を読んで署名するなんて大変なんだもん。俺も【速読】だけでも使いたいんだよ」

「別にアルス兄さんなら事務仕事のときに魔力を頭に集中させるだけでも十分でしょ。ボクは絶対名付けなんてしないからね」

「……本当に駄目？」

「駄目。これ以上言うならボクも怒るよ、アルス兄さん」

「……わかったよ。だけど、カイルが名付けを行うのは決定事項だ。俺に名付けをするのが駄目なら、他の奴に名付けをしてもらう」

「他の人って？」

「カイル、お前、今も時々学校に教えに行ってるんだろ？　その中の生徒にいい奴がいないか？勉強にやる気があって、真面目な奴だ。そんな奴がいるなら取り立てて文官として仕事をさせよう」

そうだ。

カイルの魔法があれば即戦力の文官を作り上げることができるんじゃないだろうか。

というか、以前からもっと文官が欲しいとは思っていたのだ。

基本は俺とおっさんがあれこれやっていたのだが、おっさんへの負担がかなり大きかった。

【瞑想】を使えば一晩で疲れが取れるが、逆に【瞑想】が使えるが故に過重労働を強いられていたのだ。

それをサポートしていたカイルと、あとに入ったグラハム家の人のおかげでそれも少し改善していた。

だが、やはりもっと文官が欲しい。

特にうちは俺が力で領地を手に入れたが故に、集まってくる人材も単細胞の力自慢か夢見る餓死寸前の奴らが多いので、文官になり得る人材の確保は切実な願いだったのだ。

それが、カイルの魔法によって大きく状況が変わる。

文章を瞬時に読み、計算を間違えないというのはとてつもなく大きい。

なぜなら商人たちですら読み間違えは結構あるのだから。

こうして、俺は学校に通う生徒たちからカイルの推薦するこれはと思う連中を選んで文官として取り立てて仕事をさせることにしたのだった。

「そういえば、俺はまだカイルに名付けをしてなかったよな？」

「うん、ボクはまだバルカの名をもらってないよ」

「そうか、どうするかな……」

「なんのこと、アルス兄さん？」

「いや、これからの領地経営を考えるとカイルの魔法はどちらも有用だろ？　バルカでもっと事務仕事ができる奴を増やしたいしさ」

「うん、そう話してたところだもんね」

「だけど、カイルの魔法を使えるようになるためにはカイルから名付けを行わないといけないわけだ。いっそのこと、カイルはバルカじゃなくて別の家名でも使うことにするか？」

　文官がほしいという思いからカイルの魔法をどう活用していくかを考えていく中で俺は少し気になることがあった。

　それはむやみに攻撃魔法を持つ者を粗製乱造したくないというものだ。

　これは結構根深い問題なのだ。

　現在、カイルはまだ俺が名付けをしていない状態である。

　ここで俺がカイルにバルカの姓を与えて、そのカイルが文官候補の人間に名付けを行うとどうなるだろうか。

【速読】や【自動演算】というカイルの魔法とともに俺が使える魔法までもが文官たちにも使えるようになってしまうことになる。

　別に文官たちがレンガを作れるようになるというだけなら構わないのだが、問題はフォンターナ家の持つ【氷槍】などといった攻撃力のある魔法までもが使えるようになってしまうという点にある。

そもそもの話だが、貴族が配下となる人間に魔法を授けるにはそれなりの功績と信頼があるという前提のもとであり、現在もフォンターナ家のカルロスを始め、その配下の騎士たちはその暗黙の了解を守っている。

長い動乱の中で出来上がったルールであり、それを破れば各方面にいろんな不利益が舞い込むことをよく知っているからだ。

だというのに、俺がむやみやたらに【氷槍】を使える者を増やすようなことがあれば、いらぬ反感を買ってしまうことになる可能性がある。

ようするに、現在俺がカイルに名付けを行っていないことを利用して、あえてカイルはバルカの姓ではなく別の家名を名乗ってもいいのではないかということを思いついた。

そうすれば、カイルの使える殺傷性のない魔法を使える者だけを増やすことに成功する。

むしろ、そちらのほうが気兼ねなく名付けする者を増やすことができるのではないだろうか。

「えー、ボクだけバルカじゃなくなるの？　なんか仲間外れみたいなんだけど」

「そんなこと言うなよ。カイルのことを仲間外れにするような奴なんかいないさ」

「……うーん、アルス兄さんがどうしてもって言うなら、そうしてもいいけどさ」

「頼むよ、カイル。お前の力は絶対このバルカにとってなくてはならないものになる。むしろ、今までカイルに名付けしてなかったのはこれ以上ない利点になり得るんだ。この通り、お願いするよ」

「わかったよ。アルス兄さんがそこまで言うならボクやってみるよ」

「ありがとう、カイル。恩に着るよ」

「でも、別の家ってどうするの？　何かいい家名でもあるのかな？」

「そうだな……。ならリード家なんてどうだろうか。カイル・リード、それがこれからのお前の名前だ」

「カイル・リード……。うん、わかった。ボクはこれからリードの姓を名乗るよ、アルス兄さん」

カイルが納得してくれたので、すぐに名付けの準備に入る。

フォンターナ家の当主であるカルロスとフォンターナ領をまとめるパウロ司教にカイルがリード家を名乗る許可をとったのだ。

こうして、バルカ騎士領には新たな魔法を使う家が誕生したのだった。

◇◇◇

「で、カイルが教会で名付けをした連中だけど、結局勉強は必要なわけか」

「そうみたいだね。いくら【速読】という魔法があっても文字を知らなかったら読めないし、数字を知らなかったら計算も何もないってことみたい」

「まあ、考えてみれば当然か。けど、それでも十分即戦力の文官が出来上がるな。簡単な四則演算さえできればほとんどの計算なんてできるし、文字も覚えればいいだけだし」

カイルが新たにリード家を名乗り、学校からこれはという人間を選んで名付けを行った。

その際、ひとりの少年が自分もどうしてもなりたいと言い出したのだ。

まだ、学校に通い始めてから日が浅い子だったようで本来であればそんな者に名付けを行う気はなかった。

だが、物は試しにとカイルが名付けをしてみようと提案してきたのだ。

そうすると、面白いことが分かった。

カイルの魔法は必要な魔力量が少ないため、子どもであっても発動することができる。

だが、【速読】や【自動演算】といった魔法を使ってもその子には理解ができなかったようだ。

魔法を使えるようになれば習っていなくても文章が読めるというようなものではなく、あくまでも文字が読める人間にとって文章を読んで内容を理解する速度が速まる魔法らしい。

「でも、カイルの人の選び方は結構意外だったかな。学校の成績順ってわけじゃないみたいだし」

「うん、ボクが選んだのはべつに頭のいい人じゃないからね」

「ちなみにどういう基準で選んだんだ？」

「一日中机の前にじっと座って勉強ができる人、かな」

なるほど。

さすがに俺が押し付けた領地経営の仕事を見事にこなしていただけある。

バルカニアに建てた学校は割とフランクなもので、昼飯を食いにこさせるついでに最低限の読み書きや計算の仕方を教えている。

そんな中でも、地頭のよさからちょっと話を聞いてすぐに計算できるようになる者も、いないでもない。

が、だからといって教壇に立つ教員の言うことを聞かずに騒いでいるような者に領地の仕事を任せることができるかというところだろう。

実際に学校に教えに行っているときに授業態度もしっかりとチェックしていたようだ。

こうして、カイルによって選ばれた勤勉なる者たちが文官としてバルカの仕事を行い始めたのだった。

「カイル坊、お願いだ。俺にも名付けをしてくれないか？」

「ん、どうしたんだ？　何、カイルに詰め寄ってるんだよ、おっさん」

「おお、坊主か。坊主からもカイル坊に言ってくれないか。俺に名付けをしてほしいって」

「はあ？　おっさんはバルカ姓を持ってるだろ。何言ってんだよ」

「いや、最近バルカ城で働き始めた文官の仕事を見て思ったんだよ。あの魔法が使いたいってさ。ぶっちゃけ、俺は戦場で武器を振り回すよりも金を数えてるほうが得意だからな。ああいう魔法があるなら使ってみたくなるってのが人情だろ」

「そうなんだ？　いろいろ他の連中にも聞いて回ったら思った以上にカイルの魔法は人気なさそうだったんだけどな」

カイルが選んだ人材に魔法を授けてバルカ城での勤務をさせ始めるようになってしばらくしてからのことだった。

あるとき、カイルに詰め寄って名付けをしてほしいと頼み込むおっさんの姿があったのだった。

おっさんいわく、自分もカイルの魔法が使いたいということらしい。

実におっさんらしい意見だと思う。

俺もカイルの使う魔法を自分でも使いたいのでその気持ちはよく分かる。

パッと書類に目を通したら内容が把握でき、計算も完璧になれるのだ。

こんなにいい魔法はないのではないかと思う。

だが、俺が思ったほどカイルの魔法は人気が出なかった。

というより、ほとんどの者は見向きもしなかったのだ。

どうやら、それはこのあたりの魔法についての歴史が関係しているようだ。

おそらくはかつて王家が力を持っていたときには、この手の便利系魔法を使う貴族家もいたのだろう。

だが、王家の力が弱まり、各地の貴族が勢力を持ち、自分たちの力だけで家と領地の維持を行う時代へと突入し、それから長い年月が経過した。

長引く動乱の中でいくつもの貴族がお互いの力をかけて戦った結果、段々と力のある貴族家だけが残るようになった。

この場合、力のある貴族家というのは攻撃魔法を有する家だったのだろう。

いくら魔力が上がれば肉体的な強さが上昇するとはいえ、攻撃魔法があるかないかは戦場での勝敗に大きく関わってくる。

当然、それまであった便利な魔法を使うが攻撃力皆無の家は淘汰《とうた》されてしまったのだ。

さらに、長い年月が経過すると魔法を授ける暗黙の了解も生まれてきた。

戦場で活躍した者を従士として取り立て、その従士の中から騎士になれると認められた者だけに魔法を授けるようになったのだ。

当然、それは貴族だけのルールではなく庶民の認識へとつながる。

つまり、戦に出て活躍して魔法を授けられるほどになった者にはそれ相応の「攻撃力のある魔法」を授けられるべきだというものだ。

つまり、庶民から見ても魔法とは攻撃力のあるものこそ優秀で、攻撃力のないものは格の低い低レベルな魔法だという認識が広がるに至ったのだ。

そう考えると、俺の使う魔法は意外とバランスが取れていたことになる。

俺が使うメインの魔法は【整地】や【土壌改良】、【壁建築】である。

だが、一応攻撃魔法として【散弾】というものがあった。

この【散弾】があったからこそ、俺の魔法は攻撃魔法であると認識され、農民たちも攻撃魔法が手に入るならと俺の名付けを受け入れた面があったのだ。

最初にバルガスと戦ったときに攻撃魔法の力で勝利したというのも大きかったのかもしれない。

さらに、【散弾】はフォンターナ家の使う【氷槍】よりも攻撃力が低いというのも一応メリットがあった。

命中性という点に関しては【散弾】のほうが上回るものの、射程も攻撃力も【氷槍】のほうが高く、俺も戦場ではもっぱら攻撃に【氷槍】を使用している。

これが、フォンターナ家配下の騎士たちにとってはよかったのだ。

急に現れて家宰であるレイモンドを倒し、カルロスの配下へと収まってしまった俺という存在を見て他の騎士たちの心情は大きく揺れ動いていた。

だが、肝心の魔法に関してバルカ家の持つ【散弾】よりもフォンターナ家の持つ【氷槍】のほうが優れている。

つまり、既存の騎士たちにとって自分たちは急に現れたバルカという存在に並ばれはしてしまったものの、追い抜かれたわけではないのだ。

そう思ったからこそ、俺がカルロスにこき使われるように魔法で陣地や道路を造る姿を見て、「格の低い魔法を使う奴らだ」と溜飲を下げていたのだ。

もし仮に、俺が使うオリジナル攻撃魔法が【氷槍】よりも強かったらもっと風当たりが強かったかもしれない。

まあ、そんなわけで攻撃力皆無のカイルの魔法は実用性がありつつも人気がなかった。

実は先日の戦の功績で何名かを騎士に取り立て俺が名付けを行ったのだが、そいつらに俺ではなくカイルの魔法をやろうかと提案したとき、全員に断られた。

おっさんのように自らすすんでカイルの魔法が使いたいという者はかなり珍しいことだったのだ。

「おっさんの気持ちはわかった。けど、どうしようかな。カイルがおっさんに名付けした場合、おっさんだけは全部の魔法を使えるようになっちまうしな……」

「カイル坊の魔法を使うにはバルカの名を返上することになるのか。それはそれであれだな」

「名の返上って結構あるものなのか、おっさん？」

「ああ、ないことはないだろ。他の貴族の領地を奪ったときに、そこを任されていた領地持ちの騎士ごと取り込むことはある。そのときは、それまでの名を捨てさせて新しい主から名を授かるんだ」

「ってことはおっさんがバルカ姓を返上してリード姓に授かるってことになるのか。でも、そうなった場合でも出兵はしてもらわないと困るぞ」

「うーん、いや、やっぱこの話はなしだ。確かにカイル坊の魔法は魅力的だが、俺だってバルカの名を坊主から授かった男なんだ。それを捨てるなんてとんでもない」

「そうか、そう言ってくれると俺も嬉しいよ、おっさん」

どうやらおっさんはカイルの魔法に惹かれつつも、その誘惑をはねのけてバルカであることを選んだようだ。

まあ、俺としてはどっちでもよかったのだが。

ちなみにだが、このあたりでは魔導システムを用いた名付けが主従関係に大きな影響を与えているが、それがすべての場合で適用されるわけでもないらしい。

例えば、主従の関係であるとお互いが認め合っていても名を授けないこともあるのだ。

魔法の流出や魔力の移譲についてまで納得しない限り、名付けは行われない。

特に、両者が魔法を使う家であるとそういうことがあるとのことだ。

「でもさ、カイルの魔法が人気ないといってもおっさんみたいに欲しがる奴は一定数いるのかもな」

「そりゃそうだろ。たとえ攻撃魔法じゃないとしても有用には違いないからな。ただ、戦場で命かけてまで欲しがるかっつうとそうじゃないって話だな」

「だけど、逆に考えるとカイルの魔法を欲しがる奴ってのは筋肉バカじゃなくて頭を使うことを知ってる奴ってことにならないか？」

「そうかもな。そう考えることはできると思うぞ。どうした、坊主。何か企んでいる顔だな？」

「いや、成り上がりのバルカ騎士領ではいつでも頭のいい人材を欲しているだろ。カイルの魔法がその餌にならないかなって思ってさ」

「魔法を餌に人を集めるのはまあ間違いじゃないだろうけど、具体的にはどうするつもりなんだ？」

「大学を創ろう。頭のいい奴らを一つの場所に集めてカイルの魔法を授けて、さらに発展させる場所をつくろうと思う」

うまくいくかは分からない思いつきレベルではあるが、おっさんとの会話の中で思いついたこと。

それは優秀な人材集めを兼ねて大学を創ってみようかというものだった。

バルカニアにある何も知らない者たちに文字や計算を教える学校ではなく、新たなものを研究させる機関としての大学だ。

俺はさっそくこの思いつきを実現すべく、準備に取り掛かったのだった。

「大学、というのはなんでござるか、アルス殿？」

「うーん、どう言えばいいんだろうな。知識の集積所であり、最先端の研究を行う最高学府といえばいいのか……。まあ、とにかく頭のいい連中を集めて、そいつらの知識を記録として残す場所ってのが俺の作りたいものかな」

「それはいいでござるな。ただ、基本的には研究というのは金食い虫でござるが、いいのでござるか？」

「構わないよ、グラン。今後のバルカ騎士領の領地運営は人材育成に力を入れていくつもりだからな」

カイルの魔法についておっさんと話していた中で、俺は大学を創ってみようかと考えた。

といっても、教授となる人間が生徒に教える場所というよりは、いろんなことを研究する場所というニュアンスのほうが強いかもしれない。

だが、これはグランが言うように無尽蔵に金がかかることになるだろう。

何せ、実利を追い求める研究になるかどうかの保証は一切ないのだから。

だと言うのに、俺が大学を創ろうと考えたのにはわけがある。

それは、先日のカルロスとのやり取りが関係していた。

氷精剣と九尾剣、どちらが欲しいか、というクイズ形式の質問をされた例の件だ。

あの質問の意図がリオンの推測したとおりだとすると、カルロスは俺たちバルカを戦場での道具として利用するために領地を取り上げてしまうことも頭の片隅にある可能性がある。

敵対勢力と隣接する領地に飛ばされるか、あるいはフォンターナ家へと完全に吸収してしまうか、今後どうなるのかいまだに不透明と言わざるをえないのだ。

あのときは適当にその場のノリで答えた結果、運よくバルカニアという街を維持しつつ領地を増やすことに成功した。

だが、今後もそれが完全に保証されるかどうかは分からない。

考えてみれば、フォンターナ家の家宰であるレイモンドを討ち取った俺という存在をあっさりと取り込んだカルロスは、最初からいずれバルカの地を取り戻す気でいたのかもしれないのだ。

せっかくバルカニアという街を造ったこともあり、そう簡単にここを離れる気はない。

が、先のことなど分からない。

もしかしたら、この地を離れて暮らすことになる未来があるかもしれない。

バイト兄やバルガスなど多くの者の生活にも関わることであるだけに、そのことを一切考えずに暮らしていくことはできなかった。

なので、俺が考えた末に出したのが土地の発展はもちろんだが、そこに住む人材の育成こそが大切なのではないかという考えだ。

優秀な人材がいれば、たとえ別の土地に移ることになってもなんとかなるかもしれない。

だが、この場合の人材育成はガラスや家具などを作る職人ではなく、頭脳労働者を意味する。

領地の発展に貢献できる頭脳を持った人間を育てる。

これこそが、これからのバルカ騎士領に必要なことなのではないかと思ったのだ。

これはもちろん金がかかるがそれは仕方のないことだろう。

むしろ、金をかけてでも今から始めなければならない。

こうして、俺は大学創りに着手したのだった。

◇◇◇

「でも、よかったのか、リリーナ。貴重なものなんだろ、あの数の本は?」

「そうですね。ですが、アルス様の言う図書館を創るためには必要なものでしょう? それに一時的な貸出ですから、問題ありませんよ」

「ありがとう。助かるよ、リリーナ」

俺が大学創りとして取り組んだ最初の一歩は図書館創りだった。

やはり箱物を造るだけでは大学としては成り立たないだろうし、誰も興味を持たないだろう。

ならば、知識の集積所となるべく、最初に本を集めることにしたのだ。

その手始めにリリーナが今まで集めて読んでいたという本を借りることに成功した。

この世界の本は貴重であり、おいそれと手にする機会はないのだが、リリーナは昔から本が好きで読みふけっていたらしい。

ほとんどは難しい文章で書かれた歴史関係の本だった。

それを文官たちの手を借りて整理していく。

カイルの魔法を授かった文官たちは見事な仕事をしてくれており、俺がいない間もカイルだけで支えていた領地の仕事も今ではゆとりを持ってできるようになっていた。

そこで、文官たちがリリーナから借りた本を【速読】で読みながら筆写していったのだ。

文章が読めるとはいえバルカニアの学校から選びだしたばかりの文官たちにとっても、歴史の勉強にもなるだろう。

カイルが選んだだけあって、本当に一日中机の前に座っていても苦痛を感じないらしい彼らはそれから毎日分厚く難解な歴史の本を読み取って、植物紙へと筆写し、図書館の棚を埋めていったのだった。

「アルス殿。図書館とやらはいいでござるが、そのあとどうするつもりなのでござるか？」

「うーん、そうだな。もっと本も増やしたいところだけど、人も欲しい。すでにそれなりの学識のある人間が」

「学識のある人間でござるか。そういうのは普通伝手《つて》を頼るものでござるよ。一般人に学のある者は珍しく、どうしても貴族や騎士家出身の人間が幼い頃からいろんな物事を学んでいるものでござる」

「結局、頭のいい奴らを手に入れるのはコネってことか……。一応、募集をかけてみよう。我こそはと思う賢者はバルカに来いって。その知識を認められたものにはリード家による魔法を授けることにしよう」

「どういう基準で募集をかけるのでござるか？　いくらなんでもカイル殿の魔法目当てに有象無象が集まってきても困るでござろう？　応募するための条件ぐらいあったほうがいいのではござらんか？」

「そうだな……。なら、こうしようか。何か本を持ってこさせよう。どんな内容の本でもいいから持ってこさせて図書館に収蔵するために筆写することを認めること。その条件を満たした者を対象に話でも聞けば数が絞れるだろ」

「本、でござるか。それはまた難易度が結構上がる条件でござるな。普通は本など持っていないでござるよ、アルス殿。その条件だと拙者のような造り手は条件を満たせない者が多いのでござる」

「グランのような造り手か。そういう奴らもカイルの魔法を欲しがるのかな？」

「それはそうでござろう。計算が楽になるのはもちろんでござるが、戦場に行かずとも魔法を得られる機会があるとなれば、手を挙げる者もいると思うでござるよ」

　そうか。

戦場で命をかけた代償として手に入るのが攻撃力のない魔法では嫌がる者もいるが、そうでなければカイルの魔法も欲しがる奴はいるということか。

「……ちなみにグランはどうなんだ？　カイルの魔法が欲しいとは思わないのか？」

「欲しいでござるが、それよりもアルス殿の魔法のほうが拙者にとっては必要でござる」

「俺の魔法が？　グランのものづくりに役立つ魔法なんてあったっけ？」

「もちろんでござる。【瞑想】は拙者にとってはこれ以上ない魔法でござるよ、アルス殿。幾日も寝ずに作業することができるなど夢のような魔法なのでござる」

ああ、なるほど。

グランにとっては【速読】や【自動演算】などよりも【瞑想】のほうがメリットが大きいのか。

確かに一晩寝れば完全に疲れが取れる【瞑想】は便利だし、最近グランはものづくりの作業中にも【瞑想】を使っているようだ。

疲れを最小限に抑えながら何日も連続で作業し続けることがあるらしい。

いずれ反動が来て体に無理がくるのではないかと俺のほうが心配になるくらいだった。

ま、【瞑想】のことについては今は置いておこう。

問題は人集めにある。

カイルの魔法を餌に優秀な頭脳を持つ者を集める。

各地を行商してきた経験のあるおっさんや旅をしてきたグラン、さらに元領地持ちの騎士家だったリオンのグラハム家を使って、周囲に声をかけさせる。

とりあえずはこうだ。

我こそは人より優れた頭脳を持つという自信がある人物に魔法を授けると広める。

あらゆる文章を瞬時に読み取れ、いかなる計算も行うことのできる魔法をだ。

だが、その魔法を授けるには条件がある。

バルカニアに新しくできた図書館へと本を持ち込み、その本を筆写させることを許可すること。

その上で俺やカイル、グラン、リオンなどが「なるほど」と思う知識を披露すること。

もしも、俺たちをうならせることができれば魔法を授ける。

そのあとは俺が創った大学で自由に研究するのもよし、あるいは俺に仕えてバルカで働くのも自由だ。

「まあ、とにかく、こんな感じの条件でやってみよう。グランも知り合いの造り手とかに手紙でも送ってみてくれ」

「わかったでござるよ、アルス殿」

こうして、バルカは大々的に知識を持つ者と本を集めることになったのだった。

◇◇◇

「万国びっくりショーかな?」

人材集めにカイルの魔法を餌に優秀な頭脳を集めようと考えていた時期がありました。

だが、蓋を開けてみたらどういうわけか俺の思っていた流れと違うことになってしまった。

どこでどう話が捻じ曲がってしまったのかは分からないが、想定外の話になっていた。

「はじめまして、バルカ様。わたしは絵の天才です。この通り、目を閉じたまま精巧な絵を描き上げることができます」

「はじめまして。わたしは鼻からパンを食べることができます。どうです、こんなこと他の誰にもできませんよ」

「初めてお目にかかります。わたしの歌を聞いてください。歌います」

なぜか、俺が求めていた知識者ではなく、一芸に秀でた者たちが集まってきてしまったのだ。

というか、ほとんどの者はたいした芸ともいえないお遊戯会でももっとマシなことをするだろうと思うことを俺に見せてくる。

今は耳障りにしか思えないほどの下手くそな歌を聞かされていた。

この流れはどうやらバルカへの移住者の動きも関係していたらしい。

ここバルカへと引っ越そうと考えている人間がそこそこいたようで、そんな奴らが今回の俺の出した知恵者を集め魔法を授けるという話に飛びついたようだ。

なぜか、知識ではなく他の者には真似できない芸を見せるという変容を遂げて。

ちなみに本の定義を示していなかったので、バルカニアでは小冊子のようなものを販売する人も出始めたとか。

おかげで連日わけの分からないものを見せられている。

が、これも意外と悪くない。

なかには本当に一芸に秀でた奴もいるからだ。

さっきの絵描きは地図作りなんかに使えるかもしれないし、バルカ城で働かないか声をかけてみよう。

あと、街中で自作の本を作って売ってる奴も見つけ出して筆写係としてこき使ってやろう。

こうして、俺の予想とは違う流れにはなりつつも、変わった人材が少しずつ集まり始めてきたのだった。

◇◇◇

「そういえば、ヤギはどうなったんだっけ？」

「アルス兄さん、思いつきでいろいろ試すのはいいけど、もう少し結果を予想してから行動してよ。大変だったんだよ、あのヤギのことで」

「ごめんごめん。カイルが怒るなんて珍しいな」

「怒りたくもなるよ。家の建物の上に飛び乗って困るって苦情が多かったんだからね」

「そいつは大変だったな。でも、今はその苦情も来ていないんだろ。どうしたんだ？」

「バルカニアの街中では面倒事が多くなったからね。内壁の中の中央区に全頭引き入れたんだよ。ヴァルキリーの厩舎に一緒に入れてる」

「ヴァルキリーの厩舎に？　大丈夫なのか？」

「うん。どうもヤギが【跳躍】しようとするとヴァルキリーたちはわかるみたい。むやみに飛ぼうとしたヤギにヴァルキリーたちが【散弾】を放ってたみたいだね」

「え、【散弾】をぶっ放してたの？　もしかしてヤギは全部死んだから問題解決だとか言わないよな？」

「そんなわけないでしょ。ちゃんとヴァルキリーたちも気は使ってたみたい。けど、何度も【散弾】で威嚇射撃されていたからか、おとなしくしていれば何もされないのがわかったからか、ヴァルキリーと一緒にいるときにはヤギたちも静かにしているみたいだよ」

「……ようするにヴァルキリーがヤギを従えたってことか？　上位存在に立つみたいな感じで」

どうやら、バルカニアの街に送ったヤギたちはヴァルキリーと一緒であればおとなしく生活を送っているらしい。

無駄にピョンピョン跳ねるのはさすがに街中では大きな問題となっていたようで、助かったといえば助かった。

ヤギ自体はおとなしい性格をしているのだが、何せそれなりの体重のある獣なのだ。

そんな動物が数メートルほどの高さへと跳躍し、地面に着地する。

そのタイミングで人間が踏み潰されないとは誰にも言えないのだ。

俺はこの事故の可能性についてまったく考えていなかった。

どうやら、この最悪の事態は運よく起こっておらず、単なる街の住人からの苦情レベルで止まっていたらしい。

もし、ヤギによって人身事故が起こっていたら面倒だったかもしれない。

「でも、これからどうするの、アルス兄さん。ヤギを育てるつもりなんでしょ？」

「ん？　そのつもりだけど、なんかまずいか？　ヴァルキリーと一緒なら育てられそうなんだろ？」

「数が少ないうちはそうだけど、増えてきたらどうするのさ。というか、バルカ城がある中央区でわざわざ獣を飼うのもどうかとは思うけど」

「そう言われるとそうだな。……よし、これを機会にまた開拓でもするか。なんだかんだで全然開拓していなかったしな」

確かにカイルの言う通り、領地の仕事をするべき場所である中央区にヤギを増やしていくわけにもいかないだろう。

ならば、牧場みたいな場所を造ろう。

ヤギが逃げないように壁で囲った飼育専用の場所を造れば、住人に対する被害も出ないだろう。

そう考えた俺は久しぶりにバルカニアの北に広がる森を開拓していくことにしたのだった。

◇◇◇

もともと、フォンターナの街の北には森が広がっていた。

そこを開拓しようと努力してできた村のひとつがバルカ村という俺が生まれたところだった。

しかし、この森は危険な生き物が住んでいたりすることもあり、一度切り開いた場所も再び森に侵食されるようになって、なんとか維持するだけで精一杯という状況に陥っていた。

その状況を変えたのが何を隠そうこの俺だ。

今でもまだ子どもではあるが、更に幼いときから独自の魔法を駆使して森を切り開いていき、土地を広げていった。

おかげでその土地を治める貴族とも敵対することにもつながったわけだが、まあそれはいいだろう。

結果として広大な土地を手に入れることに成功し、バルカニアという壁に囲まれた城塞都市を作り上げるに至ったのだ。

一辺四キロメートルほどの壁に囲まれた大きな街。

それが俺の住むバルカニアだ。

だが、当時俺が開拓したのは四キロメートル四方の土地ではない。

あくまでも開拓した土地の中に一辺四キロメートルという壁を建てたにすぎないのだ。

つまり、壁の外には更に数キロメートルほどの【整地】された土地が存在するのだ。

このバルカニアという壁に囲まれた外の土地は俺のものではあるが利用していない。

なぜかと言うと森から出てくる大猪を仕留めるための土地となっているからだ。

森から出てきた大猪は一般人では傷をつけることすら困難で、しかも、畑の作物を根こそぎ食い尽くしてしまいかねない。

かつて切り開かれた土地がこいつらのおかげで減ってしまったくらいだ。

だが、今はヴァルキリーに騎乗したバルカ騎兵団によってその大猪は発見しだい仕留めることに成功している。

この土地を更にもう少し広げて新たに壁を造って牧場となる場所を用意する。

実はこの作業は俺がやらなければあまり進まなかったりする。

しっかりと大地に根を張る木々を俺は魔法で地面の土をゆるくして、根っこごと抜き取ってしまう手段があるからだ。

もし俺のように魔法で開拓できない場合には斧を使って一本ずつ木を切り、その切り株の周りの土を掘ってから、切り株へとロープをかけて引っ張って根っこを抜かなければならない。

【整地】という魔法があれば切り株や岩もまとめて地面を均《なら》すこともできるが、それでも木を切るための時間がかかる。

簡単に開拓というが、俺以外がそれを実行するのは思った以上に重労働で時間がかかるものなのだ。

しかし、俺はこの作業をかなり速い速度でこなしていった。

俺の魔法と多数のヴァルキリーの存在が大きいのだろう。

俺が根っこから抜き取った木を、ヴァルキリーたちが引っ張ってバルカニアへと運び込んでいく。

次から次へと木を倒していき、そのあとに地面に【整地】を行う。

そして、ある程度土地が広がったら壁で囲んでいった。

こうして、バルカニアの北側には新たに拡張された壁で囲まれた牧場区が出来上がった。

限られた人間しか入ることを許されないヴァルキリーとヤギの楽園が出来上がったのだった。

◇◇◇

「なあ、坊主。ちょっといいか？」

「どしたの、おっさん？」

「いやな、前からその傾向はあったんだが、最近それが顕著になってきたんだ。一応まだ大丈夫だが問題になる前に坊主には報告しておこうと思ってな」

「ん？　何の話だよ。何がどうしたんだって？」

「ああ、悪い。ようするにだ、最近使役獣の卵の値段が上がってきてるって話だよ。だんだん手に入りにくくなっているんだ」

「使役獣の卵が？　ヴァルキリーはまだまだ数を増やしたいと思ってるから、それは困るな」

「だろ？　前から値段がじわじわ上がってはきてたんだがな、最近になってそれがより上昇している。それでも買い手が増えてるから入手自体も難しくなってるんだ」

「そうなのか。任せっきりだったから全然知らなかったな。でも、使役獣の卵の入手はおっさんに任せていた仕事だろ。つまり、おっさんがなんとかするしかないってことだな」

「そんなこと言うなよ、坊主。使役獣の卵が手に入らなくなって困るのはお前も同じだろうが。それにそもそも、値段が上がっている理由の一つは坊主にあるんだぜ」

「俺に原因が？　嘘つくなよ、おっさん。俺は何もしていないぞ」

「してないなんて言わせないぞ、坊主。使役獣の需要が上がったのは間違いなく坊主が原因だよ」

バルカニアの北を新たに拡張して牧場を造った。

そこにヴァルキリーとヤギを入れてある。

ここには角ありヴァルキリーも一緒に入れている。

何かあればヴァルキリーが【散弾】を使うので、ヤギもおとなしく生活することだろう。

その牧場を造り終えたとき、おっさんが話しかけてきた。

どうやら使役獣の卵についてのことらしい。

最近値上がり傾向にあるらしい使役獣の卵。

その値上がりの原因が俺にあるというのだ。

「いいか、坊主。俺たちはここ何年もずっと使役獣の卵を買い取り続けている。ここまで買い漁るってだけでも普通なら値段が上がっちまうんだよ。供給量自体はそう変わっていないからな」

「まあ、そうかもしれないな」

「だが、それに更に拍車がかかった。お前のヴァルキリーの活躍によってだ」

「ヴァルキリーの活躍？」

「そうだ。戦場で活躍するヴァルキリーのことを多くの人が知ったんだ。レイモンド様率いるフォンターナ軍だけにとどまらず、ウルク軍に対してもヴァルキリーの騎兵隊が大きな戦果を挙げた。それを見て、他にも使役獣を育ててみようって奴らが増えたんだよ」

「……でも、そんなのは前からいただろ？　それに、その流れならヴァルキリーの販売価格を上げてもいけると思うけど」

「何言ってんだ。魔法を使える角ありを売らないっていうのは有名になってるんだよ。他の連中が欲しいのはあくまでも戦場で活躍することができる魔獣型の使役獣ってことさ。もちろん角なしでも買い手がつきはするけどな」

「なるほど。つまり、俺が魔獣型としてヴァルキリーを売らないから、自分たちで生産できないかと思って使役獣の卵の需要が伸びたのか」

「そういうことだな。それもこの話はフォンターナ領に限ったことじゃない。他の貴族領でもその流れが出てきているらしい」

「ようするに、フォンターナ領にまでたどり着く流通段階で使役獣の卵の値段が上がっちゃってるってことね。……もしかして、販売制限をかけられてたりするのか？　バルカのヴァルキリーが増えすぎないようにって」

「わからん。今のところ、そこまでにはなっていないかもしれないが、そうなる可能性がないとは言えないな」

しまったな。

戦場で活躍すること自体は別によかったのだが、まさかこんな形で影響が出てくるとは。

どうやら世間では空前の使役獣ブームが起きているらしい。

しかも、俺のヴァルキリーに対抗する形をとってだ。

この問題はちょっと放置しておいたらまずいかもしれない。

ぶっちゃけ、現状ではバルカ騎士領最大の戦力はヴァルキリーの群れなのだ。

機動力の高さだけをとってもそれは大きな武器となっている。

だが、今のままでもいいというわけではない。

欲を言えば、もっとヴァルキリーの数は増やしていきたいのだ。

それこそ、ウルクのキーマ騎竜隊のように騎兵だけで千を超えるくらいにはしておきたい。

「……そういえば、前から聞いてみたいことがあったんだけど、使役獣の卵ってどうやって手に入るんだ？　魔力を吸い取ってその魔力によって姿かたちが違う使役獣が生まれる卵って、今更ながら摩訶不思議な卵だよな」

「ああ、そのことか。使役獣の卵はとある使役獣から生み出されているんだよ。使役獣の卵を生む使役獣がいるんだよ」

「使役獣の卵を生む使役獣？　ヴァルキリーとかと違って卵を生むような使役獣がいるのか……」

「そうだ。というか、それも魔獣型だと言われているけどな。【産卵】って魔法を使うらしいぞ」

「【産卵】ってまたそのまんまの魔法だな。でも、そんな使役獣がいるなら、そいつを買い取れないのか？　卵を産ませれば使役獣の卵として買い取る必要もないだろ？」

「無理に決まっているだろ。厳重に管理されてて、持ち出そうとしただけで捕まって生きては帰れないってことになるぞ」

「そりゃそうか。どうしたものかな」

使役獣の卵ってそんなふうになっていたのか。

今までおっさんが持ってきてくれていたから全然気にしていなかった。

だが、今後手に入らなくなるのは非常に困る。

何か手を打たないといけないだろう。

まだ猶予がある今のうちにだ。

「よし、おっさん。今から手に入るだけの使役獣の卵を手に入れてくれ」

「どうするつもりだ、坊主」

「使役獣の卵を生む使役獣が存在するなら、それを再現できないかと思ってな。それを試すんだよ」

「【産卵】の使役獣を再現？　そりゃ無理だろ。今まで誰もやらなかったと思うのか？」

「まあ、ダメ元でもいいからやってみよう。とにかく、使役獣の卵を集められるだけ集めてくれ」

こうして、使役獣の卵を安定的に手に入れるために俺は手を打つことにしたのだった。

「とりあえず、金に糸目はつけずに使役獣の卵をかき集めてきたぞ、坊主。で、本当に【産卵】の魔獣型使役獣を作れるのか？」

「そんなのやってみなきゃわからないよ。ただ、うまくいけば今後の使役獣の卵の入手については心配いらなくなる。やらない手はないさ」

「……そりゃそうだろうが、やっぱり無理だろ。そんなに簡単に【産卵】の使役獣が生まれるわけないぞ。そもそも、有用な使役獣が生まれるだけでも幸運なんだからな」

「ま、何事も挑戦だよ、おっさん。とにかく、まずは使役獣の卵を孵化させてみよう。バルカ姓を持つ者全員に卵を孵化させるんだ」

「バルカの姓を持っている奴ら全員にか？　本気か、坊主？」

「本気だよ。というか、使役獣は卵のときに取り込んだ魔力によって生まれる形態が変わるんだから、みんなに協力させないと話にならないだろ」

「わかった。俺からも声をかけて協力はさせよう。たとえ【産卵】持ちでなくてもいい使役獣が孵化できるとわかればそいつを孵化させた奴らもいい稼ぎになるはずだからな。ただ、それでもバルカ姓を持つ者は三百人くらいだろ？　まさか、その三百の中に運よく【産卵】持ちを孵化させる奴がいるかもと思っているのか？　考えが甘すぎるんじゃないか、坊主」

「おいおい、おっさん。俺だってそこまで楽観的じゃないよ。三百人に孵化させるのはあくまでも始まりにすぎないさ。そこからが本番だよ」

「……どうするつもりか、しっかり聞かせてもらおうじゃないか、坊主」

大量に使役獣の卵を入荷してきたおっさん。

最近は相場の上昇によって割高になってきているところにこんな大量買いをしたこともあって、いつも以上に神経質になっているようだった。

どうも、おっさんは俺の計画がうまくいくはずがないと思っているようだ。

確かに使役獣の卵を産む使役獣というものがそんなに簡単に生まれるということはないだろう。

もしそうならば、他にもたくさん似たような使役獣の存在が確認されているはずだ。

そんなものを狙って孵化させることができるのかと不安に思うのは当然だろう。

ぶっちゃけて言うと俺も自信があるわけではない。

だが、やるしかないのだ。

ならば、できるだけのことを試していくしかない。

そこで俺が考えたのはバルカ姓を持つ者を利用して使役獣の卵を孵化させていくことだった。

まずは三百人のバルカ姓を持つ者たちに使役獣の卵を孵化させる。

バルカ姓を持つ者であれば全員【魔力注入】が使えるので、卵に【魔力注入】をさせようと思う。

そうすれば少なくとも孵化自体には成功することだろう。

しかし、三百人による孵化でも狙った能力を持つ使役獣は生まれない可能性が高い。

ではどうすべきか。

俺が考えたのは、魔力の配合をする、ということだった。

使役獣の卵は変わった特性を持っている。

卵の状態では周囲の魔力を吸収し、その魔力によって異なる姿形を持つ使役獣として孵化するというもの。

さらに、その魔力は複数の人間からであっても取り込むことができるのだ。

つまり、俺の魔力からはヴァルキリーが孵化するわけだが、俺とおっさんの魔力が混在する状態であればまた別の使役獣が生まれてくるということになる。

すなわち、複数人が【魔力注入】を行えば、三百人であっても三百種以上の使役獣を孵化させることができる。

さらに言うならば、俺の【魔力注入】という魔法もこの魔力の配合には役に立つ。

例えば、俺とおっさんの魔力を半々で吸収した卵と、俺の魔力を多めにし、おっさんの魔力を少ない割合で吸収させた卵ではまた違った姿で孵化するのだ。

ただ、普通であればどちらの魔力がどの程度吸収されたかは分かりにくい。

卵を持っている時間などで調整するしかないからだ。

が、【魔力注入】という魔法は毎回一定の魔力量を他のものへと注ぐことができる。

つまりは、俺とおっさんが何回ずつ【魔力注入】をしたかを数えることで、かなり正確に魔力の配合比を知ることもできるのである。

「ちょっと待てよ、坊主。お前、それは本気で言っているのか？　三百人が複数人で魔力の配合比まで変えて使役獣の卵を孵化させるだって？　何通りの数になるんだよ、それは」

「知らん。膨大な数になるだろうけど、逆に言えば、そこまでやれば【産卵】の使役獣が生まれる可能性もあると思う」

「……いや、まあそうかもしれんがな。誰がやるんだ、その作業は。言い出しっぺのお前が責任を持ってやるんだよな、坊主？」

「……おっさん、使役獣の卵の件が死活問題なのはおっさんのほうだろ。頑張ってみないか？」

「ふっざけんなよ。そんな気の遠くなるようなこと、やってられっかよ。坊主、お前がやれよ」

「はぁ、俺は領主だぞ。忙しいんだよ。卵の孵化だけやるわけにはいかないんだよ」

「ちょっと、ふたりとも落ち着いてよ。アルス兄さんも、おじさんも冷静になって。ほら、深呼吸して、ね？」

「ああ、カイルか。わかったよ。……ふう。でも、やり方自体は間違っていないと思うんだよな。うまく配合すればいい使役獣が手に入る可能性は十分ある。当然、【産卵】持ちもだ」

「それなら、その作業はビリーに任せたらどうかな、アルス兄さん。ビリーなら多分喜んでやってくれると思うよ」

「ビリー？　ビリーってあいつか。文字も数字も知らないのにお前が名前を授けた学校通いの子どもだったか？　あの子にこの作業ができるのか？」

「たぶんね。ビリーはまだ文字は勉強中だけど数字は覚えてきたから【自動演算】なら使えるよ。さっき話していた配合比なんかもすぐに計算できるし、何より、そういうパズルみたいなことは好きな性格だからね。作業が大変でも嫌がることはないと思うよ」

「そうか。カイルがそこまで言うならそのビリーに頼んでみようか。でも、かなりの金をかけた一大事業になるからな。責任持ってやってもらうことになるぞ」

「うん。ボクも手伝える範囲で手助けするから大丈夫。ありがとう、アルス兄さん。ビリーも喜ぶよ」

こうして、再びバルカ騎士領の財政を逼迫《ひっぱく》する出来事になる計画がスタートした。

しかも、つい先日までろくに教養も何もないビリー少年にその計画が委ねられることになった。

まあ、さすがにいきなり全部を押し付けるのも気が引ける。

最初のうちくらいは俺も手伝おう。

こうして、その日からバルカ騎士領では大量の使役獣の卵を孵化させ始めたのだった。

今回の卵孵化計画で重要な役割を与えられたビリーという少年。

彼は学校に通ってはいたものの満足に文字もかけず計算もできなかった。

にもかかわらずカイルは自分の魔法をビリーへと授けることに許可を出した。

これはビリー本人からの強い希望もあったのだが、半分は実験的な意味合いもあったのだろう。

文字も数字も理解していない人間にカイルの魔法を授けた場合どうなるのかを確認する。

おそらくカイル自身もそのような考えからビリーに名付けを行っていた。

だが、ビリーに対する思い入れもあったのだろう。

彼はよく言えば個性的、悪く言えば変わり者だったこともある。

ようするにビリーは周りから見ると、この社会でまともに生きていけないだろうなと思わせる人間だったのだ。

ビリーは小柄で力が全然ない。

畑仕事もろくにこなせないほど線の細い少年だった。

しかも、実家では長男ではなく末っ子であり、家を継ぐこともできない。

彼がこの先、生きていくには戦場で手柄を立てるなりして、なんとか自分の土地を持たなければならないのだ。

おそらく難しいだろうというのが周囲の一致した見解だった。

さらに学校に通うまでは家の手伝いですら役立たずだったのだ。

畑の手入れを頼んだら、地べたを這う虫をじっと見つめて時を過ごすありさまで無駄飯食らいと言わざるを得なかった。

俺が学校を創って昼飯を提供するようになったことを聞いた家族は畑の手伝いはもういいから学校へ通えと送り出したのだった。

そんなビリーがカイルの目に留まったのはその集中力からだった。

どうやらビリーは一つのことに熱中すると、それに入れ込むように周囲の音すらも遮断して集中する。

学校に通い始めたビリーがハマったのは俺が作って置いておいた知育グッズだったのだ。

前世の記憶から思い出した知恵の輪やパズル、ブロックなどのおもちゃを俺は学校に置いていたのだ。

学校の目的としては文字を書いたり計算ができるようになったりすることではあるが、それはあくまでも最終的なものだった。

まずは学校に通う人数を増やそうと思い、おもちゃ系統もいろいろと用意しておいたのだ。

ビリーはこの玩具がたいそうお気に入りだったようで、学校へは最初に来て最後に帰るくらい長時間いるのにずっとそれで遊んでいたようだ。

カイルはそれを見ていたこともあり、ちょっとした時間にビリーと話をしたりもしていたようだ。

こうして、カイルともそれなりの関係を築いていたおりに、リード家をカイルが立てて魔法を授けることになった。

ビリー自身も自分が農業や戦働きに向いていないことが分かっていたのだろう。

どうしてもと頼み込む形でカイルから名付けを受けることになったのだった。

「で、そのビリーは名付けを受けてからはちゃんと勉強している、と」

「うん、頑張ってるみたいだよ。ただ、本の筆写はあんまり好きじゃないみたい。他の仕事があればって思ってたところなんだ」

「まあ、パズルが好きなら配合比の組み合わせもできるか……？　熱中さえしてくれれば仕事をしそうではあるかな」

「大丈夫だよ、アルス兄さん。ボクもちゃんと補助するから」

「わかった。ビリーのことはよく知らないけど、俺はカイルを信じるよ。うまくいくことを祈ろう」

こうして、ビリーにはバルカ城の一室を研究所として貸し与えて、卵の管理を任せることにしたのだった。

◇◇◇
「で、どうだ、ビリー。研究結果は？」

「あ、はい。これが孵化した卵の一覧です、アルス様」

卵孵化計画に当たって責任者に任命したビリーにはしっかりとした仕事場を用意した。

その部屋ではさっそく卵を運び入れて、バルカ姓を持つ者たちに【魔力注入】させて実験を開始させた。

しばらくして、俺はその実験がうまくいっているかどうかを確認しにきたというわけだ。

ビリー少年が実験結果を記した紙を手渡してきたので目を通す。

「ああ、ちゃんと表を作って記録をとってるんだな。助言したように、文章で書くだけよりも表にしたほうがわかりやすいだろ？」

「あ、はい、そうですね。わかりやすいと思います、はい」

「で、肝心の研究具合は……、やっぱり【産卵】持ちは難しそうかな」

「あ、はい。現状では難しいと思います。そもそも使役獣の卵は魔獣型として孵化する確率自体がかなり低いようなので」

「うーん、そうなると自分で使役獣の卵を孵化するのは難しいか。やっぱ、本家の【産卵】持ちをどうにかして手に入れる方法を考えたほうがいいのかな」

「あ、はい、アルス様。でも、もう少し時間があればなんとかなるかもしれません」

「え、それは本当か、ビリー。別にこの研究に失敗したからってかかった費用を請求するようなことはないんだぞ」

「そ、それは困ります、アルス様。ボクの家ではここの卵一つの金額も払えませんよ」

「だから、そんなことはしないって。で、さっきのことは本当なのか？　なんとかできるかもってのは」

「あ、はい。今は実験結果が不足です。ですが数値が出てくればもう少し狙った形質の使役獣を孵化させることができるようになるかもしれませんから」

「……ちなみにどんな数値をとってるんだ？　狙った形質の使役獣なんてほんとに作れるのかよ」

「使役獣は吸収した魔力によって形質が変わります。それぞれの人の魔力にはどんな姿の使役獣が孵化するかの傾向があるような気がします。それを洗い出していけば、可能性はあるかなと」

「つまり、騎竜を孵化させる奴の魔力は他の人の魔力と配合しても騎竜の特徴が出やすい、とかそんな感じの法則があるのか？」

「あ、はい。まあ、大雑把に言えばそんな感じです。もっと情報が揃わないとなんとも言えませんが」

なるほど。そんな傾向があったのか。

完全にランダムというわけではないと分かっただけでもすごいのではないかと思う。

カイルには悪いが本当にビリーで大丈夫かと心配していたのだが、これは意外と適任だったのかもしれないと思った。

「ふーむ、そうなると【産卵】持ちの使役獣を作るなら、魔法が使える魔獣型を孵化する魔力を基本に配合する必要があることになるのか。こう言ったら何だけど、そんな風に都合よく魔法を使う使役獣が孵化するもんかな?」

「え?」

「ん? 何だよ、ビリー。俺、何か変なこと言ったか?」

「あ、はい。あの、アルス様の魔力から孵化するヴァルキリーは魔法を使う魔獣型です。なので、アルス様の魔力を基本にすることになると思いますよ?」

「うん? ああ、なんか勘違いしてるんじゃないかな、ビリーは。ヴァルキリーは純粋な意味で魔法を使う魔獣型じゃないぞ。ここだけの話、俺が名付けして魔法を授けただけで、普通の騎乗できるタイプの使役獣だ。魔獣型だと思って期待してたんなら悪いな」

「え、いえ、ヴァルキリーは間違いなく魔獣型ですよ、アルス様。アルス様が名付けをしているとか関係なく生まれながらに魔法を使える魔獣型です」

え?

いや、そんなはずはないだろ。

だって、ヴァルキリーは俺が名付けをしてから魔法を使えるようになったんだ。

名付けをしていなかったら魔法を使うことはないただの使役獣のはずだ。

だが、確信を持って発言するビリーの言葉を受けて、俺は驚きからなんと言っていいかわからず固まってしまったのだった。

「ビリー、差し入れ持ってきたよ。一緒に食べよう。って、あれ、アルス兄さんも来てたんだね。……どうしたの、アルス兄さん。口を開けて固まってるけど？」

「カイルか。いや、さっきからビリーと話をしていたんだけどな。ちょっと俺の認識と違うことを言われてな」

「そうなんだ。ビリーはどんなことを言ったの？」

「あ、はい。アルス様の魔力から孵化するヴァルキリーは魔法を使う魔獣型だと。あ、アルス様はヴァルキリーを魔獣型だと思っていなかったみたいで……」

「へ？　ヴァルキリーが魔法を使うのはアルス兄さんが一番知っているでしょ。なんで今さらそんなトンチンカンなこと言ってるのさ」

「いや、カイルもビリーも誤解しているんじゃないか？　実は今まであんまり人には言わなかったんだけどな。俺はヴァルキリーに名付けをして魔法を授けたことがあるんだよ。ヴァルキリーが魔法を使えるのはそれが理由なんだよ。ああ、ちなみにこの話はここだけで内緒だからな」

「内緒って……、ヴァルキリーがアルス兄さんの魔法を授けられてることはみんな知ってるでしょ。まあ、けど、なるほどね。アルス兄さんはヴァルキリーに名付けをした経験があったからヴァルキリーを魔獣型だと思ってなかったんだね」

「だってそうだろ？　実際、俺が名付けをしてからヴァルキリーは魔法を使い始めたんだから」

「じゃあ、質問だけど、アルス兄さんはそのあとに孵化してきたヴァルキリー全部に名付けをしているの？　そんなわけないよね。だってアルス兄さんが戦場に出ている間に孵化したヴァルキリーも同じように魔法を使えてるんだから」

「いや、使役獣は同じ魔力から孵化した個体はみんな全く同じ特徴を持つ体になる。おそらく使役獣は一体でも名付けを行うと同種みんなが魔法を授かることになるんだよ」

「そんなわけないでしょ、アルス兄さん。もし、使役獣がそんな特性を持っているんだったら、他の人たちも同じように名付けをしているよ。でも、そんなこと誰もしていないでしょ。使役獣に名付けをして魔法を授けても、その使役獣は同種全体で魔法を授かるようなことはありえないよ」

「……そうなのか？　本当に？　でも、現実にヴァルキリーではそうなっているんだぞ。俺は最初の一頭にしか名付けをしていない。でも、新しく生まれてくるヴァルキリーはバルカの魔法を使える。それこそが動かぬ証拠じゃないか」

「……はあ、アルス兄さんって意外と頭が固いよね。いいよ、百聞は一見にしかず。ヴァルキリーが魔法を使うところを見に行こうよ」

ビリーと話しているときに部屋に入ってきたカイル。

どうやらカイルもビリーと同じでヴァルキリーは魔法を使う魔獣型であると思っているようだ。

というよりも、俺の言うことをはっきりと否定してくる。

使役獣に名付けを行ったら同種全体で魔法を使えるようになる、という俺の考えを真っ向から否定してきた。

俺の中では確固たる事実だと思っていただけに、それを否定された衝撃は大きい。

俺が半ばムキになってカイルに言い寄っているとそれをなだめるようにしながら、カイルは外に行こうとうながしてきた。

ヴァルキリーを前にして魔獣型であることの証明をしてくれるらしい。

俺はそんなはずはないと思いながらも、カイルのあとに続いてヴァルキリーのもとへと向かったのだった。

◇◇◇

「はい、到着。じゃ、ヴァルキリーに魔法を使ってもらおうか。ヴァルキリー、何か適当に魔法を使ってみて」

「キュイ！」

バルカ城を出て、牧場エリアへと出向いた俺とカイル。

牧場へとついて早々、カイルはヴァルキリーに魔法を使用させた。

目の前で発動したのは【壁建築】だ。

何もない牧場の広場に高さ十メートル、厚さ五メートルのレンガ造りの壁が出現する。

「……カイル？　これは俺が名付けして使えるようになった魔法だろ。何回も言ってるけどヴァルキリーが魔獣型として孵化したんなら、俺が使えない固有の魔法を使えるはずだ」

「アルス兄さん。もっとちゃんと見て。今、ヴァルキリーは壁を造ると同時に自分の魔法も発動していたんだよ。眼に魔力を集中させて、魔法を使うときの魔力を観察してみてよ。ヴァルキリー、もう一度魔法を使ってみてくれないかな」

「キュイ！」

「……カイル、魔力を見ろって言うけど、別に何も変化なかったんだけど。今の魔法を使う瞬間もヴァルキリーの魔力にはおかしなところはなかったぞ？」

「だから、それがおかしいでしょ。ヴァルキリーの魔力量を見てよ。ほら、魔法を使っても魔力量が減ってないでしょ」

「え……？　ちょっと待て、本当だ。魔法を使っても魔力の残量がほとんど減ってない。なんでだ？」

「それがヴァルキリーの魔法の正体だよ、アルス兄さん。ついでに、ヴァルキリーがみんなバルカの魔法を使える理由でもある」

「ごめん、カイル。全然わかんないだけど。どういうことだ？　ヴァルキリーは魔法を使っても魔力を消費しない魔法でも持ってんのか？　でも、それだと俺の魔法をみんなが使えることの説明にならないけど」

「違うよ、アルス兄さん。ヴァルキリーは魔法を使うとちゃんと魔力を消費しているよ。よく見ればちょっとだけ減ってるんだ」

「ちょっとだけ？」

「そうだよ。ヴァルキリーはね、群れ全体で魔力を共有しているんだよ。そして、その【共有】こそがヴァルキリーの固有の魔法だと思う。多分、アルス兄さんに名付けられて使えるようになった初代のバルカの魔法を群れ全体で共有しているんだと思うよ」

「……【共有】？　それがヴァルキリーの魔法なのか」

「多分間違いないと思うよ。ヴァルキリーは生まれ持って【共有】の魔法を使う魔獣型の使役獣だってこと。だから、他の使役獣とは違って、一頭だけに名付けをしても群れ全体にそれが影響したんだと思う」

「まじかよ。今までずっとヴァルキリーと一緒にいたのに全然知らなかったんだけど……」

「まあ、そのほうが気がつきにくかったのかもしれないね。もしかしたら、ヴァルキリーの数が少ない頃は【共有】していても魔法を使ったら今よりもっと魔力残量が減ったように見えてたのかもしれないしね」

そう言われるとそうかもしれない。

というか、最近はヴァルキリーが魔法を使うときにわざわざ魔力量を見るようなこともなかったし。

だが、そう考えるといろいろと腑《ふ》に落ちることもある。

それは俺が作った魔法をヴァルキリーはすべて利用できる点もそうだ。

群れ全体で魔力を【共有】しているから、たとえ魔力消費量の大きい【アトモスの壁】であっても使用することができるのかもしれない。

というか、そうなると実質的には群れ全体が魔力切れになるまで魔法を連続発動することも可能なのか。

「ヴァルキリーってもしかしなくても最強なんじゃ？」

「それこそ今更だと思うよ。いつもアルス兄さんが自分で言ってるじゃん。ヴァルキリーはバルカの最高戦力だって」

「返す言葉もないな。いや、ホント今までずっと勘違いしてたわ。もっと早く言ってくれよ、カイル」

「そんなこと言ったって、アルス兄さんがそんな勘違いしてるとは思ってなかったもん。意外と抜けてるところがあるよね、アルス兄さんって」

「カイルくん、辛辣《しんらつ》すぎる。俺のガラスのハートが砕けそうなんだけど」

まあ、ずっと勘違いしていたとはいえ、別に悪いことばかりではない。

何せ勘違いが解けた結果、思いもしなかったヴァルキリーの優秀さに改めて気づくことができたのだから。

それに、ビリーが言うには魔獣型の使役獣を生み出す俺の魔力があれば魔力の配合の成功率も高まるかもしれないのだ。

結果オーライだろう。

こうして、俺は新たに判明した事実に驚きつつも、これからのことを思い頬を緩めてしまったのだった。

カイルとビリーに言われて、俺はこの日初めてヴァルキリーに固有魔法があるのを知ることとなった。

【共有】、それがヴァルキリーの魔法だそうだ。

【共有】という魔法を持つヴァルキリー同士で魔力と授けられた魔法をやり取りしているのだという。

本当にそんなことが可能なのかとも疑問に思った。

だが、どういう理屈かは分からないが実現不可能な魔法というわけでもないのだろう。

というのも、俺もそれに近い技術を知っているのだから。

他者に名前をつける名付けという行為によって、他人へと自身の魔法を授けて、その対象者からは魔力を受け取る。

この魔導システムとヴァルキリーの使う【共有】という魔法はどこか似ているのではないかと思ったのだ。

遠く離れた相手であっても遠隔でやり取りすることができるのだ。

もっとも、自分でそんな魔法を作れと言われても、俺には全くイメージできないので作りようがないのだけれど。

そんなことを考えながら、俺が牧場からバルカ城へと戻ってきたときだった。

「いた！　バルカ様。ようやく見つけましたよ」

「ん？　ああ、どうしたの、画家くん？」

「今日という今日は言わせていただきます。わたしはもうあの仕事を続けていけません。ぜひお暇をいただきたい」

「またかよ。もう何回目だ、そのセリフは」

「何度も言わせていただきます。もう限界なんです。わたしは画家を志して、このバルカニアへとやってきたのですから」

「だから、絵を描く仕事をしてもらってるんじゃないか」

「あなたはあれが絵描きの仕事だと？　本気でそう言っているのですか、バルカ様」

「絵を描く仕事なんだから間違いではないでしょ。それに人体の構造についてしっかりと理解するのは絵描きにとっても大切なことだと思うよ。画家くんは目を閉じても絵を描けるって豪語していたけど、もっとデッサンの練習をしたほうがいいんじゃないかな？」

「あれが絵を描く練習だとバルカ様は本気でそう思っているのですか？　あのようなことは天に唾する行いだ。いずれ災いが降り注ぐに違いありません」

「大丈夫だよ。教会のパウロ司教にも許可もらったし。神様も許してくれるよ」

「ああ、なんということだ。神はわたしになぜこのような試練をお与えになるのだ……」

「いいから、はよ仕事に戻れ。ほら、いくぞ、画家くん」

「いやだ。戻りたくない。バルカ様は自分でやらないから知らないのですよ。なぜ、わたしが人の臓腑を描き起こさなければいけないのですか」

「医学の発展のためだよ。みんなの命に関わる重要な仕事だ。さ、戻るぞ、画家くん」

俺に話しかけてきたのは絵描きを志してバルカニアへとやってきた画家のモッシュという青年だ。彼は目を閉じても精巧な絵が描けるというアピールをもとにカイルの持つ魔法を授かりにバルカへとやってきたのだ。

その画家くんに俺が目をつけた。

最初は地図作りでもさせようかと思ったのだが、実際に雇ってみてから別の仕事を与えている。

それは人体の絵を描くという仕事だった。

といっても、画家くんが非常に嫌がっているように、単純なデッサンをさせているわけではない。

彼には人体解剖した人体の部位を詳細に絵に描き起こす作業をさせていたのだ。

まあ、嫌がるだろうとは思っていたが、こうして何度も職を辞すると俺に言いに来ている。

なぜ、ここまで嫌がる画家くんに人体の不思議の解明をさせているのかと言うと、このあたりの医学が非常に未発展だからに他ならない。

このあたりにも薬草などを使った薬を作る者などがいるのではあるが、そのどれもが民間療法みたいなものなのだ。

もちろんそれらの医療をバカにするつもりは毛頭ないのではあるが、「本当にそれは効果があるの？　逆に人体にとって害にならないの？」と思うものもそれなりに多くあるのだ。

特に衝撃を受けたのが、今年あった戦での出来事だ。

フォンターナ軍でも当然命を失った者や傷を負った者もたくさんいる。

その中で、手当てと言って治療を行っている光景なども目にしたのだ。

だが、その中に驚くべきものが存在した。

動物の糞を入れて薬を調合している者がいたのだ。

俺の中では当然、動物の糞などは不衛生極まりないものだ。

だが、それが意外と治療効果を発揮する可能性がないとは言えない。

何せ、この世界には魔法が存在し、俺の知らない魔力回復薬などといったものも実在するのだから。

もしかしたら、動物の糞が特効薬の材料になり得るかもしれない。

魔法を使う動物がいる以上、完全否定することはできない。

が、だからといって、俺が傷を負ったときにそんな薬を塗りたくられたくはない。

そういう思いがあったが故に、俺は医学を少しでも進歩させたいと思ったのだ。

その第一歩が画家くんによる人体解剖図の作成というわけである。

まずは、この世界における人体の構造がどうなっているのか。

それを知っておかなければ、治療効果について述べることもできないだろう。

そう思って、新たに雇った画家くんに仕事を押し付けたのだった。

「バルカ様、わたしにお慈悲を。もう本当に限界なんです。無理です。辞めたいんです」

「そうか。……ところで画家くん、話は変わるけど、実は最近こんなものを手に入れてね。キレイな青色の絵の具の材料になるものだとかいう話だったんだが……。まあ、仕事を辞めるなら君には関係ないかな。忘れてくれ」

「バルカ様、ちょっとそれを見せてください。……ああ、これは、幻の鉱石と言われるものではありませんか。こ、このようなものがわたしの目の前に」

「ずいぶん貴重なものだという話だったからね。高かったし、手に入れた量も限られている。もう二度と手に入らないかもしれないな」

「ああ、……ああ、……っく。しかし、わたしは……」

「さ、もういいだろう。それはバルカ専属の絵描きのために手に入れたものだ。返してもらおうか」

「い、いやです。これは返せません。わたしがこれを使って絵を……」

「何言ってるんだ。バルカを出ると言っていたのは君だろ。さあ、返してもらおうか」

「……ああ、神よ、お許しください。わたしは……、わたしは悪魔に魂を捧げなければならないようです」

「誰が悪魔だ、だれが」

「バルカ様、わたしはバルカ様のお仕事を続けようと思います」

「辞めたいとか言ってなかったっけ？」

「いえ、そのようなことはありません。わたしはこのバルカに雇われた栄誉ある画家なのです。いずれ誰もが認めるような名作を描くのです。今、辞めるなどありえません」

「そうかそうか。じゃ、仕事場に戻ろうか。君の絵描きとしての仕事が待っているよ」

「はい……、わかりました……」

辞める辞めるとうるさい画家くんだが、どうやら無事に残ってくれるようだ。

彼の画家としての才能はどれほどのものかは俺には分からないが、絵が精密で細かいところまで妥協せずに描いているということは俺でも分かる。

せっかく人体解剖図を描くのであれば、適当に済まさずに描き込む彼に仕事を任せたい。

こうして、今日もバルカの絵描きは悪魔に魂を売り渡しながら貴重な絵の具の材料を手に、人体の解剖図を描き上げていくのであった。

「うん、戻ってきたのかね、モッシュくん。って、おお、これはこれはようこそお越しくださいました、我が同志よ」

◇◇◇

画家であるモッシュの説得を終えた俺はすぐに彼を仕事に戻すために移動する。

画家くんの本来の仕事場である研究棟へ向かい、そこで人体解剖の仕事をしているもうひとりの男のもとに身柄を預けた。

「やあ、ミーム。君の相棒の画家くんが城をうろついていたから連れてきたよ。次からは逃さないようにね」

「ああ、これは申し訳ない。実は少々細かい作業が続いていてね。わたしもそちらに集中しきりだったのだよ。どうやらその間に逃げ出してしまったようだ」

「気をつけてね。君が医学の発展に非常に強い情熱を持っているとはいえ、絵が下手くそで見れたものじゃないんだから。こんな優秀な相棒はそうそういないぞ、ミーム」

「わかっているよ、同志アルス。さ、モッシュくん、さっそくだが今度はここの部位を描いてもらおうかな。すぐに始めてくれたまえ」

「ひいぃぃぃ。あなた達はなんでそんなに冷静なんですか。うう、やりますよ。描けばいいんでしょう」

バルカ城にいた画家のモッシュを引き連れて俺は研究棟と呼ばれるところへとやってきた。

バルカニアの外壁内の南東区に研究棟を造っており、そこでこの二人が作業をしている。

教会や孤児院、学校などとともにこの南東区に研究棟を始めとした大学機構を設置していこうと思っている。

そして、その研究棟へと入ると画家くんのパートナーである人物が迎え入れてくれた。

その人物の名はミーム。

何を隠そう、このミームがいたから俺は医学の研究を始めることにしたのだ。

ミームはフォンターナ領とは別の領地から来た人物だ。

が、生まれ育った土地を離れてここへ来たのは、自ら望んでというわけではない。

とある出来事によって仕方なくだった。

その理由がミームによる人体損傷事件である。

かつて暮らしていた土地ではミームは医師として生計を立てていたという。

このあたりでは教会の司教などが回復魔法を使うことができる。

だが、教会の回復魔法を誰もが気軽に使えるわけではない。

かなり高額の治療費がかかるのだ。

これは別に教会が暴利を貪っているというわけではないようで、ある程度の金額に設定してそれを守っておかないとキリがないことになるからだ。

いくら司教の魔力量が多くとも、回復魔法を無限に使い続けることができるわけがない。

それに広いエリアを統《す》べる司教が回復魔法を唱えるだけで一日を終えるわけにもいかない。

それを防ぐための金額設定だった。

故にミームのように医師として人々を治療している者がいる。

が、教会の回復魔法と違って各自の経験からくる治療法で各々が日々治療行為に当たっているため、医師によって当たり外れがある。

ミームはその中では割と当たりと呼ぶべき人気の医師だったようだ。

だが、毎日患者の治療を行っていたミームは悩んでいた。

自分がしている治療が本当に正しいのか、もっといい方法があるのではないか。

そもそも、人の体とはどのようにして生きていて、傷が治る仕組みになっているのか。

人体の不思議について疑問を持たぬ日はなかったのだという。

そうして、ついにある日、事件が起きた。

ミームが治療院で死者の体を切り裂いているところが目撃されてしまったのだ。

それまで人気があったとはいえ、死者への冒瀆は許されざる行為だった。

あっという間にその噂は広がり、悪評が立つばかりか、領主の耳にまで届いてしまったのだ。

権力者に目をつけられては、それまでのように暮らしていくことすらできない。

そうなったミームは仕方なく治療院を畳んでその地を出ていったのだという。

だが、ミームは自分の行為については悪かったとは思っていなかった。

ミーム本人が言うには、どう考えてもあの患者の腹部のしこりが死の原因だったとしか思えず、それを確認する必要があったのだという。

しかし、そんな言葉を聞いて「なるほど、そのとおりだ」という者はいなかった。

故に、いくつもの領地を転々としながら各地を放浪していたのだという。

「いやー、それにしてもここはいいところだ、我が同志よ。君のように医学に理解のある者がいて、このように設備を整え、解剖すら可能とすることができるとは。まさに天国と言えるのではないか」

「……どう考えても地獄ですよ、ここは」

「モッシュくん、何か言ったかい？」

「いいえ、何も。で、ミームさん、ここの絵を描けばいいんですか？」

「ああ、そうだ。よろしく頼むよ」

各地を点々としていたミームがここに来たのはカイルの魔法について聞いたからだという。

【速読】という魔法があれば、もっと医学の本などをすばやく読み解き、より勉強できるかもしれないと思ったそうだ。

そこで俺と出会った。

自己アピールをしろと言ったら長々と自分の話を始めたが、さすがに俺以外の人間はドン引きだった。

だが、俺はミームの言いたいことも分からないでもない。

というか解剖学すらなさそうだと聞いて、この世界にまともな医学がないことがはっきりとわかったくらいだ。

なので、適当に「わかるわー、解剖って必要だよな」と相づちを打っていたらミームは感激して俺のことを同志と呼び始めたのだった。

呼び名は別になんでもいいのだが、カイルが俺のことを更に変人を見るような目になったことだけが遺憾ではあるが。

「で、解剖図の作成は実際のところ進んでいるのか、ミーム？」

「ああ、順調だよ、我が同志よ。それで、大方の解剖が終わってしまったら次はどうするつもりかな？」

「一応、今職人たちに顕微鏡が作れないかやらせている。レンズを使った光学顕微鏡ができればもう一段階先のステップに進めるんだけどな」

「光学顕微鏡？　それはなんだろうか、同志よ」

「簡単に言うと、肉眼では見えないような小さなものを拡大して見られるような道具かな。まあ、俺も作り方は知らないから完成するかどうかはわからんけど」

「なるほど。もしかして東の技術かな。それは完成が楽しみだよ」

「期待しすぎるなよ、ミーム。ま、顕微鏡ができるまでは臨床試験でもしてもらおう。今、実際に医者によって行われている治療行為の一つひとつが本当に治療効果があるのかどうか。それを実験して検証してくれ」

「ああ、以前同志が言っていた奴か。わかった。わたしもどのような結果が出るか興味があるからな。やってみよう」

「よろしく頼むよ、ミーム」

「任せてくれたまえ。ともに医の真髄を究めようではないか、我が同志よ」

興奮しながら俺の手を握って話をする医師ミーム。

確かにミームの言うように医学の発展のためには解剖は必要な行為だろう。

だが、どこか危うさもある。

医学のためなら何をしてもいい、みたいなことにならないように画家くんにはストッパーになってもらおう。

この二人はこれからもセットで使ったほうがいいだろう。

こうして、俺はバルカの医学をこの正反対な二人に任せることにしたのだった。

◇◇◇

「そういえば、さっきミームさんと言っていたのは何のことですか、バルカ様」

「さっき言っていたこと？　何だっけかな」

「治療効果を確かめるために実験するとかどうとか、二人で話していたじゃないですか。もしかして、生きた人間までを実験材料にしようとか考えているんじゃないでしょうね」

医学的な発展のための実験についてミームに指示を出し終えた。

俺の指示を聞いたミームが離れて作業をしだしたのを見て、今度は画家くんが近づいてきて質問してくる。

「そりゃ今現実に行われている治療法の効果を確かめるには実際の病人にやらなきゃ話にならないよ。何当たり前のことを言ってるんだか」

「うわぁ。そこまでやるつもりなのですか、お二人は。さすがにそれは私も手を貸せませんよ。人体実験なんて恐ろしいことは」

「言い方が悪いだろ。臨床試験だよ。実際の病人に対して治療の情報を得る代わりに治療費の負担を軽減するだけだ。格安で治療を受けられるんだから研究者にとっても治験協力者にとっても得する関係になると思うよ」

さすがに人体実験という言い方はあまり風聞がよろしくないだろう。

あくまでも、俺やミームがやろうとしているのは臨床試験だと画家くんへ説明しておく。

「……本当ですか？　夜な夜な怪しげな薬を調合して嫌がる人に無理やり飲ませたりはしないんでしょうね、バルカ様」

「そんなことしないよ、画家くん。ミームはともかく俺はまともな感覚を持つ真人間なんだから」

「……まあ、そういうことにしておきましょう。ということは、実際に病気を持つ患者さんに対して治療をして、治ったか治らなかったかを調べるってことですね。そうなると絵を描く必要はないから、自分には関係なさそうですね」

「いや、そうだな。画家くんも臨床試験には参加してもらおうか。病気によっては特徴的な身体の変化が現れるものもあると思うから、それを描写してもらうことにしよう」

「……そんな、しまった。藪蛇だった。バルカ様、わたしは絵が描きたいです」

「安心しろ。これ以上ないってくらい描かせてやるからな」

「うう、本当になんでこんなことになったんだ。夢の画家生活がこんなことになるなんて……」

「泣くほど嬉しがってくれて俺も嬉しいよ。ああ、それとさっきの臨床試験の話だけど、単純に治ったか治らなかったかだけをみるつもりじゃないから。治療結果をまとめたりなんかの仕事もお願

「ミームにはもう説明してあるけど、比較試験ってのをやろうかと思う。そっちのほうが治療効果がよくわかるはずだから」

「え、違うんですか。どうするんです？」

いすることになるから覚えておいてね」


まだ人体解剖図は完成していない。

だが、画家くんが解剖が終わったあとの臨床試験について関心を持ったようだ。

どうせミームだけに任せるわけにもいかないので、今のうちから画家くんも巻き込んでおこう。

そう思って今から少し話をしておくことにした。

治療効果の判定について。

俺はあまり詳しいやり方を知っているわけではないが、前世ではテレビなどで医学情報を取り扱うものも多かった。

その中で聞いたことを思い出してミームへも説明しておいたことがある。

それは、治療の効果を確かめる方法として、単純に病気を持つ患者に治療をして治ったか治らなかっただけを論じるのは正確ではないということだった。

実際に治療をして治るのであればそれは有効な治療法ではないか。

テレビで見たとき、俺はそう感じたことがある。

だが、実は全く効果がなくとも治るケースというのもあるのだそうだ。

例えばどこかの医大の教授といった偉い先生に診てもらい治療をしてもらったら、普通は「これでよくなるだろう」と根拠などなく思う人が多いのではないだろうか。

あるいは、病気によく効くという話がある薬を飲んだ場合もそうだ。

実際には効果がないものであったとしても、人は思い込みだけでも治ってしまうことがある。

プラシーボ効果とかいう現象だ。

おそらく、この世界でもよく分からない医者が自分なりの治療をしているが、このプラシーボ効果で治っている人も多くいるのだと思う。

治療をしたら体が治った、というだけでは本当に効果があったのか、プラシーボ効果が働いたのか分からないのだ。

故に、比較して効果を検証する必要があるらしい。

薬の効果を調べるのであれば、効果を調べたい薬を飲んだ場合と、飲まなかった場合を調べる必要があるのだ。

よりきちんとしたデータが欲しいなら、毒にも薬にもならない偽薬を飲ませることもあるという。

同じ病気の患者を二つのグループに分けて、薬を飲んだ場合と偽薬を飲んだ場合でどの程度治る確率が違うのか、あるいは同じなのかを検証する。

そうして、二つのグループの結果を比べる比較試験という方法を用いてこの世界の治療方法の効果のほどを確かめてみようと思う。

まあ、実際にはもっと細かい手順が必要なのだろうがそのへんはよく知らないのでこのくらいでも十分だろうと割り切っておこう。

「えっと、ようするに実際に治療をする集団とそうじゃない集団を比べるってことですね。めんどくさくないですか、それって」

「ま、どうせ臨床試験はするつもりなんだし、これくらいはやっておこう。武器軟膏の話みたいになっても嫌だしな」

「武器軟膏？　なんですか、それ？」

「間違った実験方法で間違った治療方法の効果が証明されて広まる話だよ」

武器軟膏というのは前世の中世時代にあった話だ。

戦場で武器によって傷つけられた患者を治すために、患者の体ではなく武器のほうへと軟膏を塗っていたのだ。

これが当時は実験によって治療効果を確かめられて最先端の治療方法として認められていたらしい。

普通に考えたら、武器に軟膏を塗って人の体が治るはずがない。

だが、なぜ当時そんなことになったのか。

それには理由があったのだ。

この話では当時の実験のやり方が間違っていたことが原因に挙げられる。

そのときは、患者の体に軟膏を塗った場合よりも武器に軟膏を塗った場合のほうが治る割合が高くなったのだ。

なぜ、そんなわけの分からないことになったのか。

それは当時の軟膏、つまり薬に動物の糞や泥など人体に悪影響を与えるものが練り込まれていたからだ。

つまり、この話を正しく理解すると、中世時代の一般的な治療を受けるよりも、武器に軟膏でも塗って人の体は自然治癒力に任せておいたほうが早く良くなるということだったのだ。

「ま、そういうわけで実験結果を正しく得るなら間違いのない方法でやりたい。協力してくれるよな、画家くん」

「まあ、話を聞く限り、面白半分で人体実験をしようってわけじゃなさそうですしね。わかりました。協力させてもらいますよ、バルカ様」

どうやら画家くんは納得して協力する気になってくれたようだ。

だが、果たしてこの臨床試験は実際のところ、どの程度の影響があるものなのだろうか。

回復魔法などが存在している時点で、俺の知る常識とはかけ離れている。

武器に軟膏を塗っても治る魔法がある可能性もある。

ミームではないが、どんな結果が臨床試験から得られるのか、始める前から少しワクワクしていたのだった。

◇◇◇

「よしよし、順調に育っているようだな」

「ああ、きちんと世話してくれてるよ、大将。でも、いいのか？　前はここで冬でも食べ物を育ててたのに」

「いいんだよ、バルガス。今年のバルカでは十分な収穫があったからな。冬を越せるだけの十分な食料は確保してある。それよりはもっとここのガラス温室を有効活用しておきたかったからな」

「まあ、大将がいいってんなら別に問題ないけどよ。わざわざこの温室で薬草を育てる意味なんてあるのか？」

「そりゃ、お前、温室っていったら薬草園だろ。それにこれから薬の材料が必要になるからな。きちんと薬を作れる用意だけは今のうちからしておかないと」

研究棟から出た俺はその後バルガスと一緒に隣村であるリンダ村へとやってきていた。

この村は俺が川から引いてきた温泉を利用して造ったガラス温室がある。

このガラス温室で俺は薬草を育てることにしたのだ。

去年はほとんど思いつきで温泉の湯を利用するためだけに温室を造り、冬の間はハツカなどを作ってフォンターナの街へと売りに行っていた。

だが、それは本意ではない。

あくまでもとりあえず育てていただけなのだ。

その後、俺が戦に出ている間にもリンダ村の人には温室の管理を頼んでいた。

が、もともとが辺鄙《へんぴ》な場所の村だけに、温室を利用してまで作らなければならないようなものは村人も思いつかなかったようだ。

そのため、今年も冬でも温室内で育ちやすい作物を作るだけになるのかと思われていた。

だが、その考えを改めてガラス温室は薬草園とすることにした。

それはバルカにやってきた医者のミームの存在が大きい。

ミームは普通の医者ではなく、各地を放浪してきた経験を持つ医者だ。

そのため、いろんな土地で薬となる材料の薬草などについて詳しく知っていたのだ。

さらに、よく使うものや、手に入りにくい貴重なものは種などの状態で自分で持って旅をしていたようだ。

つまり、ミームのおかげでバルカにはこれまで近隣ではあまり見られなかった薬草まで持ち込まれることになったのだった。

その薬草の存在を知った瞬間、俺は飛びついた。

わざわざ温室を造っておいてハツカを育てる気はなかったが、かといって代案もなかったところにもたらされた薬草。

温室にはピッタリではないかと思ったのだ。

ちなみにだが、温室で薬草を育てる必要性を聞かれてもうまく答えられないのだが。

気温・湿度が安定しているのがいいのだろうか。

割と適当に造ったガラス温室の条件にピッタリ合う薬草が多ければよいのだが。

「まあ、しばらくは薬草を安定して育てるノウハウ作りからだろうな。ミームに聞いた注意点もここに書いてあるから、その点に注意して育てるようにバルガスからも言っておいてくれ」

「わかった。まあ、育てた薬草を大将が使うってんなら責任重大だしな。きっちりやるように言っておいてやるから安心してくれ」

「ありがとう、バルガス。頼んだぞ」

新しく薬草を育て始めたガラス温室を視察しながら、俺はバルガスに指示出しをしていったのだった。

◇◇◇

「これが温泉ですか。お湯で体を清めるところというのは初めてです」

「だろうね。生活魔法で体を清潔に保てるから入る意味があるのかって言われると困るんだけど、俺は好きなんだよ。リリーナも気に入ってくれると嬉しいな」

「はい、わかりました。頑張って入ってみますね、アルス様」

「あはは、そんなに気合い入れて入るようなもんじゃないけどね。くつろいで入るのが一番だよ、リリーナ」

「わ、わかりました。がんばります、アルス様」

隣村のガラス温室を視察に行こうと考えたとき、ついでに温泉にも入っていこうと考えた。

せっかく温泉宿まで造ったのだ。

利用しない手はないだろう。

そこで、ふと他の誰かも温泉に誘ってみようと思ったのだ。

裸の付き合いという奴がある。

親睦を深めるためにも人を誘って一風呂浴びれば楽しいのではないか。

そう思って適当な人に声をかけようとした。

だが、最初に声をかけたカイルに言われたのだ。

リリーナを誘ってはどうか、と。

確かに言われてみれば結婚してから仕事に戦にと忙しくてそんなに一緒に何かをした記憶もない。

せっかくの機会なのでここらで一つ、家族サービスをしようではないか。

そう思ってリリーナを誘うと満面の笑みで了承してくれた。

誘って正解だったのだろう。

「全く、アルス様、これはどういうことですの。リリーナ様をお誘いしておいてこのような庶民の建物につれてくるなんてあんまりですわ」

「う、悪かったって、クラリス。ここの温泉宿は俺が庶民の宿を建てただけで、貴族や騎士向けではなかったのを忘れてたんだよ」

「気をつけていただきたいですわ、アルス様。アルス様もリリーナ様もこのバルカ騎士領にはなくてはならない人なのですよ。このような建物に泊まりにきて何かあったらどうするのですか」

「そうだな。防犯面でもあんまりよくないか。この温泉宿も建て替えたほうがいいかもな。お金持っている商人向けの高級宿っぽいやつとかにして」

「そんなことして元が取れるのか、大将？　言っちゃなんだがこの温泉ってのは大将みたいに好きな奴らがたまに入りにくるぐらいなもんだぜ。商人連中がわざわざ入りに来るかね」

「知名度を上げれば成功するかな？　まあ、俺は今後も入りに来たいからもうちょっと整備したほ

りだった。

「一緒に隣村へとやってきたリリーナは普通に喜んでくれていたが、側仕えであるクラリスはお怒りだった。

まあ、それもしょうがないだろう。

俺が造った温泉宿の建物は普通の宿屋を再現しただけの建物だったのだから。

なんといっても貧相である。

一部屋の広さ自体が狭いのでリリーナを連れてくるべき場所でないと言われれば返す言葉もなかった。だが、一応バルガスたちを護衛に連れてきているので、この村でなにかあるということもないだろう。

去年、俺が造った温泉は宿の建物こそ一緒ではあったが、少し村人によって手を入れられていたようだ。

地面を掘って造ったようなプールのような温泉の浴槽のそばに簡易な建物が造られている。

どうやらそこで着替えなどを置いておけるようにしているようだ。

俺はさっそくそこで服を脱いで浴槽へと向かった。

俺が造った温泉だが男女別にはしていない。

今後はどうなるかはわからないが、現状では混浴がひとつだけという状態だ。

そして、その風呂は露天風呂の状態になっている。

俺が入浴中は見えない位置にバルガスや連れてきた護衛の兵を配置しておくことにした。

そして、俺のあとから小屋で服を脱いだリリーナが出て浴槽へとやってきた。

しかも、一緒に側仕えのクラリスもいる。

リリーナはフォンターナの街にいるときには読書が趣味だったと言うだけあり、ほとんど日焼けしておらず透き通るような肌のスレンダーな体をしており、一種の芸術品のような美しさがある。

それに対してクラリスはリリーナよりも出るところが出ており色気のある体つきをしていた。

このふたりはどちらもとびきりの美人さんなので眼福《がんぷく》どころの話ではない。

しかも、ふたりとも温泉などといったものは初めてなので、俺の言ったとおり真っ裸で浴槽にやってきて、付き添いのクラリスまでもが何も身に着けていないのだ。

この光景を見て、俺は異世界に転生したことを感謝したのだった。

第四章　財政問題

「おい、坊主。このままだと本気で金が底をつくぞ」

「そんなにないのか、おっさん。まだいくらかはあるだろ」

「今はまだ、な。だけど、坊主は思い切りがよすぎるんだよ。去年の城造りのときの調度品なんかでもそうだし、今回の使役獣の卵の爆買いでバルカ騎士領はいつでもカツカツなんだよ」

「でも、その分、角なしの販売なんかでも利益を上げてるだろ？　そんなに使ったかな？」

「いいか、坊主。お前みたいな金の使い方を丼勘定って言うんだよ。カイル坊の魔法を広めるのにリード家として名付けしただけでも結構な数になるだろ。教会にもいくら払ったと思ってんだ。他にもいろいろ思いつきで金がかかることをしすぎてんだよ」

俺が隣村でリリーナとの混浴を楽しんできたあとのことだ。

バルカ城へと帰ってきて執務室にいると、おっさんが真剣な顔をして部屋へと入ってきた。

そして、バルカ騎士領の金が心もとないと言ってきたのだった。

確かに、戦から帰ってきた俺が再びいろんなことに着手して、金遣いが荒くなってしまった。

どうやら収入よりも支出のほうが多いようで、だんだんと減っていく領地の運営費に金庫番としていち早く気がつき進言しにきてくれたのだ。

だが、俺とて完全な無駄遣いをしているつもりはない。

使役獣の卵の研究も医学の発展もリード家の名付け費用もどれもバルカにとって必要なものだからしているにすぎない。

道楽で金を使い込んでいるわけではないのだ。

「でも、リード家を増やすのは間違った選択ではないぞ、おっさん。それに他のことも将来的に間違いなく有益なことばかりだ。金はかかるが今からやっておくべきことだよ」

「そんなことを言って今現在の金が無くなったらどうしようもないだろ。将来のためって言ったって、どのくらい先の話だよ。学問研究も結構だけど、あれも金にならないことをしてるしな」

「大学や図書館とか、人体解剖図のことか？　あれらは絶対今後の生活の向上につながるものだ。今更やめられないよ」

「だから、今の財政にもそれくらいの関心を持てよ、坊主。このバルカ騎士領はできてまだ日が浅い。金がなくなって経営難なんかになってみろ。いっぺんに信用を失うぞ。カルロス様もそれを理由に領地の取り上げをするかもしれないんだからな」

「……マジか。それは困るな。だけど、何度も言っているけど今やっているのは今後どうしても必要なことだ。中止するわけにはいかない。それをまかなえるだけの財源確保が必要だな。なんかいい案はないか、おっさん」

話を聞くと、今すぐ資金がつきてしまうという状況ではないようだ。

だが、おっさんが言うには将来的に危険性があるということなのだろう。

が、かといって大学などの研究機関を止めるわけにもいかない。

地道な研究にはどうしても時間がかかるものだし、あれはよそから有能な人を雇うための意味もある。

だからこそ、今の支出は維持しつつ、それ以上に稼ぐ必要があると感じた。

「んな都合のいいもんはない、……って言いたいところだが、一個だけ思いつくことはあるな」

「何だよ、あるのかよ。早くそれを教えてくれよ、おっさん」

「いいけど、当然危険もあることだぞ、坊主。ある程度、問題が起こる可能性を覚悟しておく必要がある」

「わかった。とりあえず、おっさんの思いついた考えを教えてくれ」

「賭博だ」

「……は？　賭博？　賭け事に手を出すとかいうつもりなのか、おっさん？」

「そうだ。……ああ、勘違いするなよ、坊主。賭け事で一発当てようってことじゃないからな。逆だよ、俺達が賭博の胴元になるんだよ」

「胴元？　つまり、俺たちが賭場を開いて賭け事をさせるってことか。大丈夫か、そんなことして」

「いや、これは前から言おうと思っていたことなんだがな。治安面からもやっておいたほうがいいと思う」

「治安面で？　やったほうがいいのか、賭博場の運営を？　逆に治安が悪化するんじゃないのか？」

「正直言うとわからん。が、ちょっと気になるんだよ。バルカニアに住む人間の金の使い方がな」

逆にこの財政難を乗り切る方法をおっさんに問いかけたところ、一つの案を出してきた。

それが、賭博場を開くという方法だったのだ。

が、どうも俺にはギャンブル依存症を助長するだけで、健全な街作りにはならなくなるのではないかという思いが拭えない。

しかし、おっさんにとってはそうではなかったらしい。

おっさんが言うのはだんだんとバルカニアの住人が賭け事をする頻度が増えている感じがする、という曖昧なものだった。

これはおっさんが街中にいて感じるだけのものであり、統計をとったとかいうわけではない。

だが、確かにおっさんはそのように感じているそうだ。

なぜだろうかとおっさんも疑問に思って街にいるときに注意深く観察していたようだ。

そして、一つの仮説にたどり着いた。

それはバルカニアの住人が急に小金持ちになったからではないか、というものだった。

バルカニアに住む人はもともとが貧乏な農民であることがほとんどである。

だが、その中に急に俺が現れてバルカ姓を与えて魔法を授けた者たちがいる。

バルカの動乱が終わったとき、俺はこのバルカ姓を持つ者たちに硬化レンガを売ったり、魔力茸を栽培したりするように指導した。

この結果、彼らはそれなりに安定した収益を持つに至った。

こうしてバルカ姓を持つ者は農地を持たずともバルカニアに訪れた商人たちに商品を売りつけてお金を手に入れることになった。

更に、バルカ姓を持たぬ者たちも紙やガラス作り、家具などの商品を作り、そこそこの収益を上げることに成功している。

こうして、それまで農村で物々交換をしていた人間が一気に金を持つことになったのだ。

このように増えたお金だが、最初は自分の家を手に入れて、家具や食料を買うことに使用していた。

おかげでバルカニアは商品があれば売れる好景気状態となっていたのだ。

だが、前世のように物が溢れかえるようなご時世でもない。

必要な物がある程度揃ったら、だんだんとどのようにお金を使えばいいか分からなくなってきたのだ。

そうして、金の使いみちが一巡し、物々交換を卒業したての小成金たちは何をするようになったかというと賭け事だった。

といっても、今はまだそれほど大事にはなっていない。

日々の生活で何気ないことに対して、「おい、例のあの件がどうなるか賭けないか?」みたいなちょっとした賭けが広まり始めているようなのだ。

それをおっさんは街中で感じ取っていたのだ。

「でも、それくらいなら問題ないんじゃないか?」

「いや、あまりいい傾向とは思えない。というか、放っとくと誰かが賭場を開いて街中の金を一点に集めることになるかもしれないぞ。それが危険なことだってのはわかるか、坊主?」

「ああ、なるほど。それは困るな。俺たちの街でバルカ家以外の大金持ちの出来上がりってのは面白くないな」

「だろ? だから、今のうちに先手を打つんだよ。坊主の名前で賭場を開く。それ以外の賭場を勝手に開くことは禁止する。街中でダブった金を回収しつつ、治安の悪化を防ぐって寸法さ」

「……そうだな。適正範囲で遊べる賭博場でも造るか? 違法な掛け率で借金まみれになった賭け事依存症のバルカの騎士なんてのが出てきても困るしな。やってみるか、おっさん」

「よし、善は急げだ。すぐに準備しよう」

こうして、俺はバルカニアに公営の賭博場を造ることにしたのだった。

「賭博場か。どうせ造るなら確実にこちらが儲かるようにしたいな」

「博打の胴元なんてどうやっても儲かるんじゃないか。坊主？」

「いや、映画とかでは凄腕賭博師によって被害を受ける胴元みたいな話があったから、必ず儲かるとは言えないいんじゃないかな？」

「凄腕の博打打ちか。胴元が金を巻き上げられるなんてことがあるのか……」

「ああ、といっても俺はあんまり詳しく知らないんだけどな。おっさんは賭け事はするのか？」

「身内とやるくらいであまりやらんな。実は一度別の領地の街でひどい目にあってな。それからはあまり近づかないようにしている」

「なんだそりゃ。まあ、けどそうだな。よその土地からバルカに博打を打ちに来る奴がいれば、更に儲かるかもしれないってことでもあるか。バルカニアの住人だけでやるより人を呼べるようなものを造ることにするか」

「何か案があるのか、坊主」

「ああ。人を呼ぶならバルカでしかできないものを造る必要がある。ってことなら、選択肢は限られてるだろ」

「へえ、どんな賭けをするんだ？」

「競馬場だ。ヴァルキリーに騎乗した人間が競争をして、その結果に賭けるようにする。他ではやってないだろ」

「ヴァルキリーの走りの競争に賭けるのか。面白いかもしれないな。たしかにバルカでしかできない。それが広まれば商人たちも金を落とすかもしれないか」

「ああ。掛け金の配当なんかはカイルの魔法が使えるリード家の人間がいれば正確にできる。あいつらがいれば計算も時間がかからないだろ」

「でも、肝心の儲けにはつながるのか？　凄腕の博打打ちがいれば危ないっていったのは坊主だろ」

「こっちの取り分を決めとけばいいよ。出走するヴァルキリーに賭けられた金の何割かを必ず胴元が回収する仕組みにしておこう。残った掛け金を結果を当てた人間で分配する。こうすればこっちの懐は痛まないさ」

「なるほど、考えたな。坊主、お前も悪い奴だな」

「何を言うんだ、おっさん。俺はこのバルカにちょっとした娯楽を住人たちに楽しんでもらいたいだけだよ。賭けをするのはほんの少しの刺激の追加ってだけさ」

「そうだな。みんなの生活に潤いを与えるために頑張ろうじゃないか、坊主」

「ああ、おっさん。さっそく取り掛かるぞ」

こうして、俺とおっさんはこのバルカニアに賭博場を造り始めたのだった。

◇◇◇

バルカニアは現在大きく分けて壁に囲まれた土地が二つある。

北側の牧場エリアと南側のバルカニアの街だ。

この南側の中央区にはバルカ城があり、更に南エリアに自由市、南東エリアに教会と学校、北東区は木材置き場と職人たちの仕事場があった。

そして、西区は裁判所と警備隊の詰め所がある。

基本的に西区は兵の訓練などをする場所でもあるということになる。

賭博場はこのバルカニアの中の北西区に造ることにした。

やはり、賭場である以上トラブルはつきものであるだろうという思いからだ。

父さんが取りまとめている治安を維持するための兵がいる場所が近いほうがすぐにトラブルに対処できるだろうと考えたのだ。

この北西区に賭博場を造る。

といっても、そこまで数多くの賭け事が行われるようなものではない。

あくまでも、他とは違う賭け事ができる競馬場のようなものと、それに付随するようにこの近隣でもメジャーな賭け事をいくつかする施設を併設することにしたのだ。

この賭博場を造るのはあくまでも金の使い先を求めるようになった小金持ちたちに対するものだ。

おっさんの言っていた通り、放置しておけばいずれ自分達で賭け事を仕切ろうとする荒くれ者たちが出てくるだろう。

そいつらが出てきてバルカ騎士領を運営する俺が関知しない間に勢力を伸ばされないようにこちらが先に手を付けておこうというのが最大の目的でもある。

この賭博場を開くことによって金を儲けることももちろん重要だが、それ以上に他の者が胴元にならないように法律を周知させることも大切だろう。

そして、先日の温泉での一件でクラリスに言われたことも考慮に入れた。

よそからの訪問客も期待するなら安全を確保しておくことも重要である。

建物の造りにも気を使い、宿泊地としての機能も必要だろう。

もちろん金を持っている人に来てもらいたいので、それなりに格式のある建築にして調度品にこだわることも大切だ。

クラリス本人やグラハム家の人間にも足を運んでもらって、見栄えにも気をつけながら賭博場を造っていったのである。

こうして、バルカニアには人を呼ぶことを目指したレース場とそれに併設された賭博場、そして、ちょっと高級路線の宿泊地が出来上がったのである。

ちなみにもちろんだが、その工事によってさらにバルカの運営費用は減っていったのだった。

「不安もあったけどなんとかうまくいってるみたいだね、エイラ姉さん」

「もちろんよ、アルスくん。今のところ、大きな問題も起こっていないし、大丈夫だと思うわ」

「わかった。でも、何かあったらすぐに俺かバイト兄を呼んでよね。父さんでもいいしさ。姉さんに何かあったら大変だしね」

「ありがとう。けど、大丈夫よ。うちの人もいるんだし、なんとかなるわよ」

新しくバルカニアにできた賭博場。

ヴァルキリーを用いたレース場といくつかの賭け事を行う複合施設と、その周辺の宿泊施設の管理。

俺はそれを誰に任せようかと考えていた。

一番簡単なのはおっさんの知り合いの商人などにその手の仕事に慣れていそうな人もいるだろうし、そいつに任せようかとも思った。

だが、それはやめておいた。

なぜなら、ここはバルカ騎士領の財源と治安維持にも関わる施設なのだ。

もし、変な奴に任せて何かあったら困るという思いがあった。

だが、それでは誰に任せることにするかというとこれが困った。

もともと、俺の知り合いは文字の読み書きも数字の計算もできない村人がほとんどなのだ。

ある程度信頼できる知り合いの中から選ぶにしても非常に人選が難しかったのだ。

そこへ白羽の矢が立ったのが長兄であるヘクター兄さんと結婚したエイラ姉さんだった。

エイラ姉さんはもともとバルカ村の村長の娘である。

俺がまだバルカ騎士となる前にヘクター兄さんと結婚していた。

結婚した理由はバルカ村の村長である親父さんの影響が大きい。

まだ小さかった俺が開拓した森の土地を狙って、いずれ合法的に手に入れるために村長の娘であるエイラ姉さんとヘクター兄さんを結婚させたのだった。

が、俺がその後すぐにフォンターナ家と一戦を交えたおかげでその狙いは頓挫していたのだが。

しかし、村長の思惑があったとはいえ、別にヘクター兄さんとエイラ姉さんの仲が悪かったわけではない。

むしろ、非常に良好で円満な家庭を築いて生活していた。

が、エイラ姉さんはヘクター兄さんに少し思うところもあったようだ。

というのも、ヘクター兄さんは俺やバイト兄のように戦場に行くのはあまり乗り気ではなく、のんびりと農地を耕して生活したいという性分の人だった。

対してエイラ姉さんは少し違う。

もともと、バルカ村の村長にはエイラ姉さんしか子どもがおらず、いずれは結婚した相手と協力して村を発展させるようにと小さいときからそれなりに教育を受けていたそうなのだ。

そのため、エイラ姉さんは文字の読み書きや数字の計算はできる。

が、彼女は別にやりたいこともあったという。

それは街に出て結婚して裕福に暮らすという少々少女じみた夢を持っていたのだ。

もちろん、村長が決めた相手と結婚することが決まっているのでそんな夢は叶いっこない。

本人もあくまでもそうなったらいいな、くらいの考えだった。

だというのに、その状況が変わってきた。

結婚相手の弟が騎士となり、領地を任されて、貴族と血縁関係まである本物のお嬢様と結婚したのだ。

しかも、同じ土地に住むようになった。

エイラ姉さんは自分の夢が一気に現実味を帯びたことを感じただろう。

俺がバルカ城を建てたあとは足繁く城へと通い、リリーナやクラリスと交流を持とうとしたのだ。

エイラ姉さんが賢かったのは、別に金持ち生活をしたかったわけではなかったというところにある。

言ってみれば、エイラ姉さんは自分をもっと高めたいと思っていたのだ。

そのため、クラリスに頼み込んで城で行儀見習のようなことを始めたらしい。

やんごとないお相手に粗相をしないような行儀をクラリスから叩き込まれたという。

アインラッド砦から帰ってきた俺が久しぶりにエイラ姉さんと再会したときには驚いたものだ。

それまでは農村の姉御という感じだったのに、雑な動きが減り、気遣いのできる気品ある振る舞いがそれなりにできるようになっていたのだ。

一年にも満たない期間でここまで変わったというのは相当な努力があったのだろう。

そんなエイラ姉さんがなぜ賭博場の支配人に抜擢《ばってき》されたのか。

それはこの賭博場がよそからも人を呼ぶために造られたためクリーンなものをイメージして造られたからだ。

最初はちょっと高級路線の宿泊施設をエイラ姉さんに任せようかと思ったのだが、どうせならということで北西区全体のマネージャーのようなものに抜擢したのだ。

城でリリーナの側仕えをしているクラリスに代わって、北西区全体の接客レベルを上げてくれることを願っている。

「でも、よかったのかしら、アルスくん。女である私が魔法を授けてもらって」

「いいんじゃないの？　エイラ姉さんは読み書き計算ができるからカイルの魔法が使えれば仕事がはかどるでしょ。あって不便はないと思うけど」

「ええ、それはもちろんよ。カイルくんの魔法はすごく助かっているわ。でも、そうじゃないでしょう。普通女性には魔法を授けるものではないと思うのだけど」

「そうらしいね。けど、うちは基本的に人材不足だから。あんまり、男だ女だってこだわってる意味がないと思うんだ」

「そう……。アルスくんがそういうのであれば、私がどうこう言うのもおかしいわよね。安心して、アルスくん。私、頑張ってこの遊戯地区を盛り上げていくからね」

「うん、期待してるよ、エイラ姉さん。でも、ほんとに何かあればすぐに言ってね」

エイラ姉さんは女である自分が魔法を授かったことを気にしていた。

まあ、それはそうだろう。

このあたりの慣習では基本的に男が戦場で働いて活躍した結果に得られるのが魔法なのだ。

原則的に女性が魔法を授かるようなことはない。

それなのに攻撃魔法ではないとはいえ、自分が魔法を授かるようなことがあってもいいのかと気になるのだろう。

だが、一般的ではないだけで別に女性が魔法を授かることが禁止されているわけでもない。

むしろ、俺としては女性であっても能力とやる気があるのであればその力を使って領地のために働いてほしいと思っている。

それに、教会でもエイラ姉さんがカイルに名付けを受ける際に儀式を断られたわけでもないのだ。

であれば、教会が公認していると解釈してもいいということになるのではないだろうか。

こうして、バルカ騎士領ではじめての女性魔法使いが誕生したのだった。

◇◇◇

「やっぱ、女の人ってやる気に満ち溢れているもんだね」

遊戯地区が完成し、しばらくした頃。エイラ姉さんの仕事ぶりを観察して、俺は思わず唸っていた。

というのも、それはただエイラ姉さんが頑張っていたからだけではない。

エイラ姉さんの姿とともに、多数の女性たちが遊戯地区で活躍している現状を見て驚いたのだ。

「エイラ嬢ちゃんがリード家の魔法を授かってから、何人もの女性が我も我もとあとに続いたからのう。お主はこうなることを読んでいたのではないのか?」

「そりゃ、ちょっとはいるかもしれないと思っていたけどね、マドックさん。でも、男が遊びにうつつを抜かしている間に女の人が自立しかねない勢いだよ」

「フォッフォッフォ。さすがにおなごが自立して生活するのは難しいだろうな。だが、家庭内での立場は強くなるかもしれんのう。これから結婚する男どもは大変だろうて」

「ま、いいんじゃない。女の人が働ける環境ってのは悪くないと思うし。それよりも、マドックさんがバルカ姓を返上するとは思わなかったよ。俺はそっちのほうが驚いたね」

「すまんのう。お主にバルカの名を授けてもらったことは感謝しておる。が、どうもわしは年をとりすぎたようじゃ。再び戦場に行くのはしんどいんじゃよ」

「わかっているよ、マドックさん。俺のほうこそマドックさんには感謝しているんだよ。でも、戦場には出なくてもここでの仕事は続けてくれるんでしょ?」

「うむ。お主に任された裁判官なら戦場に出るよりはいくらかマシじゃからな。だが、それでも書類仕事が多すぎてのう。木こりとして生活しておったわしには文字を読むのもしんどかったのじゃ」

「なるほど。カイルの【速読】なら文字を読んでも疲れないってことか。ま、気にしないでよ、マドックさん。別に俺はバルカ家であろうがリード家であろうが、マドックさんのことは本当に感謝しているんだから。これからもバルカ騎士領のために働いてくれるって言うなら不満なんかないさ」

「ありがたいのう。お主のためにもこの老骨に鞭打って頑張らんとならんな」

「無理しないでよ。いい年なんだから」

「フォッフォッフォ。まだまだ若いもんには負けんわい」

新しくできた賭博場の運営のためにエイラ姉さんに行ったカイルからの名付け。

それによって、バルカニアには女性魔法使いと呼ぶべき存在が誕生した。

それはなかなかにショッキングな事件であったらしい。

今までは農村の冴えない男たちと結婚して重労働の開拓を行いながら畑仕事をこなして、日々なんとか暮らしていく貧乏生活を送らざるを得なかった女性たち。

戦場に出て武器を振るうこともできずにそんな境遇に甘んじるしかなかった立場だったのが、ある日突然変わったのだ。

勉強を頑張れば攻撃魔法ではないが魔法を授かることができ、しかも働く場所まであるという状況に。

そんな話を実例付きで見せつけられてじっとしていない女性が何人もいた。

もちろん、全員ではない。

それまでの親や祖父母から続く伝統的な価値観で、女は家庭を守るべしという考えの人もいた。

が、そうではなく、自分の力で少しでも生活をよくしようとあがく女性が出てきたのだ。

彼女たちはエイラ姉さんの話を聞いて即座に学校へと通い、文字と計算を覚えるべく勉強を開始した。

そして、その努力が実って及第点レベルの学力がついたとき、本当にカイルから魔法を授かることができたのだ。

バルカニアの学校で勉強して努力が認められた者には魔法を授けるようにしていたのに目をつけたらしい。

しかもその後は賭博場、あらためバルカニア娯楽地区へと就職が決まっていく。

自らの努力だけで、男の力を借りることなく生活することに成功する者が出てき始めたのだった。

これを見て、次は自分だと頑張る者も増えた。

対して、自分ではなく我が子をけしかける者も現れたようだ。

そこそこ年をとった自分では物覚えが悪いが、まだ若い我が子であれば勉強すれば魔法を授かることができる。

しかも、戦場で命をかけずとも魔法を手に入れる可能性があるのだ。

父親が引くほどの情熱を持って、我が子を学校へと送り出す母親が現れたのだった。

そんな風に周りの状況が変わりつつあるときに、マドックさんが俺に声をかけてきた。

内容は俺が授けたバルカ姓を返上し、リード家から魔法を授かるというものだった。

マドックさんはもともとバルカ村の木こりで、その中の年長者でもあり、俺とは何年も前から魔力茸を育てる原木の取引をしていた人である。

俺が森を開拓したときには木こりたちが不満を持ちつつあるということをそれとなく伝えてくれて、未然に軋轢《あつれき》が発生するのを防いでくれたりもした。

そのことがあったため、俺はバルカ騎士領をカルロスから任された際に、マドックさんに裁判官になるようにお願いしたのだ。

マドックさんのような年長者であれば、何か揉め事が起こったときでも対処しやすいと考えたからだ。

この考えは間違いではなかった。

マドックさんは裁判官として問題が起こった際に他の裁判官である村長たちと協力して解決していってくれたのだ。

だが、この仕事もだんだんと大変になってきたらしい。

それは書類の量が増えてきていたことにある。

それまでは、問題が起こると村長や年長者が双方の意見を聞いてお互いが納得するように調停するようなことが多かったらしい。

だが、俺はそれらの件を文字に書き起こして法とすることを裁判官へと命じていた。

さらに、その仕事に加えて商人たちのトラブルとそれをもとに格付けするという作業まで発生してしまった。

毎日、それなりの量の書類が必要になってしまったのだ。

他の村長たちに教わるように文字を習い、【記憶保存】で無理やり覚えて単語だけでもなんとか書類を作成していたマドックさん。

だが、それが限界にきていた。

そのとき現れたのが、カイルの【速読】や【自動演算】という魔法だったのだ。

大分悩んだようだが、マドックさんはバルカ姓を捨て、リード姓になることを決意した。

だが、話を聞けば聞くほど俺のために働くべく決定したのだと分かる。

決して俺のことが嫌いになったり、仕事が嫌になったわけではなかったのだ。

であるなら、俺が反対することもない。

俺はすぐに金を用意してカイルとともにマドックさんを教会へと連れて行き、名付けの儀式を行ったのだ。

こうして、それまでの関係に少しずつ変化が訪れながらも、バルカニアには再びキラキラと光るような真っ白な雪が降る季節がやってきたのだった。

◇◇◇

「カルロス様、新年明けましておめでとうございます」

「ああ、本当にめでたいことだな、アルス。貴様の働きによって昨年は我がフォンターナも大きくなった。これからもその力をフォンターナのために存分に奮ってくれることを期待しているぞ」

「は、ありがたいお言葉です。これからも粉骨砕身《ふんこつさいしん》がんばります」

「よろしく頼むぞ。で、そこにいるのが貴様の弟とやらか」

「はい。私の弟のカイルです。昨年、我がバルカ家から独立してリード家を名乗っております。どうぞ、よろしくおねがいします」

「お初にお目にかかります、カルロス・ド・フォンターナ様。アルス・フォン・バルカ様の実弟カイル・リードと申します。どうぞ、よろしくおねがいします」

「カルロス・ド・フォンターナだ。カイル・リードか……。なんでも変わった魔法を持っているのだそうだな」

「はい。文字の読み書きと計算を正確に行う魔法でございます」

「なるほど。アルスも変わり者だが、弟であるカイルも変わっているのだな。あとで見せてもらってもいいか？」

「はい。ですが、兄のようにカルロス様を驚かすことはできないかもしれません」

「はっはっは。こいつは何をやり出すか全くわからんからな。急にとんでもないことをしでかして、俺を驚かせてばかりいる。弟である貴様もさぞ苦労していることだろう」

「はい。そのとおりです」

おい、なんで初めて会った二人が急に意気投合して俺のことを悪《あ》し様に罵《ののし》っているんだ。

俺はカルロスとカイルの会話を聞きながらそう思ってしまった。

雪が降り、冬が来た。

そして、そのまま何事もなく年を越した。

そうして、俺にとっては二回目となる新年の祝いのために、俺はカイルとともにフォンターナの街にやってきていたのだった。

フォンターナの居城へと訪れて、多くの騎士が集まる中、カルロスに対して新年の挨拶をする。

去年と違うのは今回はカイルを連れてきていたことにある。

新たな魔法を発明したカイルにリード姓を名乗らせた。

このとき、一応だが俺はカルロスにもその許可を仰いでいたのだ。

どのような魔法を所持しており、それをどのように使うか。

リード家を立てる前に事前に相談は済ませていた。

だが、それは手紙によるものであり、カイル本人はカルロスと直接会ったわけではない。

そこで新年の祝いを利用してカイルを紹介したのである。

まだ幼いカイルだが、しっかりとカルロスへと自己紹介しただけでなく、すぐに打ち解けて俺という共通項をもとに笑い合っている。

よかったような、よくなかったような釈然としない気持ちになりながらも、俺とカイルはフォンターナ家当主への挨拶を終えたのだった。

◇◇◇

「久しいな、アルス殿。貴殿には世話になった。今一度礼を言わせてほしい」

カルロスへの挨拶を終えたら、次は各地から集まった騎士が出席する宴会場へと移動する。

そこで、騎士のピーチャと出会ったのでお互いに新年の挨拶をしながら話し込む。

「ピーチャ殿、お久しぶりです。アインラッド砦の守備をカルロス様から任せられていましたね。その後、ウルク家の動きなどはどうなっていますか？」

「なに、貴殿の活躍でウルク家は甚大な被害を被ったからな。その立て直しにはまだ時間がかかるのだろう。おかげであの戦のあとは落ち着いて周囲の統治を進めているよ」

「そうですか。それはよかった。ですが、立て直しが終わったらアインラッドは再び狙われるのでしょうね。気をつけてくださいよ、ピーチャ殿」

「うむ。カルロス様もその点は重々承知の上で多くの兵を私に任せてくれている。その期待に応えるように働くのみだな」

「頼もしいですね。さすがに多くの戦場を経験されているだけありますね」

「貴殿に褒められると自信につながるな。……ところで、そちらの少年が話に聞いた貴殿の弟か。本当にまだ子どもではないか」

軽く世間話をしながら、ピーチャは俺と一緒に宴に出席していたカイルに気がつき話を振ってきた。

どうやらカイルのことを話に聞いているらしい。

「はい、弟のカイル・リードです。以後お見知りおきを」

「ああ、よろしく頼む。しかし、変わった魔法を持っているそうだな。事務仕事に特化している魔法だとか。戦ではあまり役に立たんが、領地の統治では便利になりそうな魔法であるな」

「そうですね。とても助かっていますよ。……そうだ、ピーチャ殿もアインラッドの運営にカイルの魔法が欲しくはありませんか？」

「うん？　どういうことかね？」

「ええ、実は先程カルロス様にカイルの魔法をお見せしたのですが、たいそう気に入っていただけたようでして。ぜひ、フォンターナ家でも使いたいとおっしゃられていたのですよ」

「は？　フォンターナ家で使いたいと言ったのか？」

「ええ。と言っても、リード家の魔法を使える者が手元に欲しいという意味ですが。そこで、カイルの魔法を売ることにしたのですよ」

「……貴殿が何を言っているのかよくわからんのだが？　魔法を売る、というのはどういうことか？」

「つまり、カルロス様が指定した人物へとカイルがリード姓を授けるのですよ。その対価として教会に喜捨する分とリードの魔法に見合った金額を頂戴したのですよ」

「……それはつまり【速読】と【自動演算】とやらの魔法を使うために、自分の家臣にリード姓を名付けさせたということか。バルカ家へと金銭を支払って」

「そうなります」

「攻撃系ではないとはいえ、独自の魔法をそのように売り出してよいのかね？」

「はい。うちはできたばかりの零細騎士領ですのでこのようなはしたない真似をしてしまいました。カルロス様には他の騎士の方々にも希望される方がいるようであれば、魔法を売ってもいいというお言葉も頂いています。どうでしょうか。交通の要衝であるアインラッドを任されたピーチャ殿もお一人くらいカイルの魔法が使えれば、非常に効率がよくなると思いますよ」

「ううむ。急な話で答えられんな。だが、魅力的な提案ではある。少し考えさせてくれはしないか？」

「もちろんです」

「助かる。他の騎士にもこの話は持ちかけるのかな？」

「ええ、そのつもりですよ、ピーチャ殿」

「そうか。では私からも何人か交流のある者へと話しておくことにしよう」

「ありがとうございます。ぜひ、よろしくおねがいします」

やったぜ。

俺は久しぶりに会ったピーチャと話しながら頬を緩めていた。

俺は去年もこの宴に参加していた。

しかし、一年前はこのパーティーに出たものの、ほとんど誰とも話さずに周囲の騎士を観察するばかりだった。

だが、今年は違う。　なんといっても知り合いもいるのだから。

戦場で俺と一緒に行動していたピーチャだが、あの戦いのあと、カルロスからアインラッド砦の守備を命じられていた。

領地となったアインラッドは離れた場所だが、新年の祝いにはしっかりと参加しているようだ。

そこで、俺と久しぶりに会い、こうして話をしていたのだった。

その会話の中で出た話の一つに、俺がカイルの魔法を売るというものがあった。

相手が指定する人物に対してカイルが名付ける。

その際に、バルカへと金を支払ってもらうというものだ。

カイルの魔法は有用なものではあるが、普通の農民には猫に小判となり得る。

本当に必要なのは領地を経営するような者たちだろう。

俺はそこに目をつけて、カイルの魔法を売りつけることにしたのだ。

少なくとも一人いれば正確な計算機代わりになる。

カルロスは領地経営に便利だということで、複数人に対して魔法を授けるように、カイルの魔法を購入したのだ。

それをピーチャを通して他の騎士にも話を広げていった。

最初にカルロスに話を通していたのもよかった。

カルロスに魔法を売ったときより安値で売るわけにはいかない、という理由をつけてそれなりに高い値段設定で魔法販売をしたのだが、これがそこそこ売れたのだ。

あとはカイルの魔法を授かった人がしっかり働いてくれれば、来年からは更に魔法の買い取りを希望する者もいるかも知れない。

こうして、俺は新年から一稼ぎしていったのだった。

◇◇◇

「アルス殿、貴殿に少し話したいことがある。ちょっといいか？」

「どうしたんですか、ピーチャ殿。わざわざ改まって話だなんて」

「うむ。新年の祝いの席で貴殿の弟殿から購入した魔法だが、問題なく使えている。まさか、独自の魔法を売るようなことをするとは思いもしなかったがね」

新年の祝いでの取引から少し時間が経過した。

そして、再び騎士ピーチャと再会した。

こちらは軽く挨拶を交わすくらいだったが、ピーチャの方は何か言いたいことがあるらしい。

買い取ったリード家の魔法のことのようだが、何か問題でもあったのだろうか。

「そうですか。どうでしたか、リード家の魔法は？　かなり便利だと思いますが……」

「そうだな。実際に使わせてみたが確かに便利にはなったと思う。だが、気になる点があるとも言えるが」

「気になる点ですか？」

「そうだ。【自動演算】はほとんど問題にはならんだろうが、【速読】の効果は使い手の理解度が大きいという点だ。いくら瞬時に文章を理解するといっても、読み手側がその文章の内容を理解するだけの知識などがなければ意味がないということだ」

「それはそうです。ですが、それは先に説明しておいたでしょう？」

「そうだが、思った以上に理解度の要求が高いように感じたのだよ。この魔法を使いこなして仕事をするには実際に統治を務めるような者でなければいけない。が、そのような重要な人物はさすがに他家の名付けを受けさせるわけにはいかん。魔法を使いこなすという意味では人選に難航すると言えるのだよ」

「……確かにそうですね。わかりました。これからはリード家の魔法を販売するときには、相手にそのことをしっかりと説明しておくことにします。ご助言助かります、ピーチャ殿」

「いや、この程度のことは大したことではない。というよりも本題はそれではないしな」

「本題ですか？　いったいどうしたのですか？」

いったいなんだ？

ピーチャが言いたかったことは、さっきのリード家の魔法についてのアドバイスだけではないようだ。他に何か問題があるのだろうか？

「ああ、実はなんとも言いにくい話ではあるのだが……、貴殿は自分の魔法を売る気はないのかな？」

「え？　私の魔法ですか？」

「そうだ。正直なところいくらリード家の魔法が便利だとはいえ、貴殿の魔法にはかなわない。こちらとしてはバルカの魔法が欲しいと感じてしまうのだよ」

「バルカの魔法を……。いや、それは駄目ですよ、ピーチャ殿。カイルの魔法は攻撃力の一切ない魔法であったが故の例外でもあります。私の、バルカの魔法を授けた場合は必然的にフォンターナの魔法である氷の魔法までついてくる。それを商売の種にするのはさすがにできません」

「そうか。まあ、そうだろうな」

「というか、いきなりなんでそんなことを言い出したんですか、ピーチャ殿」

「貴殿にはわからんか？　私はアインラッド砦を任されているのだよ。そして、アインラッド砦は貴殿が造ったものだ」

「いや、ピーチャ殿も一緒に砦を造っていたじゃないですか」

「馬鹿を言うな。私はその場にいただけに過ぎん。アインラッド砦を造ったのは間違いなく貴殿の力だ。そして、それはアインラッド砦を一番うまく使えるのも貴殿の、バルカの力があってこそだと言える」

「バルカの力ですか」

「そうだ。というか考えてもみろ。アインラッド砦には多数の投石機が設置されているのだぞ。それも貴殿の持つレンガ造りの魔法で作られるレンガが一番飛ばしやすくなっているのだ。今のアインラッド砦の守備にはどうしてもバルカのレンガが必要なのだよ」

なるほど。一理あるかもしれない。

俺はピーチャの話す内容を聞いてそう思った。

俺は年明け早々にあった新年の祝いに参加し、その宴会でカイルの魔法を売りさばいた。

カイルが名付けをして金銭を受け取るという、この世界の名付けの暗黙のルールから少し逸脱した行為で金を稼いだのだ。

当然、それに嫌な顔をする者たちもいないわけではなかった。

だが、最初に当主であるカルロスがカイルの魔法を購入していたのが反論を防いでくれていた。

もし、俺に文句を言うなら当主の行動を批判することにもなるからだ。

カルロスは割と利があればそれを掴み取ろうとする性格のようでこちらも助かったと言えるかもしれない。

そうして、他にも興味を持った騎士たちが自分の配下の人間に魔法を授けるように依頼してきたのだ。

すぐに話がまとまったものだけをさっそくやってみた。

効果は抜群で、みんな驚いていた。

だが、確かにピーチャの言う通り、カイルの魔法を授かるのは人選が大変なのかもしれない。

自分の領地を持つ騎士家であれば本当にカイルの魔法が必要な人物は領地経営の中心人物である可能性が高い。

が、そのような人物は当然すでに何らかの役職についている。

というか、バルカではそうではないが、他のところでは文官や武官などといって文武で分かれてはいないのだ。

あくまでも両方を備えていないと話にならない。

そうなると必然的に騎士か、あるいはいずれ騎士になる人物がカイルの魔法を必要とすることになる。

だが、もちろんそんな人物にリード家の名を名乗らせるわけにはいかない。

ならば、あまり重要ではない人物にリード家を名乗らせるかとなるかというと、そうもいかない。

俺はカイルが名付けるのにそれなりに高額のお金を要求している。

仕事のできないであろう者に多額の金を工面して魔法を使えるようにする意味があるのか、というところだろうか。

言われてみれば確かにカイルの魔法を授けるべき相手を選ぶのは一苦労だろう。

が、ピーチャの本題はそれではなかった。

ピーチャは驚いたことに俺にバルカの魔法を売れと言ってきたのだ。

これはどういうことだろうか。

普通に考えて、攻撃魔法が含まれている俺の魔法をわざわざピーチャの部下に名付けるのは駄目だ。

そんなことはピーチャも俺に言われなくとも分かっていると思うのだが……。

確かにアインラッド砦を守るという理屈から言えばバルカの魔法があったほうがいいだろう。

が、投石機のためだけにバルカの魔法を売る必要があるかどうかというと明らかにおかしい。

それならレンガを買い付けるだけでも目的は達成できるのだから。

……そうか。

もしかして、それだけではだめな理由があるのかもしれない。

バルカの魔法を買い取ることなど無理だとわかっているのに、あえてバルカの力が必要だと言ってくる。

つまりは、ピーチャはアインラッド砦にバルカの力、すなわち武力が必要だと言いたいのではないだろうか。

先の宴の間ではアインラッド砦の防衛は問題ないように言っていた。

が、それはあくまでもカルロスの居城で防衛が難しいとは公然と言えなかったのではないだろうか。

そこで、一度リード家の魔法を高い金を出して買い取ったうえで、こうして話をしてきた。

「そうですね……。さすがに先程も言ったように、バルカの姓を売ることは難しいでしょう。そこで、代わりと言ってはなんですが、こちらから人手を派遣しましょうか？　レンガを作ることができるバルカ姓の者たちをアインラッド砦に送るというのはどうでしょうか？」

「そうか、うむ、確かに無理を言ってしまったようだな。貴殿には悪いことを言った。許してほしい。そのうえで、今の提案をありがたく受けたいと思う。バルカ姓の者たちがアインラッドに来てくれるというのであれば助かる」

「わかりました。その代わり、派遣料金は弾んでくださいよ、ピーチャ殿」

「わかった。無理を言ったのはこちらであるしな。頑張らせてもらおう」

こうして、俺はアインラッド砦へとバルカの人間を派遣することにしたのだった。

◇◇◇

「おい、アルス。アインラッド砦への派遣の話を聞いたぞ。もちろん、俺が行くぞ」

「耳が早いな、バイト兄。でも、アインラッド砦へはピーチャ殿と知り合いでもあるバルガスを派遣しようかと考えていたんだけど」

「何言ってんだよ、アルス。俺が行くに決まってんだろ。許可してくれるまでここを動かないからな」

「どうしたんだよ、バイト兄。今日はえらく強情だな。なんかあったのか？」

「なんかあったか、じゃねえだろうが。お前もカイルも自分の家を立てたんだぞ。兄貴としての威厳がなくなるだろうが。俺もここらで男を見せるときなんだよ」

「バイト兄は十分活躍してくれていると思うんだけどな。ていうか、別にアインラッド砦には戦いに行くわけじゃないからな。ちゃんとわかってるのか、バイト兄？」

「そりゃ建前なんだろ？　レンガを作ってきておしまいってわけにはいかないんじゃないのか？」

「間違っちゃいないけど、戦うのが目的ではないってことさ。まあ、いいか。ちょっと説明しておこうかな」

俺がピーチャと話したバルカ姓の持ち主の派遣をどこかで聞きつけてきたのだろう。

バイト兄が自分が行くと言って名乗り出てきた。

が、どうやら戦う気まんまんのようだ。

アインラッド砦からのバルカへの協力依頼はピーチャの判断によるものだ。

去年は戦闘後の損害を癒やすためにおとなしかったウルク家が動く可能性を考えてのものだろう。

なので、バイト兄の言う通り戦闘になる可能性がないわけではない。

が、俺はこの話を聞いて新たに金儲けをすることにしたのだ。

それはバルカからの人材派遣というものだ。

今回のピーチャへの派遣はその第一歩となることになる。

そして、この派遣の目的は戦闘行為のためだけのものではない。

つまり、戦闘以外の行為に対しても派遣を受け付けるというもの。

すなわち、土地の改良を請け負うことにしようと考えたのだ。

俺が生まれ育ったバルカ村も大概ひどかったが、前回戦に動員されて移動しながら他の土地を見たときに感じたこと。

それは、フォンターナ領内はもっと開発できるというものだった。

まだ使われていない土地があるうえに、今農地として使っている土地ももっとよくすることが可能だと思ったのだ。

バルカの魔法を使える者を各地へと派遣して【整地】や【土壌改良】、あるいは【道路敷設】などをすればフォンターナ領内は更に発展する可能性がある。

少なくとも、食料の増産は間違いなくできるだろう。

なので、希望する者のところへとバルカの魔法持ちを派遣して、有料で土地開発をしようと思ったのだ。

俺も儲かるうえに、そこの土地を持つ者も間違いなく収益が上がる。

そうすればフォンターナ領自体がさらに活気づいていくことだろう。

以前からバルカ騎士領だけが儲かってもいずれ限界に来る可能性が高いことを考えていた。

が、自分の領地以外は勝手に触ることはできない。

たとえ、収穫量が上がるからといって無許可で土地を改造していけば必ず揉めるだろう。

そこで、今回のピーチャの提案に目をつけたのだ。

アインラッド砦の周囲の村は前回少しだが農地の改良をしている。

ピーチャが許可さえ出せば、土地の住人も嫌がらずに農地へと手を出すこともできるだろう。

その成果が数字となって現れれば他の領地持ちの騎士からも派遣を要請する声がかかるのではな

いかと考えたのだ。

「ようするに、お前はアインラッドに行く連中に農地を改良したり、道路を造る仕事をしろって言いたいんだよな、アルス？」

「そうだね。まあ、けど、アインラッドに行くなら当然自衛して戦える必要もあるけどね。何があるかわかんないし」

「よし、お前の言いたいことはわかった。向こうもそのことについては同意してるんだろ？」

「そうだな。ピーチャ殿とは話をつけている。基本はレンガ作りや周辺の村の農地改良と、指定された道路を造ることになるかな」

「よっしゃ。向こうの言うことを聞いてりゃいいってことだな。簡単じゃねえか」

「ちょっと待ってよ、バイト兄。確かに道路造りなんかは向こうの意見が重要だけど、言いなりにはなるなよ。あくまでも派遣する理由はレンガ作りとそれに付随しての土地改良でってことだ。もし仮に戦闘になって危険そうなら引き上げてきてほしい」

「はあ？　戦わないのか？」

「別に戦ってもいいけど、あくまでも危険なら自分たちの判断で撤退してもいいってことだよ。バイト兄の主はバルカ家の当主である俺だからな。向こうにバイト兄に対しての命令権なんかは一切ない。バルカの人間に無駄な被害が出ないように行動してほしいってことだ」

「……なるほどな」

「それと派遣の責任者になるなら交渉術も身につけておいてよ、バイト兄。一応、事前に料金を決めていくことになるけど、向こうに着いたらあとであれもやってほしい、こっちも頼むっていろんなことを言ってくると思うんだよ。そのときは、手間と危険度なんかも考えて適切な金額で引き受ける必要がある。こっちの能力を安売りしたりただでやると、次からもそれを要求されるようになるからな」

「……な、なんか思った以上に大変そうなんだな、アルス。俺、そういう面倒くさいの苦手なんだけど」

「いや、必ずやってもらうぞ、バイト兄。意外といい機会かもしれないな。バイト兄にはいい経験になるかもしれないぞ」

とはいえ、いきなりバイト兄に全部を任せるのは厳しいか。

そもそも、今までしたことのない初めての試みの派遣となるのだ。

適正な金額なんて俺も正直分からない。

となるとそのへんのサポートができる奴と一緒に行ってもらうことにしよう。

「よし、バイト兄にはリオンについていってもらうことにしよう。前も一緒に行動したこともあるし安心できるだろ？」

「リオンか。あいつがいればなんとかなりそうだな。よし、わかったぜ、アルス。俺に任せてくれ」

「ほんと、無理だけはしないでくれよ、バイト兄。リオンの言うことはちゃんと聞いてくれよな」

「わかってるよ。大丈夫だって」

若干不安があるものの、こうして俺はバルカの人材派遣をバイト兄に一任することにした。

まあ、どうせ出発するのは雪が解けてからになるだろう。

それまでにみんなと協力してだいたいの値段設定くらいを決めておこう。

こうして、新しい一年が始まりを告げたのだった。

◇◇◇

「同志アルス、人体解剖図についてだが一区切りつきそうだよ」

「へー、ずいぶん早かったな、ミーム」

人材派遣についての仕組みを考え、整備しながらも他の仕事をこなしていく。

バルカ城にある執務室で俺がそんなふうに仕事をしているときだった。

医師であるミームが執務室へとやってきて、任せていた仕事が一区切りつきそうだと言ってきた。

「うむ。冬になると死者の数は増えるのが相場というものだからね。献体となる数が多かったから当然といえよう」

「そうか……。本当は冬越えできない人の数を減らしたいんだけどな」

「それは仕方がないというものだよ、我が同志よ。君は神ではない。冬に人が死ぬのは自然の定めというものだよ」

「うーん、もう結構慣れたつもりではいるんだけど、やっぱり心情的には寒さで凍えて、空腹の中で死ぬのは見るのも嫌なんだよな。もっと仕事を増やしてやらないといけないな」

というか、そのへんの道路で行き倒れている者がいるのを見ると思うところがある。

以前まではバルカ村という閉鎖された状況で、食うに困った者はフォンターナの街に出ていっていた。

　そこではこういう光景が当たり前だったのだろう。それが今ではバルカニアでも見られるようになってしまったというだけなのかもしれない。

「ふむ。各地を旅してきた私にとって、このバルカニアでは冬の死者数はかなり少ないように思うが……。これでは納得出来ないというのだな、同志は。さすがだよ」

「お世辞はいいよ、ミーム。で、人体解剖図の完成の目処が立ったってことは、本ができあがりそうなのか？」

「いや、それはまだかかるね。モッシュくんが頑張って寝ずに図解を描いているよ。それが完成してから私がその図に合う解説を書いていくことになる。もうしばらく時間が欲しい」

　人体解剖図のほうはあとは図解が残っているという感じか。

　ただ単にイラストを挿絵として載せるだけではなく、図に解説を添える必要もあるだろうし、そう考えるとまだ完成までは時間がかかりそうかもしれないな。

「わかった。別に急ぐ必要はないから、しっかりと満足のいくものを作り上げてほしい。あと、完成したら俺に一番に見せてくれよ？」

「それはもちろんだとも。我が同志にはぜひ見てもらいたいからね」

「で、わざわざそれを言いに来たのか？」

「ああ、そうだった。それも重要だが、わざわざ同志に面会に来たのは別の理由さ。預けた薬草についてだよ」

「薬草？　隣の村のガラス温室で育ててるけど、何かあるのか？」

「ああ、私もそのガラス温室というものを見に行ってきたのだが、あれはいい。素晴らしいね」

「そうだろ？　暖かい時期にしか育たない薬草もしっかりと育てられたって報告が来てたからな。あれがあれば薬の増産ができるかもしれない」

今はバルカ騎士領になっている元隣村のリンダ村には俺が温泉の熱を利用して造ったガラス温室がある。

どうやら、ミームはそれを見に行ったらしい。

俺も報告を受けているが、ガラス温室は問題なく稼働し続けており、雪が積もるこの冬の時期でもいくつもの薬草を栽培できている。

「そうだよ。まさにその点だよ。私もいろんな土地を旅してきたがあのような素晴らしいものがあるとは思いもしなかった。あの温室というものを知ることができただけでも、このバルカへとやってきたかいがあるというものだよ」

「そりゃよかった。で、ガラス温室の薬草のことがどうしたんだ、ミーム。もしかして、もう臨床試験でも始めるつもりなのか？」

「そうだね。モッシュくんが図解を完成させるまで時間がかかるだろうから、簡単なものから始めてもいいのではないかと思っているが、どうだろうか？　我が同志さえいいと言ってくれれば、さっそく始めたいのだけれど」

「わかった。別に人体解剖図の完成が遅れないっていうんなら構わないよ、ミーム」

「おお、ありがたい。ではさっそく準備に取り掛かるとしよう。……そういえば、例の臨床試験はどんな薬から始めたほうがいいのかな？」

「そうだな……、なら切り傷に対する薬と食中毒とか吐き気、下痢止めの薬から始めてほしいかな。どれも命に関わるし」

「なるほど、戦場での経験からというわけだね。わかった。その手の薬はいくつか種類がある。どれがどれほど効くのか、しっかりと確認することにしよう」

「あ、ミーム。確認するけど、これは人体実験じゃないからな。ちゃんと相手の同意をとってから臨床試験してくれよ。無理やり薬を飲ませるってのはなしだよ」

「はっはっは、わかっているさ。私に任せてくれたまえ、我が同志よ」

俺が注意したら大声で笑いながら答えるミーム。

だが、本当に大丈夫なんだろうか。

医術についてはかなりのものではないかと思うのだが、どうにも自分の興味を優先する気がしてしまう。

やはり、ミームには監視が必要だろう。

画家くんことモッシュは今忙しいみたいだし、他の奴でもつけておこうか。

「相変わらずずってなんだよ、カイル。俺は別に変なことをしていないぞ？」

「相変わらずアルス兄さんは変な人と変なことをしているよね」

「そう思っているのはアルス兄さんだけだと思うよ。でも、本当にあんな実験みたいなことが必要なの？」

「医学の発展のためには必要だろ。カイルならそれくらいわかるだろ？」

「でもアルス兄さんってあんまり風邪にもかからない健康体でしょ。薬なんていらないんじゃない？」

「そりゃ、俺には【瞑想】があるからな。一晩寝たらピンピンしてるし、病気知らずだよ」

「だったらやらなくてもいいんじゃないのかな？」

「そんなことはないよ。医学は薬だけで成り立っているんじゃないし。悪いところを切って治す外科だってあるだろ。もし、自分が外科手術を受けることになったらと思うと、今から安全性を確認しておきたいだろ」

「でも、アルス兄さんならパウロ司教に頼んで回復魔法をかけてもらえばいいんじゃないの？」

まあ、確かにカイルの言う通りではある。

戦場で傷を負った騎士は教会で回復魔法を受けて体を治して再び戦場に立つという話だし、外科手術なんて必要ないのかもしれない。

が、それはあくまでも俺が回復魔法をかけてもらうためのお金を用意することができるからだ。

かなり高額な治療費を要求される回復魔法を庶民が受けることはできない。

やはり医学研究は必要なのではないかと思う。

が、今更ながら人の生死については医学の発展だけでは駄目なような気もする。

それはこの辺りでは冬になると人が死ぬのが当たり前だと認識されている点だ。

毎年、自分の農地などを持たない人たちが食べ物や仕事を求めて街へとやってきては、冬になると死んでしまう。

このことは俺もある程度知っているつもりでいた。

だが、ずっと村で生まれ育ってきていただけに実際の体験としてはあまり実感がなかったのだ。

しかし、このバルカニアができてからはそれが少し変わっている。

俺が造った街でも冬になると何人も亡くなって春を迎えられないというのを目にしていたのだ。

これは単純に医学の問題だけではない。

食べ物の確保と寒さが重要な原因となっているのだ。

別にすべての人を救おうとか、助けてあげたいと言いたいわけではないが目につく範囲でなんとかできるかもしれないのであればどうにかしたい。

そう思って、俺はまだ雪が残る景色を見ながら、冬の寒さへの対抗策を考えることにしたのだった。

冬になると人が死ぬという現実を目の当たりにした俺。

せめて、もう少し冬を越しやすくできないだろうかと考える。

今、思いつく原因はやはり食糧問題と寒さによるものだ。

雪が積もるほどの時期では俺が造ったガラス温室くらいしか冬場にまともに食料を作る方法はない。

が、今はガラス温室を薬草園としてしまっている。

できれば今後もガラス温泉の熱を利用した温室は薬草作りに充てたい。

であれば、食料は雪の降らない時期にしっかりと増産しておく必要がある。

まあ、これはある程度どうにか改善はすると思う。

というか、そのために俺の魔法があるのだから。

今までの貧弱な農業技術しかない状況とは違い、俺の魔法を使えば土の状態は確実によくなる。

一応これでも何年も前から実際に畑で魔法を使用してきているので、そう言えるだけの実績はあると思っている。

更に今はバイト兄を他の土地へと派遣しているというのもある。

実は去年は回転式脱穀機と風車による粉挽きという新技術が欲しいと思うほどの豊作だったにもかかわらず、そこまで手元に麦が残っていないのだ。

それでも通常よりは遥かに備蓄できているとは思うが、戦があったのがよくなかった。

俺自身がバルカを離れた戦場でお腹をすかした状態で戦いたくなかったというのもあって、かなりの量を輸送していたのだ。

結果、消費量がすごいことになっていた。

リスクを負いつつもバイト兄を領地外へと派遣して農地改良するのはそれがあったからだ。

他の土地でも豊作であればそこから食料を買い取ることも可能だろう。

なにより、よそが豊作であればその土地の人間が貧困にあえいでバルカ騎士領へと移住してくる必要がなくなるのだ。

冬になったら死人が出るというのは、言ってみれば死にそうな連中がバルカへとやってきているという意味でもある。

もう少し他の土地でも食料があれば、そういった連中がバルカへとやってこない、つまりバルカでの冬季死者数を減らすことにもつながるということだ。

が、食糧問題が解決したとしてもそれだけでいいわけではない。

やはり寒さが厳しいのだ。

冬になったらソリで移動したほうが効率がいいくらいには雪が積もるこの辺りの気候。

問題はこの寒さを乗り切るために必要な暖かさが足りない。

というか、根本的に着ている服が粗末すぎるのが問題なのではないかと思う。

いくら薪をくべて暖を取ろうとしても、着ているものがペラッペラだと寒さを防ぎきれないのだ。

もっと暖かい服がほしい。

人の生活に大切なものは衣食住だというが、それをしっかりと整える必要があるということだろう。

「でも、そういう坊主は暖かそうな毛皮のコートを着ているだろ？」

「まあね。大猪の毛皮は有効利用させてもらっているよ」

「それがあればいいんじゃないのか？　大猪の毛皮は外套としても使えるし、革鎧にもなるんだから」

「いや、それは無理だよ、おっさん。大猪の数だけじゃ絶対に街の需要には足りないからね。やっぱ安定供給できる衣服がほしい」

「みんなが着られる数の服か。かなりの量が必要になるぞ、坊主。けどまあ、それが実現すればかなりの儲けが出るだろうな」

「結構服って高いもんね。さて、と。どうなっていることやら」

冬を越すための手段としての暖かい服の確保。

そのために事前に打っていた手のひとつを確認しに行く俺とおっさん。

場所はバルカニアの北側に造った牧場だった。

俺とおっさんはまだ雪が残る道を移動しながら牧場へとやってきたのだった。

目的は当然ヤギだ。

去年、ウルクの東にある大雪山から取り寄せた【跳躍】という魔法を持つ野生動物のヤギ。

かなりの高さをジャンプしてしまうために、壁で囲まれた街中で飼おうと思ったのだが失敗してしまっていた。

街中で建物の上を飛ぶようにジャンプしてしまい、住人から苦情が来まくっていたのだ。

そこでカイルが行った緊急手段としてヤギをヴァルキリーの厩舎へと入れるという行為によって、結果的にその問題は解決した。

ヤギがジャンプしようとすると角ありヴァルキリーが【散弾】を放って威嚇し、ヤギをおとなしくさせてしまったのだ。

それを見た俺はヤギとヴァルキリーを壁に囲まれた牧場エリアで一緒に生活させることにしたのだ。

その牧場エリアだが冬の間は一切入っていなかった。

一応、雪を避けるための建物を造ったり食料は置いたりしているが、果たしてヤギは無事なのか。

それを確かめるためにおっさんと様子を見に来たのだった。

◇◇◇

牧場へと続く扉を開けて、数ヶ月ぶりくらいになるヴァルキリーとヤギの楽園へと入っていく。

「キュイ!」

「メー」

「……おっさん、俺の眼はおかしくなったのか? ヤギの姿が変わったみたいに見えるんだけど」

「奇遇だな、坊主。俺も同じだよ。あれはほんとに俺たちが去年バルカに連れてきたヤギなのか?」

牧場へと入った俺たちはそこで歩き回っているヴァルキリーとヤギの姿を確認した。

ヴァルキリーはいつもどおりだ。

頭には角が二本生えており、サラブレッドのような肉体に白い直毛がさらりと流れている。

まだ雪の残る地面の上を歩いているその姿は幻想的と言えるだろう。

対して、そのそばにヤギもいた。

こちらも白の毛が生えていて少しモコっとしている。

が、これはおかしい。

俺がアインラッドの丘で初めておっさんと二人でヤギを見たときには確か茶色の毛をしていたはずだ。

それに毛の長さもそこまで長くはなかった。

なぜ姿が変わっているのだろうか。

というか、頭に見たことのあるヤギの角がなければそれをひと目でヤギだと認識できなかったかもしれない。

「ヤギっていうのはもしかして冬は毛が生え変わって白色になるものなのか、おっさん？」

「……いや、そんな話は聞いたことがないんだがな。でも、確かにあれはヤギだ。白いけどそれは間違いないと思うが……」

「ん？　おっさん、ヤギをよく見てくれ。あいつら冬になる前よりも体が大きくなってないか？」

「そう、かな……。ああ、確かに言われてみれば一回りでかくなってるようにも見えるな。けど、それがどうかしたのか、坊主？」

「いや、もしかしたらってだけなんだけどな。ヤギはこの外敵のいない安全な牧場で体がでかくなるまでハツカの茎を食べたから姿が変わったんじゃないかと思ってさ」

「そんなことあるのか？」

「わからん。思いつきで言っただけだよ」

「そうか。まあ、けど問題ないと言えば問題ないんじゃないか、坊主？　見たところ、ヤギたちは見た目こそ変わったけど、無事に冬を越しているみたいだし」

「そうだな、おっさん。そのとおりだ。というか、毛の長さが伸びたのもいいことじゃないか？　さっそくヤギの毛を刈り取って、服を作れるか試してみようぜ」

なぜか変貌を遂げていたヤギの姿。

俺とおっさんはそれを見て多少混乱してしまった。

が、確かにおっさんが言う通り、ヤギがバルカの土地で無事に冬を越せたというのは間違いのない事実である。

しかも、暖かそうな毛が生えている。

さっそく俺とおっさんはヤギを一頭捕獲してバルカ城へと連れて帰ったのだった。

◇◇◇

「おい、こら、暴れんなよ。【散弾】！」

「メ、メ～……」

「ふう。これはヤギの毛を刈るだけでも一苦労だな。【散弾】の魔法が使えないと作業もできないぞ」

「大丈夫なのか、坊主？　あんな跳躍力のある足で蹴られたら坊主でも危ないんじゃないか？」

「とりあえず、【散弾】を見せると少しの間はおとなしくしているみたいだな。ヴァルキリーのお仕置きが効いてるんだろ。なんとかこの間に毛を刈らないと……」

牧場エリアから一頭のヤギを連れ帰ってきた俺はさっそくそのヤギに生えている毛を刈り取ることにした。

だが、なんとも手間のかかる毛刈りになってしまった。

ただでさえ臆病で少しでも身の危険を感じたら【跳躍】という魔法で大ジャンプをして逃げようとする生き物なのだ。

それが刃物で自分の体から生えている毛を刈り取られそうになっているのだ。

抵抗しないわけがない。

俺は悪戦苦闘しながらなんとかヤギから毛を刈り取る作業を終えたのだった。

「真っ白な毛だからキレイだな。手触りもいいぞ、おっさん」

「本当だな。それで、この毛を糸にするのか、坊主？」

「ああ、毛糸ってやつだな。寒さ対策のためだし、セーターでも作ってみよう」

なんとかヤギから刈り取ったモコモコの毛をかき集める。

これを毛糸にする。

とりあえず、お試しなのでたいした道具もなくできるやり方でやってみることにした。

毛を糸に紡ぐためにスピンドルという道具を作っておいた。

スピンドルというのは軸の棒が長いコマのような形をした道具だ。

ここにキレイに【洗浄】した毛を少しよじり、その毛の先をスピンドルに取り付けてコマのように回す。

クルクルと回る動きに合わせて毛が糸のようによじられて毛糸へと形を変えていく。

が、ちょっとした趣味としてならこれでも毛糸とすることができるが、やはり時間がかかってしまう。

あとでもっと効率のいいものが用意できないかグランに相談しておこう。

そう思いながらも時間をかけつつ、なんとかヤギの毛を毛糸にすることができた。

毛糸は蒸したりしたほうが長持ちするんだったかな？

よく分からないので、これはあとでいろいろと試してみる必要があるだろう。

とりあえず、今回はこのまま使うことにする。

完成した毛糸を玉のようにまとめておく。

さて、とりあえず作り上げた毛糸を使ってセーターを編むことにする。

俺は二本の編み棒を左右の手に持って構えた。

左右の棒を器用に動かしてセーターを編んでいく。

あんまりきちんとは覚えていないが家庭科の授業で編んだことがあったのを思い出しながら編み棒を動かし続けていった。

「……すまん、坊主。それって時間がかかりそうなのか？」

「当たり前だろ。何日かかるか俺にもわからん」

「そんなにかかるのか。坊主、俺は他の仕事に戻るけどいいか？」

「ああ。って、あっ！　おっさんが話しかけるからここ間違えちまったじゃねえか。くっそー、戻ってやり直しだよ」

「そ、そうか。悪かったよ、坊主。まあ、なんだ。頑張ってくれ」

「おう。なんかあったら呼んでくれ」

俺が無言になって編み物を続けていたからだろうか。

見かねたおっさんが話しかけてきた。

まあ、他人の編み物を見ているだけなんて時間の無駄もいいところだろう。

おっさんには仕事に戻ってもらい、俺は編み物を続ける。

ちなみに、一日経過した段階でセーターを編むのは諦めて、もう少し簡単にできるマフラー作りへと切り替えたのだった。

◇◇◇

「じゃ～ん。どうかな、リリーナ。完成したマフラーの使い心地は？」

「あ、ありがとうございます、アルス様。わざわざ、アルス様ご自身の手でこのようなものを作っていただいてしまって」

俺から手渡されたマフラーを受け取ったリリーナがニッコリと笑って答える。

すぐに首にマフラーを巻いて、その感触から使い心地などをリサーチすることにした。

「いいよいいよ。で、どうかな。結構暖かいでしょ、そのマフラーは」

「はい。すごく暖かいです、アルス様。それに肌触りもすごくいいですね。さらりと撫でられるようで、それでいて包み込まれるように暖かくて、すごく気持ちいいです」

「だろ？　もうちょっとチクチクしたりするんじゃないかなと思ってたんだけどさ。思った以上にいい出来になったよ。何回も編み直した価値はあったかな」

「ええ、一度使えばみんな欲しがるのではないかと思います。それにこれがあればアルス様のおっしゃっていたように、冬越しはもっと楽になるのではないでしょうか」

どうやら俺特製のマフラーはリリーナから及第点をもらえたらしい。

もっとも、リリーナならば他にもいい服を知っているので、あくまでも素人仕事の範囲内での評価なのだとは思うが、それでもプレゼントを喜んでもらえたのは素直に嬉しいものがあった。

「そうだな。よし、あとはセーターと手袋と靴下くらいは作っておこうか。それだけあれば全身を覆えるしな」

「あの、アルス様。この編み物のやり方を私にも教えていただけませんか？」

「え、リリーナに？　やってみたいの？」

「はい。私もアルス様に暖かいお召し物を作りたいです」

「ありがとう、リリーナ。わかった。すぐに毛糸と編み棒を持ってこさせるよ。一緒に頑張ろう」

「はい、アルス様」

こうして、編み物第一弾として俺はマフラーを作り上げた。

その後はリリーナや側仕えのクラリスなども一緒になってマフラーの他にセーターなども作り上げていく。

ぶっちゃけて言うと俺が作ったマフラーよりも、すぐに上達したリリーナのもののほうが更にいいものが出来上がった。

だが、それでもリリーナは俺が手作りしたマフラーを気に入ってくれたようだ。

その後も大切に使い続けてくれたのだった。

こうしてバルカではほんの少しだが今までにない防寒具を作る環境ができ始めてきたのだった。

「え？　あの編み物ってそんなに高い値段で売るのか、おっさん？」

「当然だろ。あれだけ肌触りが良くて暖かい衣服なんだぞ。リリーナ様ですら認める服を高く売らないでどうするんだよ、坊主」

ある程度、完成度を上げた毛糸の服についておっさんと話し合う。

これはリリーナへのプレゼントというだけのものではなく、いずれは市場に出す商品にする意図があったからだ。

「でも、あのセーターとかは庶民向けになるかなと思ってたんだけど」

「馬鹿やろう。ただでさえこのバルカ騎士領は金欠なんだぞ。売れる商品があるっていうんなら適正な料金で売らなくてどうするんだ」

「そりゃまあそうだけど……」

「それにだ、よく考えてみろよ、坊主。いくら坊主が低い金額設定にしても意味ないんだぞ？」

「え、どういうことだよ、おっさん？」

「つまりな、いくら安く値段設定しても今のバルカにはヤギの数が限られている。つまり、毛糸が手に入る量は少量と決まっているわけだ。これはわかるな？」

「もちろん」

「ってことはだ。坊主が安く販売した服を買い取った連中が他の奴に高く売ることになる。高くても売ることができるってことだ。つまり、いくら安くしたからといってあの服が貧乏人の手に収まることはないんだよ」

なるほど。確かに言われてみればそうかもしれない。

なるべく人々に行き渡るように安く売ろうと考えていたが、おっさんの意見は正鵠《せいこく》を射るものだった。

「……そういうもんか。じゃあ、最初から適正な値段で売るほうがいいってことになるのか」

「そうだな。そうなるとできれば高く売れるにこしたことはない。つまりは貴族や騎士向けに販売することを考えたほうが賢いってことだな」

「貴族向けねえ。それなら毛糸の色が白一色ってわけにもいかないか。何色か染めるようにして付加価値でも出すことにするか」

「そうだな。キレイな白い毛糸だから他の色んな色にも染まりやすいだろう。貴族向けとして売るならグラハム家の人間にも見てもらったほうがいいぞ、坊主」

「そうだな。リリーナやクラリスに相談してみるか」

ということは、完成した編み物類は一度カルロスにでも献上しておいたほうがいいのだろうか。

フォンターナ家御用達という付加価値こそが一番効果を発揮しそうだ。

そうなるとますます庶民向けではなくなってしまいそうだが、しょうがない。

まあ、新たな仕事の創出という点では意味があるだろう。

そう思って、毛糸をいろんな色に染めてみる実験を開始したのだった。

◇◇◇

「すごいな、リリーナ。編み方が熟練の手付きになってるじゃん」

「ありがとうございます、アルス様。ついつい熱中してしまって……。編み物って楽しいんですね」

「俺はそんな複雑なのは苦手だな。よくこんがらからないよね、そんなに複雑なやつを編んでて」

いくつかの色に染め上げた毛糸。

その中でもリリーナやクラリスなどが認めた色をいくつかチョイスし、生産していくことになった。が、その試作段階でできた毛糸はすべてリリーナにプレゼントすることになった。

どうやらもともと読書が趣味だったリリーナだが、裁縫などにも興味があったらしい。

そんなところに持ち込まれた編み物に一発でハマってしまった。

それだけならよかったのだが、手元にある毛糸を使って次々といろんな編み方をやってのけたのだ。

今はアーガイルチェックのセーターを編んでくれている。

ひし形の模様に格子状の線が入ったスコットランド辺りで発祥したらしい編み方をこの世界生まれのリリーナがしている。

どうやら、俺が「こんな編み方もあるって聞いたことがあるよ。編み方は知らないけど」と言っただけで自ら再現してしまったようだ。

他にもいくつかの色を組み合わせたようなものを完成させていた。

あとで編み方を聞いて、マニュアル化して他の人もできるようにしておこうか。

「でも、こんなに毛糸を使ってしまってよかったのですか、アルス様？」

「ああ、問題ないよ。俺が思っていた以上にヤギの毛が伸びるのが早かったんだ。割と数が揃いそうなんだよね」

「そうなんですね。でも、この毛糸は少し選別したほうがいいかもしれませんよ、アルス様」

「選別？　どういうこと、リリーナ？」

「はい。使ってみた感じでしかないのではっきりとはわからないのですけれど、毛糸の出来にムラがあるような気がします。サラサラとした滑らかな毛糸もあれば、それほどでもないものもあるという感じでしょうか」

「毛糸の質に違いがあるってことか。毛を取るのはヤギだけなのに違いって出るものなのかな？」

「さあ、どうなんでしょうか。もしかしたら、柔らかなうぶ毛と伸び切ったカサカサの毛では毛糸にしたときに違いが出るのではないでしょうか、アルス様」

「なるほど。面白いな。一度調べてみることにしようか」

リリーナからの意見を受けて、俺はヤギの毛について更に調べることにした。

その結果、面白いことがわかった。

どうもヤギの体から生える毛にもどこの部位から生えているかで違いが出るらしい。

特定の部位には柔らかく繊細な毛が生えていて、それ以外はそうでもなく、場所によってはゴワゴワしているところもあるようだ。

そこで、試しに柔らかく繊細な毛だけを集めて毛糸にして編んでみた。

結果、恐ろしいほど上質なセーターが出来上がったのだ。

ただ、一頭のヤギから取れる上質の毛は量が少ない。

そのため、その上質な毛を集めたセーターは通常よりも更に上等な毛糸と位置づけることにした。

このセーターはカルロスに献上すると非常に気に入ってくれたようで、わざわざ直接バルカニアにまでやってきて、俺やリリーナへと礼を言ってきたほどだった。

こうして、バルカで取れるヤギ毛セーターはフォンターナ家御用達として正式に認められて販売されることになったのだった。

◇◇◇

「水、か……。言われてみればたしかにそうだな」

だんだんと冬が終わりを告げて春になり始めてきた頃のことだ。

俺は新たに一つの問題に直面していた。

というか、これから問題になりそうなこと、と言い換えてもいいかもしれない。

それは俺の兄であるヘクター兄さんからもたらされたものだった。

バイト兄がリオンと一緒にアインラッド周辺へと派遣されていたが、実は他にも派遣部隊が存在していた。

それがヘクター兄さんの派遣部隊だった。

ヘクター兄さんは畑を耕して生活していればそれで満足という気質の持ち主で、仲がよくとも多少の上昇志向のあった奥さんであるエイラ姉さんとタイプが違う人間だった。

だが、いくらヘクター兄さんが農作業だけをしたいと言ってもそうは問屋が卸さない。

なんといっても、俺の兄だからだ。

バルカ騎士領という領地の当主になった俺の兄であるヘクター兄さんがもともとあった実家の畑だけを耕しているという状況は俺にとっても都合が悪い。

そんなことをしていると広まれば、俺がヘクター兄さんと仲が悪くて意地悪しているみたいに捉えられかねないのだ。

そうなると、俺が領地を手に入れても自分だけで利益を独占しようとしているなどと思われてしまう。

仮にそんな噂が広がってしまうと、よその土地から大々的に人材を集めようとしているのに、褒美を与えたがらない狭量な人間だと思われて人材を集めることができなくなってしまう。

そのため、たとえヘクター兄さん本人が望むと望まないにかかわらず、俺はヘクター兄さんをそれなりの役職と報酬を示して使っていかなければならないのだ。

そこで、いつも戦場で俺と肩を並べて行動しているバイト兄と同じ仕事内容をヘクター兄さんにもしてもらうことにした。

もっとも、ヘクター兄さんはバルカ騎士領の近隣で戦闘になる可能性の少ない土地へと派遣するだけだ。

ピーチャの要請に応える形で出かけたバイト兄たちとは違って、主にカルロスが依頼してきた土地へと行き、【整地】と【土壌改良】を行って農地を改良するだけなので、農作業大好き人間のヘクター兄さんも了承してくれたのだった。

ぶっちゃけ、【土壌改良】をした土地での農作物を育てる経験は俺の次くらいにあるので、その土地の農民に的確なアドバイスなどもできるだろう。

ヘクター兄さんの派遣部隊はいくつかの土地を回っていたが、それなりに好評を得ていたようだ。

そんな風に農地をよく見ているヘクター兄さんからもたらされた情報。

それは俺の魔法で土地を改良した場所では作物が豊富に育つが、その分、水分をよく消費しているのではないかというものだったのだ。

「実際のところ、どうなんだろうか。カイル、去年のバルカ騎士領の収穫量の数値と今年の収穫量の見込み高を比べてみてくれないか？」

「わかったよ、アルス兄さん。……う〜ん、なんとも言えないね。領地が増えたから収穫量は増加傾向にあるし。アルス兄さんの魔法が地面の水の量に関わるかどうかは数字だけじゃわかんないよ」

「そうか。でも、長期的に見たら可能性がないわけじゃないか。実際に土の状態をよく見ているヘクター兄さんがそう言っているなら無視もできないな」

「けど、今までアルス兄さんがこの魔法を使ってきて問題になったことはないんでしょ？　だったら大丈夫じゃないのかな？」

「どうだろうな。大丈夫かもしれないし、大丈夫じゃないかもしれない。土地が狭い間は俺がこまめに水をまいていたしな」

だけど、ハツカなどは【土壌改良】を使った土地では数日で収穫できるのだ。

当然、成長するためには地面からいろいろと吸い取っているのだろう。

土の栄養素は魔法という不思議現象があるため、【土壌改良】をすれば十分に補充されているのかもしれない。

が、土地の水分がどうなっているのかまでは意識したことはなかった。

もしかしたら、農作物を作り続けるほどに大地から水分量が減っているといったことがあり得るのかもしれない。

「どうすればいいんだろうな？　水分量の多い土を作る魔法でも作らなきゃならんのか？」

「でも、土地の栄養のことを考えたら結局【土壌改良】を使うことになるんじゃないの、アルス兄さん？」

「そうだな。それだと何やっているか意味分からんことになるか……。うーん、しょうがない。ダムでも造るか」

「ダム？　アルス兄さん、それってなんなの？」

「えっと、簡単に言うと水を溜める人工の池だな。農業用の水をその池からひけるようにしておけるようにしておこうか。ちょうど、バルカ騎士領には川があるからそこを利用できるだろ」

「なるほど、水を溜めておく池があればいざというときに対処できるよね。でも、バルカ以外の土地だとどうするの？　そこにもダムを造りに行くの？」

「いや、ヘクター兄さんの報告では【土壌改良】を何度も使って高頻度に収穫するところほど水不足になる可能性があると言ってきている。バルカ以外では派遣してもその土地には年に一回くらいだろうから大丈夫じゃないかな」

カイルへと話しながら、俺はダムについて考えていた。

ダムと言っても原始的なものなら十分造れると思う。

別に山の中の村をダムの底に沈めるような大規模なものを造るわけではないからだ。

確か、ダムの歴史は古くからあるが、それ故に古代人でも造ることができたということでもある。

どっちかというとダムと言うよりも溜池と言ったほうがいいかもしれない。

俺が魔法で地面を掘れば十分できるだろう。

あとは場所だが、温泉が湧き出ているところよりも下流のところで適当な場所を見繕って大きな池を造ろう。

そこから各村へとつながるように水路でも引いて、村の近くでも小さめの溜池でも造ればいいのではないだろうか。

こうして、俺はさっそくダムを造る場所の検討に入ったのだった。

北の森を開拓してできたバルカニアという街。

そこから南に行くと川が流れている。

今はほとんどフォンターナの街からバルカニアへと来るための宿場町になっている川北の城。

城の堀へとつながっている川だが、その後、西へと流れている。

川北の城から西へと移動した地点には温泉が湧き出るところがあった。

俺はここから直接硬化レンガの管を通すようにして隣村であるリンダ村へと温泉を引いている。

ただ、温泉と言っても硫黄のような臭いもしない単純泉のようだ。

川の下流では農作物が育ちにくいなどといったことはないので、噴泉池よりも下流の水も農業用水として使えるだろう。

バルカニアから基本的には西の位置にある村四つが俺の領地だ。

この領地の中はバルカ姓を持つ者が積極的に土地を改良しているため、かなりの収穫量が見込まれる。

多分、年に一回か二回、麦を収穫する程度ならば土地の水分量がなくなるという心配はないのではないかと思う。

なぜなら冬には雪が降り積もるからだ。

問題は【土壌改良】を何度も繰り返して、育つ期間が短い野菜類を高頻度で作る場合だ。

この方法で今までにない量の食べ物が採れるのでバルカ姓を持つ農民はやっている者も多い。

が、その場合、土地の水分量がどうなるのかヘクター兄さんが心配しているのである。

そのために川から水を引くことができるように今のうちにしておこう。

そういうことになったのだが、温泉のように地中を通る管を造ったりすると何かあったときすぐに対応できないかもしれない。

それでは非常に困る。

故に、俺がいなくとも安定して水を供給できるようにしておきたい。

そこで、川の水を供給できるようにダムとして活用しようというわけである。

川の途中の地面を掘り、大きな池にしておき、必要があれば用水路へとつなぐ栓を開ければ農地へと水が運ばれるようにする。

イメージとしてはそんなふうに造るつもりだった。

「一緒についてきてよかったよ、アルス兄さん。思いつきだけで行動されていたら、洪水になっていたんじゃないかな？」

「悪いね、カイルくん。ダムを造ろうと思ったものの、どうやるかは全く考えずに作業するところだったよ」

「いきなり川の横に壁を建てて堤防だ、なんて言い出したときは驚いたよ。ちょっと待ってね。ちゃんと水量とかを計算していくから、アルス兄さんはボクとグランさんの言うとおりに地形を変えてくれればいいから」

「はい、わかりました。よろしくおねがいします、カイル先生」

地面を大きくえぐって川のそばに壁を造って堤防みたいにすれば水を溜める池、もといダム湖になるだろう。

俺はそんなふうに思っていた。

が、いきなり作業を始めた俺を見て慌てて一緒に来ていたカイルが止めに入ったのだ。

そりゃそうだろう。

もしそんな造り方をしたら、普段はいいが大雨などで水量が増えたりしたら大変なことになる。

仮にダムの許容量を超えて水が増え、堤防が崩れでもしたら周囲にどんな被害が出るか分からないのだ。

それを聞いて、さすがに俺もすぐ作業の手を止めた。

俺はカイルが指示する場所に塔を建てて、塔の上から双眼鏡で地形を確認し、近くの村の老人などにこの辺りの土地で過去にどんな大雨があったかなどを聞き取り調査をしていく。

その情報をもとに、カイルとグランが設計図を作り上げていった。

特にすごいのがカイルの魔法だ。

水の量や勢い、予想可能な水位の変化などを高速ではじき出してそのデータをもとにダムの構造を決めていく。

今まで、道路を造るときなどは測量技術などなく半ば無理やりまっすぐの道路を造っていたバルカではあるまじき計算された建造物が出来上がる可能性があるのだ。

「カイルの魔法はすごいな。ほんと、天才だわ」

「そうでござるな。拙者もカイル殿を見ていると同じ魔法が使ってみたくなるでござるよ」

「ほんとにそうだな。そうだ、せっかくだし、カイルのすごさがわかるようにここに造るダムの名前はカイルダムとかにでもしてみるか？」

「いいでござるな、アルス殿。造り手の名前がつくというのは最大の賛辞でござるよ。いつか拙者も立派なものを作ってそれにグランの名をつけたいのでござる」

「硬牙剣にグランの名をつけて以来なかったっけ？　まあ、いずれ機会もあるだろ」

「本当でござるか、アルス殿。何か作る必要があれば必ず拙者に声を掛けると約束してほしいのでござるよ」

「わかったわかった。グランには世話になっているからな。そのときがきたら必ずグランに頼むよ」

グランとそんな風に話していると、カイルの計算もすべて終わったようだ。

おそらく今後洪水が起こることはないだろうと思うほどのしっかりしたダムの設計図が完成する。

それをもとに俺は作業を進めていった。

◇◇◇

結局、川の途中で水の流れをせき止めるようにして水を溜めることになった。

なので、その場所をいきなり掘り進めるのではなく、一度ダム建設予定地の上流と下流を新たに掘った代理の水路でつなぐ。

バイパスのようにして川の流れを変え、その間にダム建設地に手を入れるのだ。

水がしっかりと溜まるように地面を固めて、水の流れで削れないように川の横の部分も補強する。

そして、一定以上の水位は確保しつつ、溜まりすぎないように水の流れを調節できるようにダムの放水路を用意しておく。

さらに、必要に応じてダムから畑へと水がひけるように用水路へとつなぐようにしておく必要がある。

正直、どこの機構がどう影響しているのか、俺には完全に理解しきれていなかった。

が、カイルとグランが「これで大丈夫だ」というのを信じて、指示されたとおりに黙々と作業をしていく。

基本は俺の魔法がメインだが、壊れやすい場所などはあえて普通に人を使って作らせて、俺以外の者でもレンガさえあれば補修できるようにという気の利かせようだ。

こうして、バルカ騎士領はすべての村へと安定供給するだけの水の確保と、洪水被害の未然予防ができるダムが造られたのだった。

◇◇◇

「あ、あの、少しいいですか、アルス様」

「どうしたんだ、ビリー？　もしかして、【産卵】持ちの使役獣がついにできたのか？」

「す、すみません。まだできていません……」

「そ、そうか。そんな気まずそうな顔するなよ、ビリー。別に責めているわけじゃないんだから」

「す、すみません。お気遣いありがとうございます、アルス様」

「で、【産卵】持ちの話じゃないっていうなら、どんな用なんだ？」

「は、はい。実はその、相談したいことがありまして。実験で生まれた使役獣たちはどうしたらいいのでしょうか？」

「どういうこと？　生まれた使役獣？」

「は、はい。アルス様に命じられて【産卵】を持つ使役獣を作るために実験していますよね。その実験で使役獣の卵から孵化した使役獣たちはどうすればいいのですか？」

「そんなにいるのか。ちょっと待ってくれ、ビリー。一度、その使役獣たちを見てみたい。案内してくれないか？」

カイルダムの工事を終えてバルカ城へと戻ってきたとき、俺はビリーに話しかけられた。

なんでも、俺がビリーに与えた仕事で孵化してしまった使役獣たちの処遇に困っていたようだ。

まあ、たしかにそのへんのことはあまり考えていなかった。

普通は使役獣というのは貴重なものなのだが、今回の実験では魔獣型以外は研究的な価値が高くはない。

が、かといってビリーが勝手に処分したり、売り払うということもできない。

あくまでも今回の実験では俺が金を出して使役獣を孵化させているのだから、俺のものとなるのだ。

見たこともないようなステンドグラスで彩られた城の主である俺の許可なく使役獣たちをどうこうすることもできず、かといって自分で飼育するわけにもいかない。

ようやくダム工事から帰ってきた俺に泣きついてきたというわけである。

ビリーが言うにはいまだに【産卵】という魔法を持つ使役獣は作れていないようだ。

が、それなりの種類の使役獣が生産できているという。

面白そうなので、俺はビリーと一緒にその使役獣の厩舎となっている場所まで行くことにしたのだった。

「すごいな。こんなに孵化したのか……」

「は、はい。【魔力注入】を使っても孵化しなかった魔力を除外して、いろんな組み合わせで魔力配合をしてみました。数だけは増えたのですが、肝心の魔獣型はまだいないのですが……」

「俺の魔力を基本にすれば魔獣型が生まれやすいかもっていう仮説を立ててたろ？　魔獣型が産ま

れていないなら間違っているってことになるんじゃないか？」

「正直、もっと情報が欲しいです。け、けれど、カイル様が言うにはアルス様の魔力を基本とした個体のほうが魔力量の多い傾向にあるとのことです。魔力量の多さが魔獣型になるかどうかに関わっているかをこれからは調べていこうと思っています」

「ふーむ。先は長そうだな」

「す、すみません」

「いいよ。で、こいつらはその話で言うと全部魔法を持たない使役獣ってことだな。騎乗できそうな奴もいるけど、どう考えても乗れないような奴も多いな」

「は、はい。今回の実験では【産卵】の魔法を持つ魔獣型を作ることを目的にしています。な、なので、騎乗できるかどうかは重要度が低くて、その、どうしても騎乗できない使役獣たちが多くなってしまって……」

ああ、なるほど。

ビリーは金の心配もしてくれているのか。

実験が成功していなくとも騎乗型の使役獣であれば商人などに販売可能だ。

別に荷物を運ぶという目的であれば騎士のように騎乗して獲物を振り回せるかどうかも関係ない。

荷物を運ぶ力さえあれば移動速度がそこまで速い必要も別にないのだ。

が、現状ではどうしても騎乗できない使役獣もたくさん生まれる。

となると、実験で生まれた使役獣を販売して金銭的な負担を減らすこともできないということになる。

実家が貧乏な農家であるビリーにとって、ここまで金のかかることに関わることなど今までなかっただろうし、ものすごく不安だったのだろう。

さすがに実験で孵化した使役獣が売ることができないということでビリーを罰したりするつもりは毛頭ない。

が、確かにこのペースで使役獣が次々と増えるということになれば、少しでもいいから何らかの活用法があったほうがいいかもしれない。

「でも、どうするかな。さすがに騎乗型以外は売れないよな」

「か、変わった姿をした使役獣なら観賞用として買う人もいると聞いたことはあります、アルス様」

「うーん、でもなー。そんな奇特な買い手を探すのも面倒だしな。それに今後も実験で孵化してくる使役獣のことを考えたら、もうちょっといい活用法が欲しいかな。……って、観賞用？　使役獣を見るってことか？」

「え、はい。そうですけれど、どうかしましたか、アルス様？」

「ああ、ちょっと思いついたことがある。ちょっと何頭か使役獣を連れて行くけど、いいな？」

「は、はい。もちろんです」

ビリーとの会話で思いついた使役獣の活用法があった。

俺は厩舎にいる使役獣で使えそうなものを選んで城を出ていったのだった。

◇◇◇

「ありがとう、アルスくん。これなら今までよりももっと盛り上がると思うわ」

「でしょ？　我ながらいい活用法を思いついたと思うんだ。よろしく頼むよ、エイラ姉さん」

実験で孵化した使役獣を引き連れて俺がやってきたのは、バルカニアの北西区にある娯楽地区だった。

ここにはヴァルキリーを用いたレース場とそれに付随した賭博場が併設されており、ヘクター兄さんの奥さんであるエイラ姉さんが取り仕切っている。

俺はこのレース場で使役獣たちを使うことにしたのだ。

実は、鳴り物入りでオープンしたこの娯楽地区だが、俺が目玉として用意したヴァルキリーのレース場の人気は当初こそすごかったものの、最近は少しずつだが人気が落ち着いてきていた。

というのも、ヴァルキリーはすべての個体の身体能力が一緒だという問題があったからだ。

一応ヴァルキリーに乗せる騎手を変えてレースをしているのだが、どのヴァルキリーも勝つ可能性はほとんど同じであり、結局のところ運による要素しかなかったのだ。

それなら別にくじを引くのと同じであり、勝敗を予想するという面白さはあまりない。

この遊びは何度かやれば飽きる可能性の高いものでしかなかったのだ。

そこで、ここにヴァルキリー以外の使役獣を投入することにした。

ビリーから預かってきた使役獣の中からそれなりに走りそうな使役獣たちを連れてきた。

全く種類の違う使役獣たちで競争すれば、身体能力が全く同じであるヴァルキリーだけのレースよりも予想外の結果をもたらし、ドラマを生む可能性がある。

そうすればレース結果に賭ける楽しみの他にも、予想する楽しみもできるだろう。

将来的にはリーグ戦みたいにして、成績の上位・中位・下位などを別グループに分けてより実力が拮抗するレースをやってみてもいいかもしれない。

入れ替え戦みたいなものがあればよりドラマチックになるのではないだろうか。

こうして、バルカニアのレース場は様々な姿かたちをした使役獣がしのぎを削る唯一無二の場所として新たなスタートを切り始めたのだった。

第五章　動乱再燃

「これが今回の税収か。ご苦労だった。バルカから購入したリード家の魔法はきっちりと使えているようだな」

「はい。税の計算など今までにないほどはかどったようです。あまり目立たないでしょうが、非常に優秀な魔法であると思います」

「そうか。いい買い物だったということか。わかった、下がっていいぞ」

フォンターナの街にある居城にて税収についての報告を受ける。

どうやら、アルスの弟から買い取った魔法がきちんと使えているようだ。

【自動演算】という魔法は正確な計算結果を導き出すもので、税の取り立てにはこれ以上なく役立っている。

計算が早いのも助かるが、書類上の数値が間違っていた場合はなんらかの不正を働いているということにもつながるのだ。

今までのようにあいまいな計算で取り立てた税の一部を中抜きされることも減ってくるかもしれない。

「カルロス様、アルス・フォン・バルカ様からの伝令が来ました。お会いになりますか？」

「うん？　アルスからの伝令？　わかった、会おう。通してくれ」

「かしこまりました」

税収の確認をしながらアルスのことを思い出しているときだった。

何やらアルスから伝令が来たという。

今度はどんな要件だろうか？

アルスはこのフォンターナの街に自分の屋敷を持っていないからか、かなり頻繁に伝令を送ってくる。

リード家を立てる許可や賭博場の建設、暖かい衣服の献上といった要件もあれば、領地での人体解剖などという意味不明な行為の許可まで求めてくる。

今度は何を言い出すのだろうか。

「失礼いたします。アルス・フォン・バルカ様からカルロス・ド・フォンターナ様へ伝令がございます」

「話せ」

「はっ。先日、アルス・フォン・バルカ様がラフィン・フォン・ガーネス様と会談いたしました。その際、ガーネス様がバルカ様を侮辱された故、その汚名をそそぐ許可をいただきたいとのことです」

「ちょっと待て。ラフィンがアルスのことを侮辱したのか？　なぜそうなったのか、説明せよ」

「はっ。両者の会談の中の発言でガーネス様がバルカ様のご正妻のリリーナ様を我がものとするとの発言があったようです。バルカ様はその発言を取り消すようにとガーネス様へと要求されましたが、受け入れられなかったとのこと。故にフォンターナ様へと汚名をそそぐ許可をいただきたいと私へ書面を持たせました」

なんだそれは？

そういえば、ラフィンはリリーナに想いを寄せていたという話があったのだったか。

リリーナは俺と血のつながりがあり、没落したとはいえ元領地持ちのグラハム騎士家の当主の娘でもある。

そして何より美しい。

これまでリリーナが人前に出る機会がなかったこともあってか、リリーナのことは噂として話が独り歩きしていた。

俺と血のつながった見目麗しい娘がいる、と。

それ故にフォンターナ領内のみならず他領の者にまで以前からリリーナに会わせてほしいという声があったのだ。

それがアルスの登場で急展開を迎えた。

ほとんど初めて人前に出たリリーナをアルスが妻へと迎えたのだ。

若い騎士や騎士候補の従士たちはさぞ悔しかっただろう。

そうか。

ラフィンの家のガーネス家はバルカ騎士領の隣だったな。

もしかして、いまだに恋慕の心が募った若き騎士がバルカへと押しかけたのだろうか。

だが、いくらなんでも発言内容がまずい。

貴族や騎士にとって妻を奪う、と言われることは最大の侮辱にあたる。

激怒して当然のことだろう。

アルスもまだまだケツの青い子どもだと思っていたが、なかなかどうして一端《いっぱし》の男らしいところがあるではないか。

「わかった。アルスへと伝えろ。我が名、カルロス・ド・フォンターナの名において貴様が汚名をそそぐことを認めるとな。せいぜい男らしいところを見せてもらおう」

「はっ。ありがとうございます」

こうして俺の発言と書面へのサインを確認し、その伝令はすぐさまアルスへと伝えるために城を飛び出していったのだった。

◆◆◆

「報告いたします、カルロス様。先程入った情報ですが、アルス・フォン・バルカ様がガーネス家へと軍を率いて攻撃したようです。ガーネスの館はすでに陥落したと見られています」

「なんだと？」

「バルカの軍はガーネス領の村々を占領し、その支配下に置いたと見られています。この事態を重く見た他の騎士家も動きを見せていると報告が上がっています」

「ちょっと待て。アルスからの報告ではラフィンに対して汚名をそそぐという話だったのではないのか？　なぜそうなる？」

「未確認の情報ですが、両家の領地間に問題が発生していたようです。ガーネス領に流れる川の流れが変わり水不足が懸念されていたようです。その話し合いにバルカへと会談を申し込んだガーネス家の使者としてラフィン様が出席されたようです」

「馬鹿な。そのような話は聞いていないぞ。領地問題だと？　もしかして、領地に関する争いの中でラフィンはアルスの妻を奪うと発言したのか？」

「……わかりません」

「わからんではすまんぞ。前後関係をはっきりさせておかなければ収拾がつかなくなるかもしれんのだ。その発言が本当だったのかどうか証人を連れてこい」

「……バルカ家からは証人がすでに来ています」

「わかった。すぐに連れてこい。だが、ガーネス家からも証人を呼ぶ必要があるぞ」

「カルロス様、それは難しいかと……」

「なぜだ。多少時間がかかっても呼び寄せることはできるだろう」

「会談に出席した者たちはその場で乱闘に発展したとのことです。その争いでガーネス家の会談参加者は負傷し、すでに全員が亡くなったようです」

「……なんだそれは。そんなことがあり得るのか。そうだ、ラフィンはどうした。まさか……」

「ラフィン様はアルス様によって討ち取られた模様です。アルス様は会談の場から逃走したラフィン様を追ってガーネス家の本拠地まで追跡。ガーネスの館での戦闘で汚名を晴らしたと宣言しています」

「……緊急事態だ。兵を集めろ」

あの馬鹿が。

なんでおとなしくしていられないんだ。

俺はフォンターナ領内で急遽勃発した問題をこれ以上広げないために兵の招集をかけたのだった。

◆◆◆

「やっちまった。どうしてこうなった……」

「何言ってんだよ、大将。やるなら徹底的に、とか言ってたのは大将だぞ」

「そんなことはわかってるよ、バルガス。でも、本当にどうしよう。収拾がつくのかな、これ？」

バルカ騎士領にダムを造った。

俺の農業用魔法で土地が水不足になる可能性があったのでその対策のためだった。

だが、それにクレームが付いた。

川の下流に位置するガーネス騎士領を治めるガーネス家が文句を言ってきたのだ。

確かに水利問題は領地間における争いの原因になることが多い。

俺もそのへんの配慮は足りなかったかと思う。

だが、ガーネス家の連中も配慮が足りなかった。

よりによって領地間の問題を話し合う会談へ参加する使者として、まだ若い騎士のラフィンとかいう馬鹿をよこしてきたのだ。

ラフィンはどうやら俺に対する対抗心もあったようだ。

前回のアインラッドの丘争奪戦にも参加し、俺の活躍を見ていた。

その戦での実績が自分よりも下の年齢の俺に負けていたのが悔しかったのかもしれない。

あるいは出自が農民の俺とは違い何代も領地を任されてきた騎士家の出身というプライドもあったのかもしれない。

それ故か、会談では最初からどこか高圧的だったのだ。

まあ、それでも俺は割と我慢して冷静に対応していたと思う。

が、それも今考えればよくなかったのかもしれない。

戦での活躍で俺に及ばなかったが会談では自分のほうが有利な立場にあると思ったのか、言ってはいけない発言をした。

それが、リリーナを我がものにするという発言だ。

俺はこの発言をそれまでのように低姿勢で受け流すことはできなかった。

それは心情の面でもそうだ。

リリーナのようなキレイな女性を嫁にもらって、それを横から別の男に持っていかれるなどありえない。

が、今回の発言の問題点はそこではない。

俺の立場がその発言を許してはいけない、というところにあった。

俺はリリーナと単純な恋愛結婚をしたわけではないのだ。

フォンターナ領の当主であるカルロスから血のつながった関係であるリリーナという元グラハム家の令嬢を嫁がせるという形でバルカ騎士領が出来上がったのだ。

そのリリーナをよこせという相手を笑って許すと、俺はカルロスからの期待を裏切ることと同義であるとみなされてしまう。

カルロスとの関係そのものをないがしろにしていると言われてもおかしくないのだ。

それに、元グラハム家に対する印象も良くない。

俺はリリーナを守る気がないのだと思われれば、これまでのように領地の運営に手を貸す義理もなくなるのだ。

さらにいうと、領地に住む民にも悪影響を与えかねない。

いくら俺が戦場で活躍して、その実績をもとに領地を任されたと言ってもまだ子どもなのだ。

たとえ城を立派にしても完全に心から俺を領主としては認めにくいだろう。

その問題を解消しているのもリリーナという存在なのだ。

リリーナという庶民とは違ういわば高貴な相手と俺が結婚しているからこそ、俺に領地を支配されることを認めているに過ぎない。

もし、リリーナと縁が切れるとなると俺は領地をまとめるための精神的な根っこの部分が失われてしまうことを意味していた。

それ故に、俺はラフィンの発言に対して厳格な対処をせざるを得なかった。

まあ、だからといって会談の場で、その発言の直後に九尾剣でラフィンを消し炭にしたのはさすがにやりすぎだったと反省している。

せめて半殺しだったら、パウロ司教のもとに連れて行って命だけは助かったかもしれないのだが……。

「いや、問題はそこだけじゃないだろ、大将。その後も十分過激だったぞ？」

「だって……、使者としてやってきた騎士を討ち取った場合の対処法なんてわからんかったからな」

「で、証拠隠滅ってか？　ガーネス家だけじゃなく、他の騎士家も巻き込んで」

「しょうがないだろ。向こうがガーネス家の肩を持ったんだから」

問題発言の直後にラフィンを亡き者にした俺は焦った。

なので、せめて俺の行動に理論武装をすることにしたのだ。

すでにこの世には存在しないラフィンを相手に雪辱を果たすためと理由をつけて、カルロスに問題解決の許可をもらうための伝令を走らせた。

その伝令によって許可が得られた直後に準備していた軍を率いて、ガーネス騎士領へと向かったのだ。

まだ生きているラフィンが逃げたのを追いかけたという話をでっち上げて侵攻していった。

適当なところでラフィンを討ち取ったことにして引き上げるつもりだったのだ。

俺はガーネス騎士領に軍を進めたものの、その領地についてどうこうという考えはなかった。

だが、俺は知らなかったのだ。

まさか、領地を任される騎士の本拠地である館があれほど簡単に攻略できてしまうということを。

自分を基準に考えてしまって感覚が麻痺していたが、領地持ちの騎士家であってもそのすべてが領地に城塞都市を持ち、そこに大きな城を構えているわけではないのだ。

ガーネス家もそうだった。

街と言えるほどの大きなところはなく、いくつかの村とその村の中心に位置するところに館を持っていた。

その館で領地の統治を行い、いざというときに立てこもる拠点となる。

が、そんな要塞とも言えないようなちょっと警備のついた程度の建物が相手ではバルカが率いる騎兵団による速攻であっという間に攻め落としてしまったのだ。

気がついたときにはガーネスの館はバルカ軍によって占領されたあとだった。

そして、そんな俺の行動を見た周りの騎士家も動いた。

いよいよバルカがその本性を表して襲ってきたのだと勘違いしたのだ。

ガーネス領に隣接する騎士家の軍が向かっていることに対して、バルカは交渉の窓口すらまともに持っていなかった。

なので仕方がないが、武力で対応することにした。

躊躇すればこちらが痛みを負うことになる。

こうして、バルカ軍はまたたく間にガーネス家のほか三つの騎士家を打倒して十八の村を奪う大戦果を得たのだった。

どうしてこうなった！

なんもかんもラフィンが悪い。

俺は悪くねぇ！

俺の心の叫びは無情にも誰の心にも響かず事態だけが進行していったのだった。

◇◇◇

「馬鹿だとは思っていたがここまで大馬鹿者だったとはな。相変わらずお前は俺の予想を遥かに超えたことをしでかすな、アルスよ」

「すみません、カルロス様。でも、しっかりと汚名を晴らしましたよ。カルロス様をなめた発言をしたあの若騎士にはしっかりと落とし前つけておきました」

「……どの口がそんなことを言うのだ。あまり調子に乗っていると俺が直々に貴様に引導を渡してくれるぞ」

「すみません。反省してます」

「ちっ。俺の出した許可証を勝手にばらまいてくれたおかげでこっちはいい迷惑だ。この俺様のことを領地侵攻の大義名分にするとはな。いい度胸をしているよ、貴様は」

「いや、別に領地が欲しかったわけではないんです。状況的に戦わないといけなくなっただけでして。それもこれも全部あんなことを言いだしたラフィン殿が悪いですよ」

「確かにそれも原因の一つではあるがな。だからといってあそこまでするやつがあるか。後腐れのない決闘でもして終わらせておけばよかったのだ」

「ああ、なるほど。決闘ですか。そういうのもありなんですね。次からはそうしましょう」

「待て、次は手を出す前に俺に言え。勝手な行動を貴様は慎め」

「わかりました、カルロス様」

ダム造りから始まった一連の出来事。

俺も予想していなかったスピードで進行していく事態は、最終的にフォンターナ領全土へと波及していった。

というか、途中からはそうなるように誘導したという面もあったのだが。

バルカ騎士領と隣接するガーネス家を攻め落とし、さらにその援軍に動いた騎士家すらも撃破した俺は事態の収拾が自分ではできないと判断した。

なので、さらに事態をややこしくすることにしたのだ。

カルロスからもらっていたラフィンに対する雪辱戦であるとの文面を書いた書類をフォンターナ領中にばらまいたのだ。

我に正義あり。

俺の行動はフォンターナ領当主の意思である。

そういう風に広めたのだ。

だが、突然こんなことを言われた他の騎士の中にはそんな手紙を受け取っても混乱もすれば反発もする。

とくに反発が大きかったのが旧レイモンド派の騎士たちだった。

何を隠そう、俺が攻め落として領地を奪ったところはすべて旧レイモンド派の騎士たちだったのだ。

彼らはかつての結束を思い出したかのようにして、カルロスの言葉という大義名分よりも仲間を助けるために動き始めたのだった。

それを見た俺は更に状況を複雑化させることにした。

旧レイモンド派の騎士の一部にさらに書類を送り届けたのだ。

それは新年の祝いに出席し、宴の間で俺と話をし、リード家の魔法を買い取った騎士たち。

すなわち、元レイモンドの部下として俺と直接剣を交えて戦い、アインラッドの丘では反対に俺と共闘したピーチャから紹介された騎士たちだ。

そいつらにこう書いた書類を送ったのだ。

「ピーチャ殿はバルカとつながっており、すでにバルカの軍をアインラッド砦に置いている。

そのピーチャ殿の紹介で我がバルカとつながりを持った諸君らも我らと同じ陣営である。

カルロス様の決定に異を唱える者に、ともに立ち向かおう。」

ようするに旧レイモンド派の中にこちらの陣営を作り出そうとしたのだ。

偶然だが、今はアインラッド砦にバイト兄をはじめとしたバルカ姓の者たちが実際にいるという状況証拠もある。

もちろん、その書類を受け取ったからといって彼らが信頼の置ける仲間になったわけではない。

が、向こうの意思などどうでもよかった。

リード家の魔法を受け入れた騎士はこちら陣営である、と他の旧レイモンド派に思ってもらえばよかったのだ。

なので、その書類を送りつつ、旧レイモンド派に対しては「君の知り合いのあの人もこちらについたから君もこっちにつかないか?」という書類を送り届けたのだ。

こうなるとフォンターナ領内は無茶苦茶な状況になった。

誰が味方かよく分からない状況が出来上がり、お互いが疑心暗鬼に陥ったからだ。

だが、それでも断固とした対応をする連中はいる。

旧レイモンド派の中でも力のある騎士家が中心になり、まとまりを見せ始めたのだ。

このような状況を他の貴族領から見たらどう思うだろうか。

隣の領地が勝手に内部争いをして力を減らそうとしている。

つまり、これはチャンスだ、と思うだろう。

そうなったら一番誰が困るのか。

もちろんこのフォンターナ領のトップであるカルロスである。

カルロスは急激な展開を見せるこの事態を収める必要があった。

それも早急にだ。

つまりは事態の収拾をカルロスがしなければならなくなった。

そもそもの原因であり、火に油を注ぎ続けている俺ではなくカルロスがその責任を負うことになったのだ。

カルロスが取るべき選択は二つしかない。

俺か旧レイモンド派のどちらに手を貸すかという二択だった。

カルロスが自身を利用した俺に怒ってバルカを攻めることも考えられた。

その場合は限りなく俺に分が悪い状況になる。

が、結局、カルロスは俺について旧レイモンド派を攻めることを選択した。

俺がばらまいた書類や問題解決までの時間などを考慮してのことだろう。

こうして、フォンターナ領内で突如勃発した内乱はカルロスの迅速な判断と軍の運用によって、旧レイモンド派というカルロスに対する反抗勢力の一掃という形で収束を迎えたのだった。

「おい、そこの馬鹿者」

「……え？」

「貴様のことだ、大馬鹿者が。これからは貴様のことはこう呼ぶことにしようか」

「すみません、カルロス様。さすがにそれはお許しを」

「これくらいで許そうとしている寛大な俺に感謝するんだな、馬鹿者が。貴様のおかげで我がフォンターナ領の騎士の数がどれほど減ったことか」

「でも、当主であるカルロス様に反抗的な者はいなくなったからいいではないですか」

「……だが、一番危険な奴が俺の眼の前にいるんだがな。今のうちに殺しておこうかと考えてしまうのだが、貴様はどう思う？」

「そんな、カルロス様がわざわざお手を煩わせることはありません。私に言っていただければきちんとおとなしくしているようにそいつに言い聞かせておきますよ」

「本当におとなしくしてほしいものだ。まあ、よい。それよりも今後のことを話そう」

「はっ」

「貴様がガーネス家を始めとした騎士家から奪い取った領地だが返還してもらおう。領地が欲しくて戦ったわけではないと言っていたのは嘘ではあるまいな？」

「もちろんです、カルロス様」

「よし。では、この返還された領地には新たに騎士家を立ててそこが治めることにする。リオン、前へ出ろ」

「はい」

「リオン。貴様を我が騎士とし、新たな騎士家を立てることとする。これより貴様はリオン・フォン・グラハムと名乗り、新グラハム領を統治しろ」

「はっ。リオン・フォン・グラハムはカルロス・ド・フォンターナ様へ忠誠を捧げ、頂戴した騎士領を適切に運営することをここに誓います」

「よろしく頼む。貴様の領地の隣には頭のおかしい大馬鹿者がいるが、せいぜい気をつけることだ」

「わかりました。その方は我が姉を通して婚姻関係にあるようなので、姉にも落ち着かせるように と言っておこうと思います」

「おい、聞こえているか、大馬鹿者。これより、貴様の領地はグラハム家と隣接するがくれぐれも問題を起こさないようにしろ。よいな？」

「もちろんです、カルロス様。このアルス・フォン・バルカ、決して親族であるリオンとは争わないと誓いましょう」

「今はそれが真実になることを祈ろう。それから、貴様にはもう一つしてもらうことがある。何かわかるか？」

「……いえ、わかりません。何でしょうか？」

「我が居城のあるフォンターナの街に土地を用意した。そこへバルカの館を建てろ。そうして、その館に貴様の弟を住まわせろ」

「……弟のカイルは魔法を作りリード家を立てましたが、まだものの分別もわからない子どもです。館の管理など無理でしょう。そうですね。我が兄ヘクターをその館へと住まわせることにしましょう。ヘクターはもうひとりの兄であるバイトと同じ役職について仕事をしている者で、我がバルカにとっても重要な人物ですので」

「……よかろう。貴様の兄、ヘクターを新たに作った館の主としてすぐに移せ。我が居城にも顔を出すように言っておけよ。仕事をしてもらうこともあるだろう」

ごめん、ヘクター兄さん。

どうやらカルロスは俺に対しての人質みたいなものが手元に欲しいようだ。

が、そんな理由でカイルが俺のもとから離れるのは困る。

もしかすると、もう畑仕事ができなくなるかもしれないけどヘクター兄さんにはフォンターナの街に行ってもらうことにしよう。

エイラ姉さんがどうするかも確認しておかないといけないな。

一緒にフォンターナの街に移住するというのであれば、エイラ姉さんの後任も決めなければいけない。

誰かいい人がいるだろうか？

他にもいろいろと考えないといけないことがあるな。

なんだかよく分からん流れでリオンが独立してグラハム家を再興することに成功してしまった。

今回の騒動で結構な数の騎士が亡くなったのは本当で土地に政治的空白が生じてしまうことになったからだ。

俺が奪った土地やカルロスに反抗的な勢力を潰した土地が新たにフォンターナ家直々の領土となった。

それによって、フォンターナ領はかつてのレイモンドの強い影響下にあったときと違い、当主カルロスの力が強い土地に完全に変わった。

だが、問題もある。

現状ではカルロス派の主流として俺がいるのだ。

レイモンドを討ち取り、旧レイモンド派とも戦いつつ、その旧レイモンド派の一部を派閥へと取り込んだと主張している俺が。

ぶっちゃけて言うと、今の俺はフォンターナ領の中でもかなり大きな顔をすることができるところまできてしまっていた。

が、普通に考えればカルロスも嫌なのだろう。

俺みたいに政治的判断力のかけらもない奴が力を持っているというのが。

なので、リオンを利用した。

血縁関係のあるカルロスとリオンの領地でバルカ騎士領をピタッと蓋をしたのだ。

変に暴れたりしないようにという意味で。

リオン自身も優秀でグラハム家の人間が戻りつつある現状では領地を与えてカルロスの新たな手駒としたほうがいいという判断もあるのだろう。

こうして、リオンは早々と俺の領地よりも多くの村を持つ騎士領の当主に返り咲いたのだった。

しかし、リオンがグラハム家として独立するということは、今まで俺の領地の仕事を手伝ってくれていた人間がそっくりそのままいなくなるということだ。

もうちょっと領地の仕事ができる人間を育てる必要があるかもしれない。

それにフォンターナの街に行くヘクター兄さんにつく人間もそれなりの者を同行させないといけないか。

こうなると人材不足が祟ってくるな。

俺がそんなふうにあれこれと考えているときだった。

「失礼いたします。カルロス様、ご報告です」

「どうした。何かあったのか?」

「はっ。先程報告が上がりました。敵がこちらを攻める動きを見せているようです」

「敵だと? まだ反抗勢力がどこかに残っていたのか?」

「いいえ、そうではありません。他の貴族がこのフォンターナ領を狙って動き始めたのです」

「やはりこんな状況を見過ごすはずがない、か。動いているのはウルク家だな?」

「はっ。しかし、ウルク家だけではありません。どうやらウルク家と協調して西のアーバレスト家もフォンターナ領へと進軍を開始した模様です」

「なんだと! アーバレストがウルクと一緒に攻めてきたというのか? それではフォンターナは挟み撃ちにされるではないか」

「は、そのとおりです」

「……おい、大馬鹿者。これは貴様が引き起こしたということはわかるな? 当然、貴様はこの責任を取る必要がある」

「……責任ですか?」

「そうだ。俺はこれから東へ向かってウルク家を迎え撃つ。貴様は西へ行け。アーバレスト家の侵攻を食い止めろ」

「アーバレスト家。雷の魔法を使う貴族ですか。わかりました。バルカ軍はこれより西へと向かいます」

どうやら、文官がどうこう言っている場合ではなくなったようだ。

フォンターナ領の混乱を見た他の貴族の動きが早かった。

東西から挟み撃ちするように攻めてきたという。

そのうちの片方である西のアーバレスト家。

そのアーバレスト家の攻撃を受け止めるために俺は再び軍をまとめて移動することになったのだった。

◇◇◇

「リオンもバルカと一緒に西に行くのか。……って、リオン殿って呼んだほうがいいのかな？」

「別に今までどおりで構いませんよ。私もこれまで通りアルス様と呼ばせてもらいますので」

カルロスに命令されてさっそく移動を開始していた。すぐに準備を整えて西へ向かう。

そして、その軍は俺やバルカの騎士だけではなく、新しくグラハム騎士家を再興したリオンの姿もあった。

「そうか、わかった。なら、これからもよろしくな、リオン。で、バルカと他の騎士もあわせての連合軍で千五百くらいの数になるわけだけど、これで大丈夫だと思うか？」

「まだ西から来ているというアーバレスト家の総数がどれほどになるかわかりませんからなんとも言えません。が、間違いなく数的不利になるでしょうね」

「だよな。ていうか、東に向かったカルロス様はどうなんだ？　向こうは大丈夫なのか？」

「どうでしょうか。ウルク家は昨年の損害があるので多少はマシでしょうが、数的不利になる可能性が高いのではないかと思います」

「うーん。これってさ、正直詰んでるんじゃないのか？　別々の貴族家から同時に挟撃されている時点で終わってんぞ」

　東西から挟撃されて、両面とも数で負けているとか始まる前から終わっているんじゃなかろうか。いや、まあ、こちらの陣営から騎士の数が減ったのは俺にも責任があるのは間違いないのだが。

「その原因はひとえにアルス様にあるかと思いますよ。よくこれだけフォンターナ領を引っ搔き回しておいてそんなことが言えますね」

「しょうがないじゃん。状況に流されて仕方なく取れる選択肢をとってたらこうなってたんだから。全部あいつが悪いんだよ。俺を挑発してきた何とか君とかいう若い騎士が」

「ラフィン殿にも困ったものですが、すでに亡くなった方を悪く言うのもよくないでしょう。それで、これからどうするつもりなのですか、アルス様」

「どうするって、そりゃ戦うしかないいんじゃないか？　こっちに来ているアーバレストとかいう貴族率いる軍勢と」

「なるほど。では、そのための準備を早くいたしましょう。まずは敵の数を調べ上げて、どこで迎え撃つかを早急に決めて陣地を作成することが先決かと思います」

「え？」

あれ？　リオンの中ではそういう考えなのか？

「……どうかしましたか、アルス様？」

「いや、リオンはアーバレスト家を迎え撃つつもりなのかと思って……」

「え、違うのですか？」

「そんなことをしたらこっちに被害が出るでしょ。俺は死にたくないいんだけど」

「何を言っているのですか、アルス様？　まさか、カルロス様の命令に背いてどこかに逃げるつもりなのですか？　さすがにそれは駄目です。わたしはその考えに同意しませんよ」

「いやいや、そんなつもりはないよ、リオン。俺が言いたいのはアーバレスト家をわざわざ迎え撃つ必要なんかないいんじゃないかってことだよ。俺がカルロス様から受けた命令はアーバレスト家の侵攻を食い止めろってだけだ。ってことは、向こうが攻撃するのをやめさせればいいってことだろ？」

「もしかして、アルス様。あなたが考えているのは守りに入らずに、ということですか？」

「そういうことだ、リオン。こっちからアーバレスト家を攻めよう。向こうの領地を引っ掻き回してフォンターナ領へと手を出す気にならなくさせればそれでいいだろ」

バルカ騎士領の隣に新たに当主として君臨することになったリオンと移動しながら話をする。

バルカ軍と新たに領地を得たグラハム家が急遽兵を集めて、さらに西のアーバレスト家との領地の境に位置する騎士家を吸収するように移動していく。

が、その途中、俺とリオンの中では今回の作戦について齟齬《そご》が生じていたようだった
リオンの奴はもしかしてフォンターナ領とアーバレスト領の境目に壁で囲った陣地でも作って籠

城する気だったのだろうか？

別にできないわけでもないが、俺にはそんなことをしたいとは到底思えなかった。

なんといっても本隊となるカルロス率いるフォンターナ軍ですらウルク家に数的不利になる可能性すらあるのだ。

こちらを助けるための援軍が存在しないような状況で俺たちが守りを固めるのは怖すぎる。

もしかすればそれがうまくいく可能性はあるのだろうが、失敗する可能性も同じくらい高い。

であれば、俺は守るよりも攻めるほうを選択したい。

こちらから打って出てアーバレスト家に損害を与える。

それがうまくいき、相手が退いてくれるようなら、それから防御を固めればいい。

「そうこなくっちゃな。さすがはアルスだ。よくわかってんじゃねえか」

「バイト兄か。嬉しそうだな」

移動中にそばに近寄ってきたバイト兄は俺に賛成のようだ。

ヴァルキリーに騎乗しながら、相槌を打つように声をかけてくる。

「そりゃそうだろ。なんで俺がいない間にお前は一戦交えてんだよ、アルス。ずるいぞ」

「ずるくはないだろ。別に俺は戦いたかったわけじゃないんだよ。状況的にしょうがなくだな」

「ウソつけ。お前が隣の騎士領を攻めたって聞いたときはみんなやっぱり、ついにやったかって大騒ぎになってたんだからな。お前ほど戦が好きな奴はいないんじゃないか？」

「冗談はよしてくれよ、バイト兄。俺は基本的に平和主義だよ。戦いなんかせずに平和に暮らしたいだけなんだって」

「わかったわかった。だけど、見直したんだぜ？　お前が自分の女のために躊躇せずに戦ったって聞いてな。たまに何考えてんのかわかんねえときもあるけど、お前も男だったんだなってのがよくわかったよ」

「そりゃあ、そうだろ。つうか、バイト兄みたいに考える奴が多いから引くに引けなくなったんだけどな。あそこで甘い対応していたら俺についてくる奴なんかいなくなるだろうし」

いや、まじであそこでラフィンという騎士相手に引くようなことがあったら、俺は味方から総スカンを食らっていただろう。もし、そうなっていたら、多分実の兄であるバイト兄も俺から離れていた可能性すらある。だからこそ、あそこまで強硬な姿勢を貫いたのだ。

「当たり前だろ。自分の女も守れない奴に仲間が守れるかよ。で、今度はどこに攻めるんだ？　今回は俺もしっかりとついていくからな、アルス」

「いや、ぶっちゃけ全然考えてない。というかあんまりアーバレスト領のことを知らないし。どっかいいところはないかな、リオン。相手の急所で攻めやすくて、攻められたら相手も無視できず、でも落としやすそうなところってない？」

「あるわけないでしょう、と言いたいところですがアルス様ならあるいはというところがありますね」

「おお、そんなところがあるのか。どんなところだ？」

「要塞パラメアです。アーバレスト家が誇る難攻不落の要塞と呼ばれる場所で、パラメアが造られてから突破されたことがないという評判付きですが」

「……どう考えても落としやすそうとは思えないんだが。まあ、とりあえず候補に入れておくか。もうすぐ斥候に出した連中も戻ってくるだろうし、情報が集まり次第もう一度作戦会議を開こう。ふたりともいいな？」

「おう」

「はい」

こうして、迫りくるアーバレストへの迎撃戦のときが刻一刻と近づいていったのだった。

◇◇◇

「よく集まってくれた。今から作戦会議を行うこととする。リオン、状況の説明を頼む」

まずは全軍で作戦会議を行う。やはり、こちらの作戦をしっかりと自陣営で共有しておかないと話にならないだろう。

「はい。現在フォンターナ領は未曽有《みぞう》の危機に陥っています。東西からウルク家とアーバレスト家がタイミングを合わせて挟撃する事態となっています。これを撃退するのが今回の戦の目標となります。ここまではいいですね」

「ちょっといいですか、リオン・フォン・グラハム殿。今回の出来事の発端はそこにいるアルス・フォン・バルカ殿によるものだと考えられます。我々はアーバレスト領と自分たちの領地が接しているのでアーバレストの軍を迎撃することに異論はありません。が、アルス殿と一緒に戦うのは正直気がすすまないのですが」

が、話しはじめてすぐに意見を述べた者がいた。バルカ軍とともに戦うのはリオンのグラハム軍だけではない。実は他の騎士の軍もいくつか共同戦線を取ることになっていたからだ。

「お気持ちは大変痛いほどわかります。ですが、バルカ軍の強さを知らないわけではないでしょう。今回、アーバレスト家と戦うためにはどうしてもバルカ軍と歩調を合わせる必要があります。どうか、ご協力を」

「ふむ。そうですね。ですが、何もなしでというわけにはいきません。この戦で得るものはアーバレスト領と接する騎士家が優先的に頂戴するくらいは許していただきたい。いかがですか、アルス殿」

「わかりました。こちらには異論ありませんよ、ガーナ殿」

ガーナ・フォン・イクスという騎士が俺に告げる。彼の他にも何人もの騎士が軍を率いているが、それらはどこもアーバレスト領と接する騎士領を持っている。故にこういう要求が出てくるのは事前にわかっていたことでもある。俺はすぐにその要求を飲んだ。

「では、今回の戦での報酬は原則としてアーバレスト領と接する騎士家が優先的に得ることとしましょう。次に行きます。現在入っている情報によると、進軍中のアーバレスト家は八千ほどとのことです」

「多いな、リオン。アーバレスト家はフォンターナ家よりも動員可能数が多いのか？」

「そうですね。最大で動員可能な数はおおよそ一万二千ほどだと言われています。フォンターナ家よりも多いですね」

「相手は動員できる半数以上を連れてきているのか。かなり本気なんだな」

「はい。フォンターナ領内が動揺しているということもありますが、それ以上にウルク家との挟撃の時期がよすぎるように思います。おそらくは以前から何らかのやり取りがウルク家とはあったのでしょう。今回のフォンターナ領内の問題がなくとも、いずれは起こっていた事態だとも言えると思います」

なるほど。ということは、俺だけが原因ではなく、もともといずれは挟撃される未来が待っていたということでもあるのか。

「そういう考えもあるか。で、アーバレスト家に対する作戦はこの前言っていたとおりでいくのか？」

「はい。進行中のアーバレスト家を、バルカ軍を中心とした我々で真正面から迎撃するのは困難だと思われます。籠城するよりも逆侵攻という形で奇襲をかけるという案には私も賛成です。そのため、今回の作戦は要塞パラメアを攻撃目標として設定します。難攻不落と言われるパラメアを攻め落とし、アーバレスト家を引きつけることとします」

「ちょ、ちょっと待ってください。パラメアですか、リオン殿。あのパラメアを攻めるというのですか？　難攻不落で、今まで一度も落ちたことがないあそこへと。本気ですか？」

「そうです、ガーナ殿。領地がアーバレスト領と接しているあなた方ならよくご存知のようですね。あの水上要塞を攻めます」

「無茶だ。今までフォンターナ家が西へと進めなかったのは、あの要衝をアーバレスト家がガッチリと抑える要塞を造ったからです。リオン殿はそれを知らないのだ。とても攻め落とせるわけはない。あそこを攻めている間に本隊のアーバレスト軍八千が来たら我々は一撃のもとにすり潰されてしまいます」

「大丈夫です。そのためのバルカ軍です。バルカの魔法があれば無敵の水上要塞といえども手出しできない相手ではありません」

「リオン、その水上要塞とかいうパラメアについて説明を頼む。どんな感じなんだ？」

「わかりました。では説明いたします」

そうしてリオンが話しだした。

フォンターナ領の西に位置するアーバレスト領。

ここは水の豊富な土地なのだそうだ。

俺が治めているバルカ騎士領に流れていた川もそうだが、いくつかの川が東の大雪山から西のアーバレスト領へと向かって流れているのだそうだ。

そして、アーバレスト領はその川が複数合流した大きな川があり、湖などもあるらしい。

水上要塞パラメアというのはその複数の川が流れ込んでできた湖の中央に建てられた砦なのだそうだ。

周りを大量の水で囲まれた自然の要塞。

そこから川を遡れば複数の領地へと向かうこともできるため、各地を見張る要衝にもなり得るという。

「そんなの船に乗って攻めればいいんじゃないのか？」

「いいえ、それは難しいでしょう。船の扱いは相手のほうがはるかに慣れてます。仮に船で近づけたとしても敵だとわかれば要塞を閉じて攻撃されて終わりです」

「じゃあ、どうするつもりなんだ？　まさか、俺たちバルカ軍に湖に橋をかけろなんて言わないだろうな、リオン」

「駄目ですか？　バルカの魔法があればどうにかなりそうなのではと思ったのですが」

「うーん、難しいだろうな。ていうか、仮に橋ができてもそこから要塞を攻略しなきゃなんねぇんだろ？　アーバレストの本隊が来るまでの時間制限付きで」

「そう……ですか……。では、こんな方法ならどうでしょうか？」

どうやら俺の魔法を当てにしていたらしいリオン。リオンには悪いができることとできないことは存在する。きっちりとできないものはできないと言っておいたほうがいいだろう。

俺の魔法では橋を架けることは難しい。なにせ、地面に手を付けなくては【壁建築】などが発動しないのだ。川や湖ではとても無理だ。俺が理由を告げながら無理だというとリオンは代案を出してきた。

一応先に確認するために俺に近寄ってきて耳元でささやいたリオンの考えを聞く。

なるほど。それならまだ可能性がありそうだ。

そう判断した俺はリオンの考えを実行するために目的地へと向かっていったのだった。

◇◇◇

「急げよ。ちゃっちゃと作業しないとアーバレストの連中に囲まれて全滅になるぞ」

俺が声を張り上げながらバルカ軍に指示を出す。

その声を聞いた連中があちこち移動しながら作業を進めていた。

【壁建築】の魔法を発動させて壁を造り上げているのだ。

今まで何度もこういうふうに魔法で壁を造ってきたが、前回の戦に出陣したときよりも作業のスピードが上がってきているように思う。

これも父さんのアイデアのおかげだろう。

バルカ軍の中でも個人によって魔力量が異なり、それ故に使える魔法が違う。

魔力量が少ない人であれば【整地】が使えても【壁建築】は使えない。

あるいは【壁建築】を使えても【アトモスの壁】は使えないといった具合だ。

そのため、かつてはその人が使える魔法ごとにグループを組んで作業をしていた。

だが、父さんがそのやり方を変え、魔力消費量の多い魔法を使える人に使えない人が【魔力注入】するというグループ作りにしていたのだ。

どうやらこれがうまく機能しているらしい。

【壁建築】を使えないバルカ兵をも壁を建てるための作業員として見込めるという以上の効果があったのだ。

それは魔力の多い者、すなわち強い者の下に弱い者を配置するという階級制度のようなものができ始めていたのだ。

これが意外と役立った。

というのも人間というのは思った以上に仕事をサボる生き物だからだ。

敵地に来て作業をしているときであってもちょっと目を離したら仕事をゆっくりしたり、休憩したりとサボろうとする。

今までは同じレベルの強さしか持たないグループ分けだったので、グループ内では割と仲間内ではみんな平等な関係だった。

そのため、頑張るときはみんな頑張っているが、何人かがサボり始めると、あいつらも休んでいるんだから自分も少しくらい休もうと、サボりの連鎖が起きていたりしたのだ。

が、明らかに自分よりも強い者がリーダーとしてグループをまとめていたらどうだろうか。

魔力量の差による肉体の強さは馬鹿にできないものであり、少なくとも生半可なことでは反抗的なことはできない。

サボっているのがバレれば容赦なくげんこつが頭にめり込むとくれば、嫌でも人は頑張ることとなった。

しかし、俺はさらなる作業の高速化を目指した。

それは各グループごとに作業の進捗を競わせたのだ。

今回で言えば【壁建築】が使える人間に使えないバルカ兵と雑務を手伝う一般兵を一つのグループとして分け、そのグループが事前に割り当てられた作業を早くこなせればちょっとした報酬を出すことにしたのだ。

これが予想以上にいい効果をもたらした。

それぞれが自分たちの得る報酬のために頑張ることによって、サボりが出現する率を減らし、なおかつ各自でいろんなアイデアを出してより早く自分たちの作業を終わらせようとする。

その結果、俺達は当初の目標である壁作りを問題なく早期に終わらせることに成功したのだった。

◇◇◇

「こ、これは酷い。あの難攻不落のパラメアがこんなことになるとは……」

「予想以上にうまくいったようですね、ガーナ殿。今頃、パラメアのことを聞いたアーバレストの連中はさぞ焦っていることでしょう」

「そうでしょうね、アルス殿。しかし、このような戦い方があるとは……。正直なところ困惑しています。私にとって戦というのは騎士が己の実力を発揮して戦果を上げるものであるという認識があるので」

「まあ、それは間違ってはいないでしょう。一般人では騎士が相手だと何もできないくらい簡単に負けますからね。どうしても、戦いの基本は騎士同士の派手なぶつかり合いが戦場の華となるでしょうし」

「それがわかっていてこのような作戦を実行するのですね。アルス殿とリオン殿は」

「俺は言われたことをそのままやっただけですから。今回の武功を評価するならリオンが第一で間違いないでしょうね」

俺はパラメア湖のほとりからフォンターナの騎士であるガーナと一緒に水上要塞パラメアを見な

がら話をしていた。

先日壁作りを終えてからはパラメアを湖のほとりから観察し続けている。

バイト兄が張り切って騎兵団を引き連れて偵察へと出かけているので俺が何かをする必要はなかった。

が、そんな風に湖を眺めているだけでも、現在進行形で難攻不落のパラメアは被害が出続けていた。

それもそうだろう。

これこそがリオンの策だったからだ。

俺はバルカ軍を引き連れてリオンが指示する通りに壁を造り上げた。

その壁はパラメア湖とつながっている川を堰《せ》き止めるものだった。

俺はその考えを最初に聞いたときには川を堰き止めて水の流れを変えて湖を干上がらせるのかと思ったものだ。

だが、リオンの考えは全く逆だった。

というのも、アーバレスト領に侵入したバルカ軍はパラメア湖を通り過ぎて反対側へと回り込んで壁を造ったのだ。

パラメア湖は複数の川が合流するようにしてできている。

が、その湖から流れ出ていく川は一つしかなかったのだ。

その川を堰き止める。

するとどうなるか。

難攻不落の水上要塞は水没した。

もちろん、ダムの底に沈むような完全な水没ではない。

が、少なくとも建物の一階部分は完全浸水くらいにはなっているのではないだろうか。

そうなってしまうとパラメアはおしまいだった。

要塞として籠城《ろうじょう》できるように保管していた食料などが駄目になるのだ。

食べ物がなくなる。

これは頭で思う以上に辛いことである。

俺も子ども時代に食べ物がなくて畑を魔法で耕すようになったのでその辛さは分かる。

だが、それ以上に恐ろしいことが起きたようだ。

それはこのパラメア湖に住む生物に関係している。

どうやら、この湖には獰猛《どうもう》な魔物が泳いでいるそうなのだ。

湖に潜む危険な魔物。

パラメア湖が難攻不落と言われていたもう一つの理由はこの魔物にあった。

パラメア湖では水の中に入ってはいけない。

この辺りに住んでいる人は小さいときから耳にタコができるほど、そのことを教えられて育つらしい。

また、かつてパラメアを攻略しようとして失敗した軍の大半はこの魔物の被害を受けている。

なんといっても、湖の真ん中にある砦を襲おうと船で近づき迎撃されて、湖に落ちれば魔物に襲いかかられるのだ。

鉄壁の守りと同時に姿の見えぬ最強の門番が待ち構えている。

それこそが難攻不落と呼ばしめる水上要塞パラメアの強さの秘訣だったのだ。

その危険な魔物が水没した水上要塞の中へと入り込み、要塞を守る兵に文字通り牙を剥《む》いたのだ。

こうして、絶対に落ちることはないと言われた水上要塞パラメアはアーバレストの本軍が到着するよりも早く陥落することになったのだった。

◆◆◆

「なん……だと……。それはまことなのか？」

「はっ。水上要塞パラメアがフォンターナの軍勢によって陥落しました」

「馬鹿な。とてもではないが信じられん。そもそも、我らアーバレスト軍がフォンターナ領を目指して進軍し始めてから向こうは動き始めたのではなかったのか？　それがこの短期間でアーバレスト領内にあるパラメアを攻略するなど、時間的にもありえんだろう」

「ですが、事実です。どうやら、フォンターナの軍勢の中に足の速い部隊がいたようです」

「いくらなんでもそのように速い動きをする部隊など……。いや、いるのか。もしかすると例のバルカとやらの使役獣が関係しているのか？」

「はっ。おっしゃるとおりです。噂の白き魔獣を使うバルカ軍が先行してアーバレスト領内に侵入、即座に水上要塞パラメアを攻め落としたようです」

「そうか。最近噂に聞くようになったバルカとやらはずいぶんと腰が軽いようだな。フォンターナ領内で暴れまわっていたと思えば、次はウルク領で、さらに今度はアーバレストにまでやってきたか。しかし、いくら使役獣によって移動速度が速いと言ってもあの難攻不落の水上要塞が本当にそんな短期間で落ちるものなのか？」

「それが、報告によりますとパラメアは水没させられた模様です」

「水没？　パラメアが、要塞ごと？」

「はっ。湖の水位が上昇し、要塞が水に沈んだようです。その際、湖の魔物が侵入し、要塞内の人を襲い大きな被害が発生しました」

「ちょっと待て。パラメアは要塞ではあるが、兵士だけがいたわけではない。要塞内に住む者もいたはずだぞ。その者たちはどうなったのだ？」

「……全滅です。水上要塞パラメアにいた者は騎士や兵士・住人を問わずすべて死亡しました。上昇した水位と湖の魔物によって完全に逃げ場を失った模様です」

「な、なんということだ。いったいどれほどの数が命を落としたというのだ。なんという恐ろしいことを……」

アーバレスト領を治めるアーバレスト家の当主様が頭を抱えるようにしている。

フォンターナ領へと進軍中の本陣に伝令がやってきた。

最初は大したことのない報告だとばかり思っていた。

なにせ、我々はまだ敵地にすらたどり着いていない段階だったのだ。

アーバレスト家が動員をかけ、東のウルク家と協調してフォンターナ家を攻略する。その進軍中に恐るべき出来事が起きた。

当主様に報告する伝令の話を聞く誰もが信じられないと感じたに違いない。

事実、私もそう思ってしまった。

だが、わざわざこの伝令がそのような嘘を報告する必要性はまったくない。

おそらくはこの話は実際にあった出来事なのだろう。

しかし、湖の真ん中に位置する要塞を水没させるなどあり得るのだろうか。

それも恐ろしく短時間に、しかも文字通りの全滅ときた。

「ウルクの騎竜隊を皆殺しにした白い悪魔とはよく言ったものですね。アルス・フォン・バルカという者は人の心を持っていないのではないでしょうか」

「確かにそうかもしれんな、ゼダン。しかし、パラメアが陥落したという事実は動かん。今後、我らはどのように行動するのがよいか案はあるか？」

報告を聞いていた私が思わず漏らした言葉に当主様が肯定の言葉を紡いだ。そして、今後どうすればよいかを尋ねてくる。当主様の腹心である私を信頼してくれているのであろう。

「はい、当主様。パラメアが落ちたことは想定外ですが、物事は広く、大局的に捉えることが重要だと思います。バルカ軍を始めとしたフォンターナ軍は報告によると数が少ないようです。おそらくは彼らの目的は我々の足留めでしょう」

「そうであろうな。ウルクと連携をとって挟撃しようとしている我らを足留めする。それこそが奴らの狙いであろう」

「そのとおりです、当主様。フォンターナ軍はパラメアを落とし、そこに陣取ることでこちらの動きを封じようとしているのでしょう。が、今、我らが重視すべきはウルク家との挟撃を成功させるという点でしょう。このまま進軍するのがよいかと思います」

私はわずかな時間を考えてから、自分の意見を当主様に告げた。だが、それに反論が来る。

「お待ちを。ゼダン殿の意見には反対です。パラメアはそこに住む民まで殺されたのですよ？ このまま、バルカの連中を放置するなどありえません。きっちりと落とし前をつけるべきです」

「ふむ。確かにその意見にも一理あるかもしれんの。当初の目的通りフォンターナ領を挟撃するのももちろん重要ではあるが、パラメアにいるバルカ軍とやらは正直得体がしれん。無視を決め込むというのはまずいかもしれんしな」

「そうですね、ではこのようにするのはどうでしょうか、当主様。我らの本軍を二つに分けるのです。千から二千ほどの軍を先行させてフォンターナ領を攻める姿を見せ、残りはパラメアに陣取っているバルカ軍などを警戒します。フォンターナ領を守るためにパラメアから出てきたバルカ軍を捕捉し、撃破しましょう。そうすれば後顧の憂えなくフォンターナへと進むこともでき、パラメアを取り戻すこともできるかと」

パラメア要塞を無視してフォンターナ領を攻撃するのは理屈で言えば一番だろう。だが、たしかにそんなことをすれば領地を見捨てることにもなる。故に代案を考え、提案してみた。

「……いい案かとも思うが、出てくるのか？ バルカ軍の目的はこちらを引きつけることであろう？　であれば、先行した別働隊を放置したとしても本隊を引きつけることを優先してパラメアに立てこもるという選択肢もあるかと思うのだが」

「おそらくそれはないでしょう。先行部隊を送ればパラメアから出てくる公算は大きいと思います」

「どうしてそう思うのだ、ゼダンよ」

「それはフォンターナの軍勢はバルカだけではなく、他の騎士家の軍もいるからです」

「それがどう関係してくるというのだ？」

「当主様、バルカ騎士領というのはアーバレスト領と接してはおりません。が、他の騎士領は違います。先行したこちらの軍が襲うのはバルカ以外の騎士の領地なのです。そして、その騎士たちは自分の領地を守りたいと考えるでしょう。たとえ少数であっても先行する部隊があれば、フォンターナの軍勢の中では意見が割れることになるのです」

「なるほど。他の騎士は自領を守るために行動しようとし、それをバルカ軍が抑えつければその者たちから見放されるということだな。フォンターナ軍が一枚岩でないからこその作戦というわけか」

「そのとおりです。バルカ軍の活躍はこちらでも聞こえてきますが、アルス・フォン・バルカはフォンターナ軍の統率者ではないのです。あくまでも騎士同士は対等であり、他の騎士の意見を無視することがあればフォンターナ領を守ることもできないほどバラバラになります。それがわかる頭があるのであれば、たとえ不利であってもこちらの動きを止めるためにパラメアから打って出るしかないのです」

「なるほどな。よし、わかった。千五百の先行部隊を送ろう。残りはギラデス平野にてパラメアから出てきたフォンターナ軍を迎え撃つ。フォンターナ軍の中のバルカ軍、特にアルス・フォン・バルカはわしが自ら相手をしようではないか」

「当主様がですか？　さすがにそれは必要ないのではありませんか？　我らにお任せいただければ必ずやアルス・フォン・バルカを討ち取ります」

「いや、バルカの力は未知数だ。相手をするのに不足はない。わしに任せておけ」

「……御意」

まさか、当主様が自らバルカの相手をするとは思わなかった。

だが、そうなれば結果は最初から分かったも同然だ。

貴族家の当主というのはそれほどに強い。

一般人では複数集まっても相手にならない騎士が束になってもかなわない。

それが貴族の当主の実力だ。

アーバレスト家が持つ魔法の【雷撃】は他の騎士を退ける力があるが、当主様の持つ上位魔法である【遠雷】には遠く及ばない。

なぜなら、絶対に手が届かない天から落ちる防御不能の雷による攻撃なのだ。

近づくことすら不可能だ。

だが、当主様の持つ上位魔法はそれだけの威力を発揮するために相当の魔力消費を余儀なくされる。

それは他の貴族家でも同じだろう。

当主級を相手にするには並の騎士では束になっても不可能。

故に当主級の相手は当主級でなければならない。

本来であればフォンターナ家当主のカルロスと当たる可能性を考えて我らが当主様には消耗をさせないことこそが必要なのだが。

しかし、バルカを相手には当主様自らが出陣する必要があると判断なされた。

それほどバルカを、アルス・フォン・バルカという者を警戒しているというのか。

であれば、わたしは当主様を全力でお助けして差し上げよう。

確実に、万全の態勢を整えた死の舞台へとバルカを引き込んでくれよう。

そう決めたわたしは先行部隊の選定とともに、フォンターナ軍を迎え撃つための準備を始めたのだった。

◆◆◆

「ほ、報告いたします」

「どうした。パラメアに何か動きがあったのか？」

「はっ。そ、それが……」

「なんだ？　早く報告せんか」

「失礼いたしました。水上要塞パラメアからバルカ軍の騎兵が続々と出撃したことを確認いたしました」

「そうか、でかした。ゼダンよ、聞いたか？　お前の言うとおりにバルカ軍の奴らを引き出せたようだな。で、バルカ軍がこちらへと到着するのはいつ頃になりそうなのだ？」

「い、いえ、申し訳ありません。その予測は困難です」

「何、なぜだ？　奴らの使役獣による移動速度は速い。事前に備えて待ち受けておかねばこちらにも損害が出かねんのだぞ。何のための偵察だと思っているのだ」

「申し訳ございません。ですが、バルカ軍がどう動くのかわかりかねます。なぜなら、パラメアを出たバルカ軍の騎兵たちは更に西へと進んでいるからです」

「なんだと？」

当主様に報告にやってきた偵察隊からの伝令兵。

その伝令が伝えた報告はまたもこちらの予想とは違うものだった。

バルカ軍の騎兵が西へ向かった？

どこに行くというのだろうか。

というか、フォンターナ領を侵攻すべく進めているこちらの別働隊はどうする気なのだ？

「ゼダン、どういうことだ？　バルカ軍はフォンターナを見捨てるつもりではあるまい。どのような狙いがあると考えられる？」

「そうですね。一番はやはりこちらの気を引きたいのではないかと思います。足の速い騎兵を西へと進めて、それを止めるためにこちらがフォンターナ領への進軍を中止すれば向こうとしては御の字でしょう。ですが、これはあまりいい行動とは言えません。アーバレスト領にはまだ多くの兵が残っており各地を守っています。故にこちらは当初の目的通り、フォンターナを狙えばよいかと考えます」

「ふむ。もしかするとパラメアには騎兵以外の兵が残っている可能性もある。一応まだここに本陣を敷いてパラメア方面の動向を探らせよう。そのうえで別働隊は引き続きフォンターナ領へと進める。これでよいな、ゼダン？」

「はい。アーバレスト領と接する領地の騎士はしびれを切らして出てくるでしょう。それを叩けば問題ないと思います」

「よかろう。みな、聞いたとおりだ。引き続き周囲の警戒を怠らぬように」

「「「「はっ」」」」

大丈夫だ。

状況の悪さ故にバルカ軍がこちらの予想と外れた行動をとったようだが、問題ない。

むしろ、パラメアから西に進むとなればよりこちらの領地内へと入り込むことになる。

それは自ら相手の腹の中へと入ることになるのだ。必ず捕捉し討ち取ることができる。

むしろ自分から死ににゆくものだ。その程度が分からないような小者だったということだろう。

故にこちらは正道をいく。

パラメアの動きを監視しつつ、フォンターナ領内へと進軍する。

大丈夫だ、問題ない。

当主様のご命令のもと、私は引き続き各騎士たちへと作戦続行させせたのだった。

◆◆◆

「報告いたします。パラメアを出たバルカ騎兵がすでに二つの騎士領を攻め落としました。さらに西進しているとのことです」

「な、何？　あれからまだ数日しか経っていないのだぞ。動きが早すぎるぞ」

「落ち着け、ゼダンよ。それで、バルカ軍はさらに西へと進んでいるのだな？」

「はっ。報告によりますと攻め落とした騎士の館へと火を放ちながら進んでいる模様です。おそらくはそのままアーバレストの領都を目指しているのではないかと思われます」

「わかった。お前はそのまま待機していろ。で、そちらの報告では別働隊のほうはいまだに先へと進めていないということだったな？」

「はっ。別働隊の進行経路にある城で足留めをされており、フォンターナ領にはたどり着けておりません」

「ゼダン、聞いてもよいか。別働隊が進む道中、あそこにフォンターナの城などあったか？」

「い、いえ。あそこに城などありません。私の手のものが春に確認した際にもそのような城はなかったと証言しています、当主様」

この偵察の言うことは本当なのだろうか？

途中に城などというものは確かになかったはずだ。

まさか、幻を見ているというわけでもないだろうが、どういうことだろうか。

「と、いうことは造ったのだろうな。新たな城を。パラメアを攻略する前か後かはわからんが」

「そんなまさか。いくらなんでもそれほど短期間で城を造るなど現実的に不可能です」

「そんなことはないだろう、ゼダン。思い出してもみろ、初めてバルカの名を聞いたときの話を。奴らは当時のフォンターナ家家宰のレイモンドと戦う際、わずか数日で城を造り上げたというではないか」

「そ、そうです。確かにそのとおりです。しかし、それは自らの力を喧伝するための大げさな表現を広めたのだとばかり……。申し訳ありません、当主様。わたしはバルカの力を読み違えていたかもしれません」

「よい。わしとしてもまさか城が造られていようとは思いもしなかった。だが、これからどうする、ゼダンよ。我ら本隊がこのままパラメアを警戒している間にバルカ騎兵がどこまで進むかわからんぞ。一度退くか、それとも別働隊と合流して新たな城を急ぎ攻略し、フォンターナを狙うか」

「一番確実なのは領都へと伝令を走らせて守りを固めて迎撃し、我ら本陣は別働隊と合流して新城を攻めることかと思います。報告にあったとおりなら、城と言っても小さな支城のようなものであり、本隊で攻めれば攻城戦は早期に終わると思われます」

「うむ、そうだな。どうやら新城にもバルカの兵はいるという話だ。おそらく、パラメアを出て西進しているのは騎兵のみで、バルカの歩兵たちは新城で守りを固めているのではないか。今から考えると、一度水没したパラメアにはそれほど多くの兵を待機させておけなかったのかもしれんな」

「そうかもしれません、当主様。私の判断に誤りがありました」

「よいと言っている、ゼダン。バルカの力がそれだけ未知数だったというだけだ。だが、最後に勝つのは我らアーバレストだ。そこに間違いはない。そうであろう？」

「もちろんです、当主様」

「よし、では最低限の数をパラメアの監視に残して本隊は別働隊とともにフォンターナ領との境にある新城を攻め落とす。騎士たちよ、今こそ我らの力を見せるときだ」

「「「「おう」」」」

やってくれたな、バルカ軍の連中が。

いや、アルス・フォン・バルカか。

このままでは済まさん。

当主様に対して失った信頼を取り戻さねばならん。

私自らが城へと乗り込み、バルカ軍の連中を処断してくれよう。

それを見た貴様がどのような顔をするのか、今から楽しみでならない。

血気にはやる気持ちをなんとか抑えつつ、我らアーバレスト軍本隊は東のフォンターナ領を目指して進軍していったのだった。

「防衛力があるな、思った以上に……」

「はい。想像以上です。バルカ軍が築城を得意としているのは聞いていましたが、これほど籠城するのがうまいとは思いませんでした」

「数の多いこちらをこれほどはね返すことができるとは思ってもいなかったな、ゼダンよ」

「はい、当主様。壁を造る魔法というのは正直なところ予想よりも厄介です。攻城戦のさなかに壁を修復するのではなく、造り出せるというのは今まで経験したことすらありませんから」

忌々しいバルカ軍の造り上げた小さな城。

別働隊がそのような急造の城に手こずっていると聞いたときには、心の中では何をしているのかと叱責したくなった。

だが、それだけの理由がこの城の守りにはあったのだ。

小さいといえども、おそらくは詰め込めば千人ほどは兵を収容できる規模の城。

その城は壁に囲まれて水で守られていた。

その新城はなんとパラメアにつながる川の途中に造られていたのだ。

川と川が合流する地点の間の土地のところに城を造っていた。

川の水を利用することで急造の城だとは思えないほどの防御力がある。

しかも、城からの迎撃方法もいやらしいものだった。

城を取り囲み攻撃しようとしている軍に向けて石を飛ばしてくるのだ。

川のほとりよりも離れたところまで届く投石。

それなりにこの投石攻撃を訓練しているのか、なかなか攻撃精度もいい。

実にいやらしい攻撃方法だ。

だが、それ以上に厄介だったのがバルカの持つ壁を造るという魔法だ。

バルカの話がアーバレスト領に聞こえてきた当初はバルカの魔法は嘲笑されることがほとんどだった。

攻撃力の一切ない壁を造るような魔法を持つような騎士など、何が怖いのかという者ばかりだった。

実際、私もそう思った。

そんな格の低い魔法を持つバルカにウルク家の誇る騎竜隊が倒されたと聞いたときには、ウルク家のことも程度が落ちたなと感じたものだ。

しかし、実際に自らの目で見て、体験してみるとその厄介さが身にしみて分かる。

なぜなら、どんどんと壁が出来上がっていくのだ。

川の水に囲まれた小さな城はこちらに攻められているにもかかわらず、一日経つごとに壁の位置が変わっていく。

戦いながら、あるいは夜のうちにも新たな壁を造り、城の面積を広げているのだ。

日ごとに成長する城。

今、アーバレスト軍が目にしているものはまさにそれだった。

我々の常識では考えられないものが目の前にある。

さすがにこの城は放置できない。

見逃せばアーバレスト領を脅かす新たな城がここに出来上がるのだ。

難攻不落と言わしめた水上要塞パラメアに代わり、この地にフォンターナの、バルカの城が出来上がる。

それだけはなんとしても防がなければならない。

そう、我々は見事に敵の術中に陥ってしまっていた。

ウルク家との時期を合わせた挟撃をするはずが、目の前に用意された攻撃目標を攻めざるを得なくされ、時間を稼がれる。

すべてが向こうの思う通りだった。

「当主様、どうやら手段は選んでいられないようです。これ以上、時間が経過するのは敵を利するばかりでこちらにとっては何一ついいことがないようです。多少の損害を覚悟してでも、ここは全軍で総攻撃をかけるべきであると思います」

「うむ、そうだな。わかった、ゼダンよ。お前にすべて任せよう。今はとにかく、あの城を攻め落とすことを最優先にするのだ」

「はい、かしこまりました。全身全霊を賭して城攻めを成功させてみせます」

「期待しているぞ、ゼダン。良い報告を期待している」

当主様の指示を受け、頭を下げた後すぐに出た。

この一戦で城を落とす。

たとえいかほどに損害を受けてもだ。

全騎士へと伝令を走らせて、主力戦力も投入し一斉に川を渡り城を目指して進んでいったのだった。

◆◆◆

「ひるむな！　攻め続けろ！　向こうは数が少ない。このまま押し切るのだ！」

川と川の間にある城。

その城へと向かって川を渡り、城へと攻撃を仕掛ける。

どうやらこちらが全軍を進めているのを見て慌てて投石攻撃を仕掛けてきたようだが、無駄なことだ。

その投石攻撃がどれくらいの時間間隔で次の攻撃を行えるのかはすでにここまでの戦いで把握できている。

それに城のどの方向から攻められても投石できるようにしていたようだが、それもこの場合はよくない行動だ。

一方向から攻めることで使うことのできる投石機の数を制限し、投石機の攻撃のタイミングの合間を縫って前に進む。

そうすることで被害を抑えながらも川を渡り、城へと辿り着くことに成功した。

ここまで近づけば投石機による攻撃は来ない。

あとは通常の攻城戦と同じだ。

一気《いっき》呵成《かせい》に攻め立てて城を落とす。

それだけでうまくいくはずだった。

ドドン！

そのときだった。

川の向こうから凄まじい音が聞こえてきた。

眼の前の城攻めに気を取られていたからだろうか。

最初、わたしはそれが何の音なのか分からなかった。

いや、それは正確ではない。

その音が意味することを理解できなかったのだ。

今のは雷が落ちた音だった。

いつのまにか空は雲に覆われて暗くなっている。

だが、果たしてこれは自然のものなのだろうか。

まさかとは思うが、これが自然現象ではない可能性もある。

当主様だ。

アーバレスト家の当主様が誇る上位魔法【遠雷】だ。

莫大な魔力を持つ当主様が放つ恐るべき魔法。

その魔法が発動される際には周囲は雲によって光を奪われ、天からの防御不能の雷による一撃によって消し炭にされる。

圧倒的なまでの威力を誇る貴族として騎士の頂点に立つに相応しい魔法だ。

先程の音はただの雷の音だったのか？

あるいは当主様の？

いや、偶然にも天気が崩れて雷が落ちるなどというのはあまりに楽観的すぎる。

だが、なぜ今このときに当主様が【遠雷】を発動させる必要があるというのか。

そう思ったときだった。

本陣のある方向から再び雷による光と音が届いた。

「バルカが、アルス・フォン・バルカが現れたのか？　この時を見計らって来たというのか？　どうやって？　はるか西を進んでいたのではないのか？　いや、それどころではない。もしそうであれば急ぎ戻らねば」

なんということだ。

私が全軍を指揮して城攻めを行った今この時。

つまり、本陣が最も手薄になった時機だ。

まさにその瞬間を狙ったようにアルス・フォン・バルカが出てきたのだ。

でなければ当主様が魔法を放って迎え撃つことなどはありえない。

しかも、だ。

すでに第二発の【遠雷】を発動している。

それは、つまり一度目の【遠雷】ではアルス・フォン・バルカを倒せずもう一度攻撃を仕掛けたことを意味するのだ。

防御不能の攻撃を奴は防ぎきったのか？

いや、それはありえない。

そんなことができるはずがない。

だが、いやな予感が私の中から消えなかった。

胸を締め付けられるような不安に襲われて、わたしは即座に本陣を目指して移動したのだった。

◆◆◆

バルカの造った新城に近づくために川を渡ったあとだというのに、再びわたしは川を渡り戻るように移動していた。

この川は基本的にはそこまで深くはない。

一番深いところでも胸が浸かるくらいではないだろうか。

パラメア湖と違い、獰猛な水の魔物がいるわけでもない。

故に攻めかかるときにはそのまま水に入っていき、今こうして戻る際にも同じように水の流れと戦いながら対岸へ渡ろうとしていた。

そんな移動速度の低下したわたしの目には当主様のいる本陣と更にその向こうから近づいてくる騎兵の姿が見えていた。

水の中から目を凝らしてその騎兵を見る。

やはり白の魔獣だ。

バルカの使役獣の上に人が騎乗しており、それらが一目散に当主様のいる本陣目掛けて疾走している。

と、そこで視界の端に魔力の高まりを捉えた。

我らアーバレストの本陣で恐ろしいまでの魔力が練り上げられて天に放たれる。

あれこそがまさしくアーバレストの誇る【遠雷】の発動だ。

暗くなった空に向けて放たれた魔力によって、そこから防御不能の【遠雷】が発動した。

耳が聞こえなくなるのではないかと思うような大きな音とともに光が視界を覆う。

それと同時に雷による空気の振動が肌で感じられたような気がした。

間違いない。

今度こそ、間違いなく【遠雷】が発動した。

これで目前へと迫っていたバルカの騎兵共は全滅したに違いない。

だが、視界がもとに戻ったわたしの目にはありえないものが映っていた。

いまだに健在のバルカ騎兵が先程までと変わらず本陣目掛けて疾走しているのだ。

「なぜだ！　なぜ奴らは死んでいないのだ!!」

思わず水をかき分けながらそう叫んでしまった。

どう考えても先程の【遠雷】によってバルカ騎兵は攻撃を受けていたはずなのだ。

なぜだ、と叫ぶのも無理はないと思う。

だが、一度叫んだからかほんの少し冷静さを取り戻したわたしは先程までの光景とほんの少しの違いが視界の中にあることに気がついた。

あれは一体何だ？

バルカ騎兵たちが走ったところとは少し違う場所にさっきまではなかったものが出現していたのだ。

それは高い棒だった。

わたしの位置から見えるのは本当に高いだけの、ただの棒。

色は白色をしている。

バルカが走り抜けたあとに残るように棒が建っていたのだ。

だが、その高さは信じられないほど高い。

バルカが造る壁の高さ五つ分くらいあるのではないだろうか？

しかも、その白色の高い棒は今まで気づかなかったが他にもあったようだ。

おそらくはバルカ騎兵が通ったであろう場所にいくつか同じような棒が建っている。

その棒のいくつかは煤けたように黒くなっているものもあるようだった。

「もしかして、あれで【遠雷】を封じたのか？」

ふと、そんなことを思った。

どうやってかは分からないが、間違いなくバルカは当主様の使う【遠雷】による攻撃を防いでいる。

だが、状況を見るに【遠雷】発動前後で変わったことと言えばその棒くらいしかないのだ。

すると、再び本陣で魔力の高まりを感じた。

再び当主様が魔法を放つのだ。

さっきは当主様のいる本陣を見ていたが今度は走るバルカ騎兵のほうを注目する。

すると、バルカ騎兵も本陣での魔力の高まりを感じ取ったのか反応があった。

騎兵の中から何頭かの使役獣が飛び出したのだ。

それはどうやら背中に人が乗っていないようで、人が騎乗する使役獣と違い頭に角が生えている。

もしかして、あれが噂の魔法を放つことができるバルカの角ありの使役獣なのだろうか？

騎兵たちから離れていく白い魔獣。

それがある程度走って離れたところで魔法を発動させた。

そうか。

あれは、あの白い魔獣が魔法によって造ったのか。

そこには先程目にした不思議な白く高い棒ができていたのだ。

と、そこへ当主様の発動した【遠雷】が直撃した。

「やはり、あの棒で防いでいたのか……。当主様の【遠雷】を……。だが……」

ありえん。

天から落ちる雷の位置を誘導することができるなど誰が考えつくのだ。

だが、それ以上にありえないものを見たと感じた。

あれは、あの白く高い棒はアーバレスト家当主様のみが使う【遠雷】を封じるためだけに存在する魔法だということだ。

あんな、無意味に高いだけの棒を建てる魔法など存在していいものではない。

あれはどう考えても対アーバレスト用に作られたとしか思えなかった。

「バルカは……、バルカの魔法はアーバレスト家と戦うために作られたのか。我らの当主様を討ち取るためだけに……」

川の中から見せられたその光景を見て、わたしの足はいつの間にか止まってしまっていた。

フォンターナ家に突如として現れたバルカという存在。

フォンターナを引っ掻き回し、更にウルクにまでも手痛い損害を与えたバルカ。

だが、本当の狙いは我らアーバレストにあったのだ。

アーバレスト家の当主様を討つためだけの、【遠雷】を防ぐ魔法を編み出していたのだ。

わたしがそう気がついたときにはバルカ騎兵が本陣へと突撃していた。

先頭を走る騎兵の持つ剣から立ち上る炎が見えた瞬間、再び【遠雷】を放とうとしていた当主様の魔力が宙へと上った直後に霧散して消えていったのだった。

◆◆◆

「あー、死ぬかと思った」

「お疲れ様です、アルス様。無事にアーバレスト家の当主を討ち取ったようですね」

「ああ、お疲れ、リオン。リオンが言ったとおりに行動していたら本当にアーバレスト家の当主がいる本陣が手薄になっていたからな。あの絶好の機会を逃すわけにはいかなかった。けど、すっごい怖かったよ」

「こちらの城の中からではは っきりと見えませんでしたが、すごい音でしたね。アーバレストの【遠雷】は噂に違わぬ威力を誇っていたと思います。そのアーバレストに我々が勝ったんですよ、アルス様」

「まあ、結果的にはな。けど、もう一回やれって言われても嫌だぞ、俺は。あんな怖いのはもうやりたくない」

東のウルク家と協調してフォンターナ領を挟撃するためにやってきた西のアーバレスト家。

そのアーバレストの軍を迎撃するために俺は防御よりも攻撃をすることに決めた。

が、実際のところは何の具体案もなく、適当にアーバレスト領に入り込んで暴れまわるくらいの考えしか思いついていなかった。

だが、俺が打ち出した方向性を聞いたリオンはより具体的な案をひねり出してくれたのだ。

まず、アーバレスト家の状況を読み取った。

おそらくフォンターナ家の当主であるカルロスを討ち取るために、八千の軍勢の中には当主級もいるだろうと考えたのだ。

そして、数で劣る俺たちフォンターナ陣営が目的を達成するためには、相手の頭を潰すことを狙うべきだと判断した。

だが、当主級がいるとなると普通に考えても、まともにぶつかったら勝つことはできない。

ではどうするか。

アーバレストの当主級がいる本陣を孤立させ、その本陣へと奇襲を仕掛けて一撃のもとに討ち取ってしまう。

これがリオンの書いた筋書きだった。

リオンはその展開へと持ち込むために、難攻不落と称される水上要塞パラメアの攻略を行い、領地の境で相手の注意を引いてわざと攻撃させるための城を造り、俺が指揮する騎兵を事前に城の外で活動させるという布石《ふせき》をばらまいていった。

どれか一つが失敗すれば今回の計画はすべておじゃんになり、俺たちの負けどころかフォンターナ領の敗北へとつながることになる。

が、結果としてはすべてリオンの思い描いたとおりになったようだ。

俺だけではとてもこうはできなかっただろう。

しかし、だ。

リオンの計画には大きな穴が存在していた。

それは肝心の「アーバレスト家の当主級を倒す方法」がなかったのだ。

当主級を孤立させてそこに俺を誘導する。

だから、あとは俺にどうにかして相手を倒してこいという丸投げ作戦だったのだ。

しかも、話に聞けば防御する方法も思いつかないような雷の魔法攻撃が相手には存在する。

ぶっちゃけて言えば、向こうの本陣が俺たち騎兵に気がつかずに無防備に攻撃を受けるような幸運に恵まれなければ勝てないのではないかと誰もが思っていた。

まあ、しかし、最終的にはうまくいった。

前世の記憶からビルの上にあるような高い棒に雷を落としやすくするという、原理もよく知らないあやふやな知識から俺は【アトモスの壁】を避雷針代わりに使うことを思いついたのだ。

高さ五十メートルもあれば雷がそっちに落ちやすいかもしれない。

そんな思いつき程度の考えだった。

そもそも、魔法による攻撃なので相手が狙った場所へ正確に落とせる可能性もある。

が、どうやらアーバレスト家の上位魔法【遠雷】は攻撃力こそあるものの、そこまで精密な攻撃を繰り出せるわけではなかったようだ。

大雑把に狙いをつけているようで、それが走る騎兵団から飛び出して離れていった角ありヴァルキリーが魔法で造り上げた【アトモスの壁】に【遠雷】が直撃したのを見た俺は自分の運がつきていなかったことを喜んだ。

事前に検証することすらできない場当たり的な対応だったが、それがうまくいって本陣への突撃を成功させたのだった。

「ですが、アルス様の騎兵団突撃攻撃の時間調整は見事でしたね。あそこまで完璧に仕掛けられては相手も対応しづらかったことでしょう」

「ビリーに感謝だな。こいつのおかげで城にいるリオンたちと連絡が取れたのがよかったよ」

そう言って、俺の肩に止まっている鳥を見る。

それほど大きくはない鳥だ。

だが、この鳥はそこらにいる普通の鳥ではなかった。

ビリーが研究している使役獣の卵から孵化した正真正銘の使役獣なのだ。

使役獣の卵を生むことのできる【産卵】持ちの使役獣を作るための研究。

この研究はまだ実を結んでいなかった。

いまだに魔獣型すら生み出すことに成功していない。

が、魔獣ではないというだけで走りの速い使役獣などはおり、そいつらはレース場で使うことにしていた。

そんな中で、レースにも使用できない使役獣の中にこいつがいたのだ。

なんの魔法も使えないただの鳥だ。

孵化したあとに成長しても体が大きくはなることはなかった。

だが、普通の鳥とは決定的に違っていた。

それはこいつが使役獣であるというところにあった。

川と川の間に造った新たな城。

ここに籠城するリオンがこの鳥の使役獣を使って俺に手紙を送ってきたのだ。

アーバレスト軍がこの新城にほとんどの兵力を集結させたときに、アーバレスト領を西進していた俺に「戻れ」と書かれた紙がくくりつけられた鳥が俺のもとへとやってきた。

そうして俺が西へと進むのをやめて急遽戻ってきたあとに再びリオンから手紙が届いたのだ。

アーバレスト軍が総攻撃をかけて新城を攻撃し、相手の本陣が手薄になったタイミングで「好機」と書かれた紙が鳥によって俺の手に渡った。

この鳥はどうやら俺の匂いを認識しているようだ。

というか、俺が残した普段使いの服の匂いを嗅がせてから、この匂いをたどって行けとリオンは命じていたようだ。

ぶっちゃけ、伝書鳩よりも便利なのではないだろうかと思ってしまう。

こうして、俺は離れた地点にいるリオンからの合図によって完璧なときに敵本陣へと攻撃を仕掛けることができたのだった。

◇◇◇

「おい、アルス、見ろよこれ。魔法剣だぜ。アーバレストの当主が持ってやがった」

「雷鳴剣だっけか？　魔力を込めると周囲に電撃が放たれるみたいだな。それが使われる前に倒すことができてよかったよ」

「他にもお宝があるんじゃないか？　アルス、残党を追撃してきてもいいいか？」

「いいけど、深追いしすぎるなよ、バイト兄。ついでに周辺警戒もよろしく」

「おう、わかったぜ。ちょっと行ってくる」

「気をつけてな」

本陣へと突撃をかけてアーバレストの当主を討ち取った俺は即座に勝どきを上げさせてから、城攻めを行っている敵軍へと襲いかかった。

本来なら向こうがフォンターナ領を挟撃していたはずで、相手はこんなところで俺たちに挟み撃ちにされるとは思ってもいなかったのだろう。

向こうのほうが数は多かったが当主を討ち取られたという状況と川で移動できないという状況によって相手は完全に後手に回ってしまっていた。

これによりこちらの被害の何倍もの損害が相手には出たようで、散々に相手を打ち破ることに成功した。

だからこそ、こんな風に城にいたリオンと話をしつつ、バイト兄に指示を出す余裕があるのだ。

「ま、何にせよとりあえずこれで一息つけるな」

「何を言っているのですか。まだ終わりではありませんよ、アルス様」

「え、どういうことだよ、リオン。アーバレストの当主を討ったんだから目的は達成しただろ？」

「いいえ、違います。今回の件はウルク家とアーバレスト家に挟撃されることによってフォンターナ領に未曽有の危機が訪れたということにあります。そして、それはまだ解決していません」

「もしかして、ウルク家とも戦おうっていうのか、リオン。俺がカルロス様に命令されたのはアーバレストの侵攻を抑えろってものだったけど……」

「そのとおりですが、もしも今、仮にカルロス様が亡くなったら一番困るのはアルス様ですよ？ウルクとアーバレストの両家に攻めさせる事態を作り上げたのは、そもそもフォンターナ領でアルス様が暴れまわっていたからなんですから」

「……確かに困るな。周りが敵だらけになりそうだ」

「というわけです。アーバレスト家は当主を討たれたうえに多くの兵を失いました。これ以上すぐに何か行動を起こすことはないはずです。東に向かいましょう、アルス様」

「わかったよ、リオン。身から出た錆《さび》ってやつだな。せいぜい罪滅ぼしをするとしますか」

命がけでアーバレスト軍に勝利したと思ったが、これで終わりではないらしい。

こうして、俺は次の戦場へと向けて移動する準備を始めることとなったのだった。

番外編　カイルの恩返し

バルカ村に徴税官がやってきた翌日。名付けを終えたアルス兄さんが父さんや村の人たちと家を出たあと、ボクは家に残り震えていた。

「どうしよう、ボクのせいだ……」

「どうしたの、カイル?」

「どうしよう、お母さん。ボクのせいだ。ボクが悪いんだ。あのとき、ボクが兵士の前に出なかったらこんなことにはならなかったのに」

「……それは違うわよ、カイル。あなたは悪くないわ。お母さんもお父さんも、それにお兄ちゃんたちだって皆わかっているわよ。カイルは何も悪くないのよ」

「でも、ボクがあのとき止めなかったらヴァルキリーは傷つかなかったんだ。そしたら、アルス兄さんも兵に攻撃なんてしなくて、そしたら、こんなことにはなってなかったのに」

ボクは泣きながらそう言った。

あのときのことはずっと覚えている。

バルカ村に徴税官がやってきて、アルス兄さんの土地の税を取り立てに来たときだ。

一人の兵士がヴァルキリーのいる厩舎にやってきた。

そして、ヴァルキリーを連れて行こうとしたんだ。

いきなり知らない人が入ってきて、ちょうどそのとき、その場にいたボクは驚きながらもそれを止めようとした。

そしたら、そのことに怒った兵が剣を抜いたんだ。

目の前で高く掲げられた鈍く光る金属の剣。

それがボクに向かって振り下ろされる瞬間に、無意識に目をつぶってしまった。

剣という強烈な死の気配と、ドンッという切りつけられた音、そして鼻に臭ってくる血の臭い。

それを感じて、ボクは自分が死んじゃったんだと思った。

だけど、ボクは今も生きている。

そばにいたヴァルキリーが守ってくれたんだ。

アルス兄さんが孵化させた使役獣の卵から生まれたその子が、ボクの身を守ってくれた。

血の臭いはボクからじゃなくてヴァルキリーが切られたからだったんだ。

けど、それに気がついたのはあとになってからだった。

目をつぶっていて、自分の体が剣で斬りつけられたと思い込んだボクが気を失ってしまったからだ。

だから、その後のことは目が覚めてから聞いただけだ。

すぐに音を聞きつけてやってきたアルス兄さんがその兵に対して魔法を使ったらしい。

【散弾】という攻撃魔法。

本当なら、貴族や騎士にしか使えないはずの魔法をアルス兄さんは自分で作り出していた。

バルカ村の北に広がる森から出てくる大猪を相手にするために作ったと聞いている。

けど、それを人に向かって初めて使った。

そして、それによってその兵は命を落としたらしい。

あの兵は勝手にヴァルキリーを連れて行こうとした。

けど、どんなことがあってもボクは楯突くべきじゃなかったんだ。

貴族の領主様から派遣された徴税官付きの兵を手にかけて、アルス兄さんの立場が悪くなってしまったからだ。

貴族の兵を攻撃するだけでも重罪なのはボクよりも小さな子どもだって知っている。

だから、本当ならボクが罰せられるはずだった。

なのに、アルス兄さんや他の皆は立ち上がった。

貴族様と戦うと決めて、村の皆に協力を頼んで、貴族軍に戦いを挑みにいくことになった。

それがいかに危険なことかは皆分かっているはずだ。

いや、危険なんてものじゃないと思う。

もしも、貴族軍と戦って負けたらこの村はどうなるか。

多分、連座ってやつになると思う。

連帯責任で皆罰せられる。

だから、アルス兄さんたちにはついていかずにボクに罵声を浴びせながら逃げる人もいた。

「ボクが悪いんだよ、お母さん。ボク、どうしたら……」

「それは違うわよ、カイル。きっと、いずれはこうなる運命だったのよ。あの子たちは皆変わり者だったから。だから、いずれはこうなることはきっと決まっていたのよ」

ボクはこのとき、お母さんの言った意味がほとんど分かっていなかったと思う。

だけど、きっとお母さんや父さん、それに周りの人は薄々気がついていたんだろう。

いずれ、この村が大きなうねりに巻き込まれるように変貌する未来が来るということを。

ボクの兄さんを中心に、激動の時代が来るかもしれないと。

こうして、ボクが七歳の頃、アルス兄さん率いるバルカ軍がフォンターナ軍と衝突し、そして勝利した。

絶対に勝つのは不可能だと思われた戦力差で勝利し、そして、どうやったのかフォンターナの騎士にアルス兄さんが取り立てられた。

このことで、ボクたちの住む村はバルカ騎士領となったのだった。

◇◇◇

「やべえ、思った以上に忙しいぞ」

「当たり前だろ、坊主。いきなり騎士になって村を統治するようになっただけじゃないんだ。商人を呼ぶって自由市を始めたりとか、いろいろ手を広げすぎなんだよ」

「しょうがないだろ、おっさん。このバルカ騎士領は他とは違うんだから。全然お金もないのに、カルロス様からは何回も出兵を命じられるんだぞ。人とは違うことをして差をつけないと、この先生き残れないぞ」

「だからって、人手が足りなさすぎるわ。坊主と俺、あとは数人しか文字は書けない、計算はできないって状況でどうやってこの騎士領をやりくりしていくんだよ」

アルス兄さんがフォンターナ家当主のカルロス様からバルカ村とリンダ村の統治を任されてから、

ここでは毎日こんな感じだった。

主にアルス兄さんと元行商人だったトリオンさんがいつも言い合いながら仕事をしている。

ここだ。

アルス兄さんに恩を返すのはここしかない。

ボクはとっさにそう考えた。

「アルス兄さん、ボクも仕事を手伝うよ」

「え、おいおい、何言ってんだよ、カイル坊。領地の仕事なんてまだ子どものカイル坊にはできないだろ」

「……いや、今は猫の手も借りたい。というか、カイルは普通に仕事ができると思うぞ、おっさん」

「正気か、坊主？　カイル坊はまだ七歳の子どもだぞ？　小間使いとしてでも使う気なのか？」

「チッチッチ。カイルをなめてもらっちゃ困るな、おっさん。こいつはもう字も書けるし、計算もできるんだぞ。そこらの農民の子どもと一緒にしてもらっちゃ困るぜ」

「確かにカイル坊は頭がいいのは知ってはいるが、本当に大丈夫か？」

「ああ。なんていったって、カイルは頭がいいからな。なんでもすぐに覚えるし、きっとこの領地に無くてはならない人材になる。でも、いいか？　ビシバシいくから泣き言を言うなよ、カイル」

「うん、任せて、アルス兄さん」

やった。

まだボクが小さいから駄目だって言われる可能性も考えていた。

だけど、アルス兄さんはボクのことを認めてくれていた。

迷惑をかけたはずのボクに何も言わず、「カイルは悪くない」って言って許してくれたアルス兄さん。

そんな兄さんのためにボクはボクができることをしよう。

でも、ボクはアルス兄さんたちみたいに戦えない。

だから、領地のお仕事を少しでも手伝うことにしたんだ。

◇◇◇

領地の仕事は忙しかった。

トリオンさんが言うにはとても村二つの騎士領の仕事量じゃないって話だった。

けど、それはそうだと思う。

だって、もうバルカ村は普通の村じゃなくなっていたからだ。

バルカ村の北に開拓したアルス兄さんの土地。

地平線が見えるほどの土地を森の木を倒して切り開き、そして、そこに壁を造って囲ってしまっている。

ここがだんだんと街になっていった。

壁の内側に人を住まわせて、農業以外の仕事ができるようにもしていく。

アルス兄さんの話だと、バルカ騎士領はただの農民だけじゃなくて、いろんな仕事をする人がたくさんいる場所にしたいみたいだ。

特に重要視していたのが、お金を稼げるようにする、ということだった。

これはアルス兄さんだけじゃなくて、領地に住む皆がお金を手に入れられるようにしたいってことだ。

今までは物と物を直接交換することが多かったけど、これからはお金を使ってやり取りできるようにしたいらしい。

だから、壁の内側に住む人にできる仕事を与えることになった。

アルス兄さんたちと一緒に戦ったりしてバルカ姓を持つ人はレンガを売ったり、魔力茸を栽培したり、あるいは自分の土地を【土壌改良】という魔法を使って麦を育てたりしていく。

他には、植物から紙を作る方法を開発したりした。

これはこの間の戦で亡くなってしまった人の奥さんたちを中心に紙作りを教えて、生活できるようにしていった。

そうして、領地に住む皆がお金を稼げるようになって少しずつ生活が落ち着いてきた。

そんなときだった。

年が変わる冬の時期に、新年の挨拶にフォンターナの街に行ったアルス兄さんが皆が驚く話を持ち帰ってきたのだった。

フォンターナ家当主のカルロス様と血のつながりのあるリリーナ様との婚姻。

つまり、アルス兄さんが結婚することになった。

あまりのことでびっくりしちゃった。

年が明けて十歳になったばかりのアルス兄さんが結婚するとは夢にも思っていなかったからだ。

早すぎるんじゃないのかな？

村では誰もそんな年齢で結婚している人はいないけど、騎士になるとそんなものなんだろうか？

だけど、その話はそれだけじゃ終わらなかった。

リリーナ様を迎えるにあたって、立派なお城が必要だってことになったんだ。

カルロス様の顔に泥を塗らないためにも今まで見たこともないようなお城を造るってことになったんだけど、それが冬が明けた春頃には必要だそうだ。

いくらなんでも早すぎる。

絶対に無理だと皆思った。

けど、それでもアルス兄さんはやりきった。

バルカニアという新しい街に変わったバルカ村へとだんだんよその土地から集まってきた人を使って、魔法で作られたレンガをグランさんの指示のもとに積み上げて城を造り上げちゃったんだ。

しかも、ステンドグラスとかいう見たこともないガラスを使って、キラキラ光る空間づくりまでしてしまった。

それだけじゃない。

リリーナ様の側仕えだっていうクラリスさんの指摘で、いろんな商人たちから新しいお城に合う調度品まで集めることになったんだ。

これが大変だった。

いろんな商人たちが来て、持ち寄った自慢の品を見せてくる。

それらの品の値段を聞いて、確認して、一覧にまとめる。

しかも、その商人たちを格付けまでしようって話になったから、本当に大変だった。

だって、その資料をまとめて作るのがボクだったからだ。

毎日毎日、寝ても覚めても資料作りの日々が続いた。

フラフラになるまで働いて、働き続けた。

けど、ボクはやりきった。

大きな失敗もなく、バルカ城は完成して、アルス兄さんとリリーナ様の結婚は無事に終わった。

それを見て、ボクは自分のことのように嬉しく思ったのだった。

◇◇◇

アルス兄さんが結婚してから領地運営には変わった点があった。

それは、リリーナ様の実家のグラハム家が領地運営に加わったことだ。

といっても、グラハム家はすでに没落した騎士家らしい。

リリーナ様の弟のリオンさんが頑張って再興させようとしているらしい。

各地に散った元家臣たちをなんとか再集結しつつ、今はバルカ騎士領の仕事を手伝ってくれている。

そして、そのグラハム家の一員であるリリーナ様の側仕えのクラリスさんに勉強を教わることになった。

といってもボクだけじゃなくて、一番の目的はアルス兄さんの勉強らしい。

クラリスさんいわく、フォンターナ家に仕える騎士家としてふさわしい振る舞いと教養を身につける必要があるという話だった。

アルス兄さんは一人でクラリスさんから勉強させられるのが嫌だったのか、ボクにも一緒にやれって命令してきたんだ。

だけど、勉強できるのは嬉しかった。

今まで知らなかったことを知ることができるし、何よりも、もっとアルス兄さんの役に立てるようになるかもしれないからだ。

だから、ボクは領地の仕事をしながらも、勉強も一生懸命頑張った。

教会でパウロ司教から文字や計算を教わっていたけど、貴族や騎士が使う言い回しや礼儀作法なんかも覚えるように言われた。

リリーナ様からは直接きれいな文字の書き方を教わって、褒められたりもした。

それに、いろんな本も読んでいった。

ずっとこんな日が続くのかと、そのとき、ボクは思っていた。

だけど、そうはならなかった。

アルス兄さんたちが戦に出陣していったからだ。

これまでも、何回かカルロス様の招集を受けてアルス兄さんはバルカ軍を率いて出かけたことがあった。

けど、それはどれもフォンターナ領内に限った話だった。

フォンターナ家当主のカルロス様の言うことに従わない騎士を抑えるためと言って出かけていたのだ。

同じ領地内なら、比較的短い時間で帰ってこられる。

だけど、今回の招集はそうはならなさそうだった。

フォンターナ領の東に位置するウルク領。

その地の支配者であるウルク家とアインラッドの丘という場所を巡って戦いになるらしい。

アインラッドの丘は軍を率いていけば一月くらいの距離なので、そこで戦うとなると数ヶ月は戻ってこられないという話だった。

出陣するのが春の終わり頃だから、帰ってくるのは早くても秋頃、遅かったら冬になっているかもしれない。

その話を聞いてボクは大変だと思った。

もちろん、一番大変なのは実際に戦うことになるかもしれないアルス兄さんたちだろう。

けど、バルカ騎士領に残るほうも大変だと思った。

だってそうだろう。

軍を率いていくとなれば、バルカ騎士領をまとめている人たちが皆そっちに取られるんだ。

アルス兄さんだけじゃなくて、トリオンさんやグランさん、父さんもいなくなる。

リオンさんもグラハム家の人を連れて出陣するという話だ。

できたばかりのバルカ騎士領から計算のできる人がほとんどいなくなる。

大丈夫なんだろうか？

「カイル、悪いんだけどバルカ騎士領のことを頼むな」

「え？　どういうこと、アルス兄さん？」

「いや、今回の招集でバルカ軍はほとんど総出になるだろ？　一応領地に残って仕事が回せるようにリオンに頼んでグラハム家の人を何人か残してもらうことにしたんだ。けど、ここはバルカ騎士領だ。グラハム家に全部任せることはできない、だろ？」

「う、うん。そうだね」

「だから、バルカ側も人を残さないといけない。で、父さんの代わりにバルカ騎士領の治安維持にヘクター兄さんに残ってもらうことになった。けど、ヘクター兄さんは字を書いたり計算できない。だから、領地の仕事はそれができるカイルに任せることになる」

「ええっ。ボクがやるの？」

「ほんとに悪いと思ってるんだけどな。なんとか、頼まれてくれないか？　カイルだけが頼りなんだよ」

「……わかった。ボク、なんとか頑張ってみるよ。アルス兄さんのためにもやってみるよ」

「おお、そうか。恩に着るぞ、カイル。いやー、頼りになる弟がいて助かったぜ」

アルス兄さんがボクを頼ってくれている。

だったら、ボクはその期待に応えないといけない。

だって、こうなったのも元を辿ればボクに原因があるんだから。

こうして、アルス兄さんたちがいなくなった後のバルカ騎士領を守っていくためにボクは領地の仕事を一手に引き受けることになったのだった。

◇◇◇

「これ、ここが書き間違えているよ。あと、こっちの計算が合ってないかな。修正をお願いね」

「はい、かしこまりました、カイル様」

「……あの、カイル様っていう呼び方はなんとなくムズムズするんだけど」

「駄目ですよ、カイル様。我々はリオン様に仕えるグラハム家の一員ですが、今はバルカ家で仕事をしているのです。そして、現在、バルカ家の領地運営を任されているのはカイル様なのです。呼び方にも分別を付ける必要があります」

「……うう、そうなんだ。それなら、いいんだけど、もし何か気になる点があれば遠慮なく言ってね」

「わかりました。しかし、それはそうとすごいですね、カイル様は。その年齢で文章を読む力もすごいですが、何よりも計算がすごいです。正直、我々よりも圧倒的に早いのではないでしょうか」

「え、そうかな？　普通に計算しているだけだけど……」

「いえ、見たところ普通ではないように思いますよ。正確に間違いなく、しかもそれほど早く計算するのはすごいと思いますが」

「そうなのかな？」

よく分かんないや。

グラハム家の人たちが褒めてくれたけれど、そんなに特別なことは何もしていないと思う。

頭に魔力を集中させてから計算したりすれば誰でもこれくらいの速度で間違いのない計算くらいできると思う。

けど、グラハム家の人を見ているとあんまり皆魔力を使っていないのかなと思った。

リリーナ様は本を読んでいるときに魔力を頭に集中させていたけど、他の人がそれをしているのは見たことがないように思う。

疑問に思ったから、なぜやらないのかを聞いてみたけど、そんなことを意識したこともないと言われた。

他の人ってやらないんだろうか？

というか、魔力を自在に動かすことも普段からしていないからできないみたいで、頭に集中させることすらできていなかった。

そういえば、これってボクが最初にやりだしたのはアルス兄さんに聞いたからだったかな？

アルス兄さんは小さいときから魔力を使って畑を耕していたらしい。

で、魔力の使い方を家族に教えた。

普段、夕食なんかを皆で食べているときに、世間話のようにして魔力の使い方や魔法のことを話していたみたいだ。

そしたら、バイト兄さんがそのやり方で肉体を強化したらしい
その結果、バイト兄さんはバルカ村では誰一人かなわないくらい強くなった。

唯一バイト兄さんに勝てるのはアルス兄さんだけだったようで、バルカの動乱が起きたときにはバイト兄さんとアルス兄さんの二人で村を制圧できるくらいには強かったって話だ。

だからこそ、アルス兄さんが戦いを決断したときに村の人はついてきたんだろう。

けど、バイト兄さんが魔力を使って強くなって、そして村で毎日ケンカを繰り返すようになったのを見てアルス兄さんは反省したらしい。

うかつに魔力の使い方を教えたら、ボクまでケンカをするようになるんじゃないかって思ったみたいだ。

だから、ボクがアルス兄さんに魔力の使い方を聞いたとき、使い方を限定するように言われた。

肉体を強化してケンカをすることがないように、頭に魔力を集中させて勉強してほしいって言われたんだ。

そのときから、ボクは自分の魔力を頭に集めるようにしている。

もしかしたら、そのことで計算とかも速くできるようになっているのかな？

でも、これってボクだけができるよりも皆ができたほうがいいんじゃないかな？

だって、皆で仕事をしたほうが早く終わるだろうし。

そう思ったけど、魔力の使い方を教えてもすぐにできるようにはならないみたいだ。

そうだ。

それなら、逆に皆ができるようにボクがなんとかすればいいんじゃないかな。

アルス兄さんみたいに、魔法が作れないかな？

計算や文章を読むのが速くできるようになる魔法をボクが作れば、それを皆に広げられるかもしれない。

魔法、あるいは呪文と呼ばれるものの作り方はアルス兄さんに教わっている。

呪文の作り方は簡単だ。

魔力を使って魔法を発動するときに、毎回同じ言葉をつぶやいていたらできるようになるって言っていた。

だから、ボクも魔法を作ってみよう。

そうだな。

領地の仕事を皆ができるように、文章を速く読む【速読】と、計算がすぐに自動で間違いなくできるように【自動演算】っていうのがあれば便利になるかな。

頭に魔力を集中する。

そして、紙に書かれた文章を読む。

そのときに、頭のどこに魔力を一番集めると最も速く文章が理解できるかを確かめることにした。

その結果分かった場所に再度魔力を集めて文章を読み、その際には【速読】とつぶやくようにする。

それと同じように、計算をするときにも頭のどこに魔力を集中するのがいいかを確かめてから【自動演算】というようにした。

これを始めてから、最初は一緒に仕事をしている皆に心配されてしまった。

それまで普通に仕事をしていたのに、いきなりボクが仕事中に同じ言葉をつぶやくようになったからだ。

仕事のしすぎで疲れているんじゃないか、もっと休んだほうがいいのではないか、なんて言われてしまった。

だけど、これは魔法を作るためだと説明して周囲を説得して呪文づくりを続けた。

もっと緻密に魔力を操って、より精度が高く、かつ速度が上がるように【速読】や【自動演算】をしていく。

そうして、それを一月、二月と続けてようやく呪文が完成した。

やっぱりアルス兄さんはすごいな。

呪文を作るのってこんなに時間がかかるんだ。

アルス兄さんに聞いて、このやり方で魔法が作れるって知っていたからこそボクはできたんだと思う。

何も知らない状態で手探りでこの呪文の作り方を考えつくとは思えなかった。

アルス兄さんって確か洗礼式を受ける前の五歳くらいで魔法を作っていたんだよね？

ボクは八歳でやっと魔法が作れるようになった。

アルス兄さんに比べると遅いなと思ってしまう。

けど、これで少しはアルス兄さんに近づけたかな？

そう思うと、次にアルス兄さんが帰ってきた時が楽しみになったのだった。

◇◇◇

やった。

アルス兄さんが驚いてくれている。

戦から無事に帰ってきたアルス兄さんが領地の仕事に取り掛かったときに、ボクの魔法を見て感心してくれた。

自分ではできないすごい魔法だって褒めてくれた。

嬉しいな。

これでアルス兄さんの力になれるかな？

でも、アルス兄さんはもっとすごかった。

今回の戦でも大活躍したらしい。

カルロス様の招集を受けてフォンターナの街に行き、そこから先行してアインラッドの丘に向かった。

その先でいきなりウルク家の騎兵隊と戦った。

しかも、そのとき、最初はアルス兄さんが一人で戦ったらしい。

魔法が使えるヴァルキリーが一緒だったとはいえ、たった一人で千騎の騎兵隊と戦って完勝したという。

さらに、それだけでは終わらなかった。

アインラッドの丘争奪戦では丘そのものを取り囲むように壁を造って包囲してしまったらしい。

そして、その後、アインラッドの丘の守備を任されたのに遠くまで出陣してウルク家の援軍を撃破して撤退させたという。

それでもまだ終わりではない。

なんと、その次はアインラッドの丘を守備しながら新しい魔法まで作ってしまったみたいだ。

【アトモスの壁】というその魔法は薄いが高い壁を造る魔法だった。

硬化レンガという金属のように固いレンガで造り上げる壁の魔法。

その【アトモスの壁】は首を折り曲げて見上げてようやく上が見えるくらいの高さだった。

なんと五十メートルも高さがあるらしい。

その【アトモスの壁】を何回も唱えて造った壁は絶対に人では乗り越えられないのではないかと思う。

ボクがバルカ騎士領で領地の仕事をしている間にそんな活躍をしていたこともあって、アルス兄さんはさらに評価を高めたみたいだ。

ついこの間、二つの村を領地として認められたばかりなのに、今回の戦の報酬として新たに村を三つ加増された。

これで、更にバルカ騎士領は広くなった。

アルス兄さんの【土壌改良】があれば食料も増やせるだろうし、これでだいぶ領地運営も安定するんじゃないかな。

ボクがアルス兄さんや皆の無事と活躍にホッとしていると、アルス兄さんはとんでもない提案をしてきた。

なんと、アルス兄さんに対してボクに名付けをして欲しいということらしい。

無理に決まっているじゃない。

アルス兄さんはすでにカルロス様に名付けされているんだし、なによりボクがアルス兄さんに名付けるなんてありえないよ。

そう思って断ると、今度はボクに対して他の人に名付けをしないかって言ってくれた。

よかった。

それができればいいと思っていたけど、アルス兄さんから言ってくれて助かったよ。

だけど、アルス兄さんはボクにバルカ姓はつけないつもりらしい。

攻撃魔法がないほうが便利でいいってことみたいだ。

けど、なんだかボクだけがバルカの姓を持っていないのも残念だな。

ううん、気にしちゃ駄目だ。

ボクが他の人に名付けをすれば、それだけ領地の仕事がはかどることになるんだ。

これもアルス兄さんの助けになるはず。

だから、ボクはアルス兄さんの提案を受けてリード姓を名乗ることになった。

アルス兄さんがカルロス様に手紙を送って許可ももらい、教会でパウロ司教にお願いして他の人にリード姓を授けていく。

だけど、このときに教会に喜捨するお金もアルス兄さん持ちだ。

いつまでもボクはアルス兄さんに借りを作ってばかりだな。

いつか、本当にこれまで助けてもらった恩を返すことができるように頑張らないといけない。

そう心に誓って、ボクは新たな名とともに歩み始めた。

カイル・リードとしてのボクの人生が幕を開けたのだった。

番外編　ミームと医学の理解者

いくつもの土地を渡り歩いてきた。

どこも未知の発見があって面白い。

各地にあるそこでしか手に入らない薬草や見たこともない疾患の患者、そして、それに対する治療法。

いろんな場所で知見を得て、それをもとに我が医学は日々進歩し続けていく。

だが、このままでいいのかとも思う日もあった。

かつて私は故郷を追われるようにして出奔し、今に至る。

自身の患者が亡くなったとき、その病気の原因をなんとしても突き止めるために患者の体に刃物を入れたのだ。

それは間違った行為だったとは今でも思っていない。

むしろ、医学の発展のためには絶対に必要だったと間違いなく言える。

だというのに、それは誰にも理解されなかった。

行く先々で、人殺しの医者だと言われ新たな行き場を探すことになった。

どれほど、他の者よりも優れた医療を提供しても、その噂が広がるともう駄目だった。

私の治療を喜んでくれている人すら周りの者から白い眼で見られて、そのうち治療に訪れなくなる。

そんなことを何度も繰り返しながら、いつまでこの負の連鎖は続くのだろうと思ってしまったのだ。

おそらく、私も疲れていたのだろう。

医学の発展のために努力を惜しむつもりはない。

だが、果たして自分がしてきたことを後世に残せるのだろうかと疑問を持ってしまったのだ。

私が今まで研究し、各地で集めた情報をまとめた書物なども、我が身が滅んだ後は忌まわしきものだとして焼かれてしまいはしないか？

そう考えると、無性に不安になった。

自分の今までしてきたことがすべて無になるかもしれない。

であれば、私の今までの人生とは何だったのか。

そう思わずにはいられなかったのだ。

そんな心の中の葛藤と闘っている時、私はとある騎士領の話を聞いた。

なんでも最近できた新進気鋭の騎士家が面白いことをしているらしい。

人材を集めているらしい。

新しくできたばかりの騎士家はときにこのようなことがある。

領地運営などで必要な者を集められず、かといってそのような人材を集めるために伝手がないとき、なんとか急場を乗り切ろうと人を広く集めようとするのだ。

だが、その騎士家は少し様子が違った。

話を聞いたところによると、一芸に秀でた者を集めているらしい。

どんな分野でもよいが、人よりも優れた何かを持つと自負している者は名乗りを上げろと言っているのだ。

しかも、その報酬がその騎士家で雇い入れるというのではなく魔法を授けるというとんでもないものだった。

どうやら攻撃魔法を授けるというわけではないようだ。

だが、それでも通常ではありえない話だ。

どんな変わった芸であっても直接会って評価し、魔法を授けるというのだから、変わっているを通り越しておかしいと言わざるを得ないだろう。

が、私の興味を一番ひいたのは魔法のことではなかった。

それは書物の扱いについてだった。

先程の募集には条件があった。

我こそはと思う者はその騎士領に本を持って来いというのだ。

そして、審査を受ける際には本を提出し、その本を写す許可とそれによってできた写本を図書館に納めることを認めることが受験の条件だった。

図書館、という言葉に私は胸をときめかせてしまった。

私もそれなりにあちこちを歩いてきたが、本の重要性をしっかりと理解している者は少ないと何度も感じてきたからだ。

本というのはすべからく貴重であり重要だ。

その価値は宝石にも匹敵する。

いや、それ以上であると言えるだろう。

もしも、自分が貴族だったら金が尽きるほど本を買い集めてそれを収蔵してしまうに違いない。

たとえ、散財し、没落してしまっても惜しくはないと思うほどだ。

だというのに、多くの貴族や騎士は本を集めていない。

よく読まれている長年人気の本は持っていても、あらゆる分野の本を集めるところというのはほとんどないのだ。

だというのにだ。

その新興騎士家には図書館があるという。

本を集め、収蔵し、そして、希望する者にその収蔵した本を読むことすら可能な施設があるというのだ。

しかも、さらにその図書館を充実させるために本来は戦で功績をあげた者にしか授けない魔法までもを利用して、さらに本を増やそうとしている。

いったい、その新たな騎士とはどんな人物なのだろうか？

気になる。

ぜひとも会ってみたい。

私が今まで自分から会いたいと思った人物はこれが初めてだった。

そして、もし、その人物が自分の期待に沿う相手でなくてもいいとも思った。

なぜなら、私は自分の本を持っていくつもりだったからだ。

私の本をその図書館に収蔵させる。

そうすれば、少なくとも私がいなくなった後も、我が医学書が後世に残り続けるはずだ。

こうして、私は北を目指した。

新しくできたバルカ騎士領に向かって移動を開始したのだった。

◇◇◇

「我が名はミーム。医師として各地を旅してきた者です」

「へえ、医者か。でも、なんで医者が旅をしているんだ、ミームさん？」

バルカ騎士領についた私は早速その面接を受けた。

今、私の目の前にいるのはアルス・フォン・バルカ様。

どう見ても小さな子どもにしか見えないが、これまで何度も戦場に出て多くの手柄を立てたらしい。

……本当なのだろうか？

こんな子どもがウルクの騎竜隊をたった一人で全滅させたという噂もあるが、ちょっと信じられない。

だが、尋常な人物ではないことはここに来るまでに分かっていたはずだ。

なんといっても、この少年は武力だけではなく、こうして領地の発展のために学問を求める知性があるのだから。

とはいえ、私は人に取り入るなどできない性分だ。

例の件のことを最初に話して、相手が受け入れられないというのであれば早々に去ることにしよう。

「私はもともとフォンターナ領の出身ではなく、ここよりも南の生まれです。そこで、生を享け、医師として生活を営んでいました。ですが、あるときその地の領主様の怒りを買い、その地には住めなくなったのです」

「おお、いきなり穏やかじゃないな。いったい、何をしたんだ？」

「あるとき、私が普段から診ていた患者が亡くなりました。急死でした。周りの者は皆、それは天命だったと主張した。だが、あれは明らかにその患者の腹部にあるしこりが原因だった。だから、私は調べたのだ」

「お、おう。それで？」

い、いかん。

つい昔の話を始めたらいつもの癖で捲《まく》し立てるように話してしまう。

このままでは、少年が引いてしまう。

だが、駄目だ。

この話はやはりまだ私の中では消化しきれていないのだ。

一度口にするともはや止められん。

「患者の体を隅々まで調べた結果、やはりその患者の死はそのしこりが原因だった。故に、私は言ったのだ。次からは同じような症状の患者が死ぬ前に腹部を切り、しこりを取り除けば命が助かる、と。だが、それは理解されなかったのだ。私が死者の体を切り刻んだと言って、私は誹謗中傷を受けた」

「あ、ああ、そうなんだ」

「だが、私は何も間違っていない。人の死には何らかの原因があるものだ。決して天命ですべての者の死の時期が決まっているわけではない。原因をつまびらかにし、それを取り除けば死は回避できる。だというのに、私は死者の体を調べたという一点だけを取り沙汰されて、その地を追放されたのだ」

「ま、まあ、解剖学は医学の基本だよな、うん」

「おお。わかってくれるのですか。その通りだ。医学の発展には何よりも人体の仕組みとそれに連なる病気の原因を明らかにしなければならない。故に、解剖することから逃げてはならない。その重要性が理解できる者にこうして会えるとは何という天啓。これはもう同志とお呼びしてもよいのではないですかな、騎士バルカ様」

「う、うん。わかったから、ちょっと落ち着いて、な、ミーム」

「おお、ありがたい。私はここに来てよき理解者を得られたよ、我が同志。同志が本を集めていると聞いて、並の人物ではないと睨《にら》んでいたが、まさかこうして医学にまで理解があるとは。このような幸運が我が人生に訪れるとは。今日はなんという日だ。神よ、感謝します」

「落ち着けって、ミーム。採用、お前は採用だ。お前はあとでカイルからリード姓を授けてもらえ。そのあとは、希望すればこのバルカニアで研究所なり治療院なりを用意してやるから。お前が一芸を持っているのはもうわかった。十分に理解したよ」

「おお、さすがは我が同志。そのような手厚い援助まで用意してくれるのか。これはありがたい。ぜひとも、この地で私を働かせてくれたまえ」

「おう、よろしく頼むよ。なんだっけ？　同志ミーム、だったか。よろしくな」

何という僥倖《ぎょうこう》。

このようなことがあってもいいのだろうか。

まさかこのように医学に造詣《ぞうけい》の深い人物がいるとは。

とても農民出身だとは思えない。

だが、この少年は信用できる。

私の直感がそれを告げていた。

この少年の目には一切の怯えも忌避感もなかった。

死者の体に刃を入れて切ったという話をして、この場にいた他の者はすべて私をおかしなものか、あるいは汚いもの、穢《けが》れたものを見るような目をして見てきたのだ。

それは別におかしな話ではないのだろう。

常識を持った人物であればあるほど、私の昔話を聞けば顔をしかめてしまう。

しかし、同志だけは違った。

ただ単純に急に話に興奮し、口数が多く、敬語すら忘れてしまった私に対して「困った奴だ」というような目で見るだけだった。

死者の体を切ったことに対して、なんら侮蔑の目を向けなかったのだ。

これは間違いない。

彼は明らかに人体の解剖の重要性を理解している。

医学の発展のためにはどうしても避けては通れない事柄だとわかっているのだ。

おそらく、他にはこのような騎士や貴族という権力者はいないだろう。

もしかすれば、もっと探せば私を食客として雇い入れる者もいるかもしれない。

だが、それでも、私個人のことは穢れた存在だと認識しつつ、医者としての知識のみを求めて懐に入れるはずだ。

同志のように医学の重要性を理解した上で、活躍の場を用意してくる者は他にいまい。

私は僅かな会話だけで、同志がいかに希少な存在かというのを認識した。

だからこそ、ここで同志の用意した研究所に入り、さらなる医学の発展に寄与することにした。

こうして、私こと、ミーム・リードはバルカニアで人体解剖図の本作りの仕事を同志に任されるという大役を担うことになった。

私はここで残りの生涯を使い切ろう。

人体の不思議について解き明かすためにこのバルカニアで同志とともに研鑽《けんさん》を積んでいくことに決めたのだった。

あとがき

皆様、はじめまして、そしてお久しぶりです。

カンチェラーラです。

この度は拙作の第三巻がこうして日の目を見ることになりました。

ここまで続けることができたのはひとえに本書を手にとって頂いた皆様のおかげです。

本当にありがとうございます。

第一巻では異世界の農家に転生した主人公のアルス君が気ままにいろんなことにチャレンジする物語でした。

ですが、とある事件をきっかけにアルスの人生は大きな流れに乗って、本人の意図とは別に動き始めます。

そうして、今回は新たに二つの大勢力との戦いに突入することになりました。

果たして、主人公はこの先に待ち受ける困難に打ち勝つことができるのか。

そんなお話を少しでも読者の皆様に楽しんでいただければと思います。

また、第二巻の発行から第三巻の発売までに現実世界でも世界的な出来事が発生しました。

ＣＯＶＩＤ－一九という新型ウイルスの発生により、人の命と世界経済に深刻な影響が出ています。

この情勢の中で果たして本書は続きを発行できるのか、と作者はひとり悶々としておりましたが、出版社様や編集担当様のご尽力のおかげで第四巻の発売が決定いたしました。

大変ありがたく、感謝のしようもございません。

第四巻はさらにアルスに困難が待ち受けています。

本作で最もピンチになる戦いが目の前に迫っており、それをいかにして切り抜けるのか。

そのあたりも楽しみにしていただければと思います。

あらためて、こうして第三巻を出版にまで導いてくださった編集部の扶川様を始めとして、関係者の多くの方に感謝しております。

イラストレーターのＲｉｖ様の絵は当然のように素晴らしいもので、表紙に出てくる巨人タナトスの姿はかっこよすぎて一目惚れしてしまいました。

そのほか、ＷＥＢ版で誤字脱字の指摘などを行って頂いた読者の方々もありがとうございます。

皆様のおかげでこうして素晴らしい作品として本書が世に出る事になりました。

この本を手にとって頂けた皆様には心より感謝を。

それではまた、第四巻でもお会いできることを祈りつつ失礼致します。

バルガス・バルカ

11

性別： 男	年齢： 二十三歳
プロフィール	リンダ村の英雄。バルカの動乱前にアルスに敗北し、投降。現バルカ軍の主戦力となる。戦場での経験から防御力が高い。
魔法	【照明】【飲水】【着火】【洗浄】【土壌改良】【魔力注入】【記憶保存】【整地】【レンガ生成】【硬化レンガ生成】【身体強化】【瞑想】【散弾】【壁建築】【道路敷設】【蹄鉄作成】【ガラス生成】【アトモスの壁】

12

キーマ・ウルク

性別： 男	年齢： 二十一歳
プロフィール	ウルク家当主の直系の子供。千騎近い規模の騎竜部隊の隊長だったが、アインラッドの丘争奪戦で、アルスに壊滅させられた。
魔法	【照明】【飲水】【着火】【洗浄】【狐化】【朧火】

アルスの装備
Equipments

革鎧 ［かわよろい］

大猪の毛皮を使用して、グランが作った鎧。毛皮をなめす際に魔力回復薬が使われており、防御力が高い。

九尾剣 ［きゅうびけん］

ウルク家に代々伝わる魔法剣。剣身から剣の形をした炎が出現する。アインラッドの丘争奪戦で勝利した際の戦利品として、フォンターナ家当主のカルロスからアルスに下賜［かし］された。

*記載事項は三巻時点のキャラクター情報になります。

コミカライズ第三話　後編

漫画

槙島 ギン

原作

カンチェラーラ

キャラクター原案

Riv

I was reincarnated as a poor farmer in a different world,
so I decided to make bricks to build a castle.

フォォ
これでたくさん動いても疲労を軽減できるぞ
キュッ
ギュギュッ
「身体強化」
オォ
スゥゥー…
よしっ あとは根だ
トンッ
フワフワ〜

これで根は幹の重さを支えられないはず
グラァ…
カサササッ
ピィーン
バキバキバキッ
ボコォ
ズズズズ…
ゴゴ
ウッ
おお…っ
よしっうまくいった!!
この調子で他の邪魔な木も倒していくぞ!
──こうして

隠れ家建築予定地から邪魔な木を根こそぎ引き抜いた
トンッ
そして10メートル四方を平らにする「整地」の魔法
「整地」
フォンッ
それを何度か使ってあっという間に広々とした土地を確保したのだ!!
ザァァァァ
我ながらなんて便利な魔法なんだ!!

ぽっかり。
うう～ん
一発で建物ができる魔法がほしいけど
以前気絶してるし下手なことはできないよな
村の外の森で気絶したらさすがにヤバイ
さてと物置みたいにレンガを大量に作って積み上げるのも大変だしな
そうか…家を建てる必要はない……のか？
俺の仮説では魔法に使う魔力量は作るものの面積・体積に関係している
建築物を一度の魔法で作ると内部空間分も魔力を消費するのだ
非常にもったいない！かつ危険!!
10
10
10×10＝100
10
10
10
10×10×10＝1000
ならば話は簡単だ！

壁ごとに
作っていけば
いい!!
フォオオ
スゥウー…
フゥー…
オ…ぉ…
今まで作った
レンガを
ベースにしよう
たぷん
レンガを固定する
モルタルを間に
ぬりこめて
規則正しく
組み上げて
それが

ひとつの壁になるイメージ

ドォォ〜〜ン…
……
やっぱり
THEハコ®
いわゆる豆腐建築
天井とドアは手作業だな…
こうして
短時間のうちに
森の中に隠れ家を
作ることに成功した
チチチ

ぽっ
ボォォォ
でかくなってきたなー
魔力の青も濃紺になってるしそろそろかな？
ボォォォ
大きさも元の2倍になってるし！
さあっもうすぐ出発するわよ
きゅっ
ぱっ
うんっ今行くっ
俺は今年で6才になる

6才になると
村で唯一の教会で
洗礼式が行われる
チチチミッ
今日が
その日なのだ
ザワ…
ザワ
ザワ
ザワ
そわっ
チラッ
キョロッ
そそわっ
10人も
いない感じ
だな
小さな村
だしな
前世なら洗礼式
なんてピンとこないし
嬉しくなかったかも
しれないけど
洗礼式の中で
行われる
「命名の儀」
スッ
それでは
ただいまより
「洗礼式」を
始めます

そこでやっと生活魔法が手に入るのだ
そわドキッ
そわドキッ
ゆっさっ
ゆっさっ
ゆっさっ
じっとして〜!
飲水
照明
洗浄
着火
かつて人間はモンスターに怯え隠れるようにして生活していました
しかし多くの人が生活魔法を使えるようになり
人間の行動範囲は格段に広がったのです

ひとりではモンスターに勝てない人間は集落の規模を拡大し 生存領域を広げて今の繁栄を手に入れました
それでは「命名の儀」を執り行います
ムッフーー
キュ～ッ
人類躍進の原動力
それが「魔法」!!
住民は洗礼式で生活魔法を手に入れる
ひとりずつ案内するのでお待ちください

教会は信者を獲得し
領主は住民名簿を得る
領主
GET!
住民名簿
教会
GET!
生活魔法
信者
GET!
住民
全員が利益を得る社会システムができあがってる
この命名によりあなたは主の加護を受け魔法が使用可能になるでしょう
しかしこの魔法はあくまでも人々の生活を豊かにするために授けられるものです

みだりに悪用しないと誓うことができますか？
はいっ誓います
ゴトン
よろしい
補強と装飾がすごい…
羊皮紙かな？
おぉーーっ
命名の儀に使うってことは「名前辞典」とか？
スイーッ
トン…

アッシラとマリーの3番目の子よ
汝《なんじ》を聖光教会司祭であるパウロが命名する
汝はこれより「アルス」として
主とともに清廉を是として励み 生きよ

さすれば主は汝に加護を与え見守ってくれるでしょう
これって…
フォンッ
魔法発動の準備じゃないのか？
やっぱり!!
ボォォォォ
手のひらに魔力が集中してる!!
フワァァァ

!!
ブォン
ズ
キュイイイ
これは…魔法陣!?
文字が…

「記憶保存」
キィィン
脳に魔力を集中させたらどうなるか
その疑問からできた「記憶保存」の魔法が役に立つとは…
……っ
う……っ
魔法陣とは別の新たな情報がインプットされたのがわかる

こうして俺は生活魔法を手に入れた
「照明」
パァァァ
う～ん…
覚えたての子どもも長年使っている大人も大きさや効果時間は同じ
やっぱり生活魔法というのは画一的みたいだなぁ
魔力を練り上げて効果を高めようとしても変化は見られなかった
「着火」を極めて火力をアレンジするなんてことはできないってことだ
残念!!

生活魔法を手に入れたら土以外の魔法も使えるんじゃないかと期待していたんだけど…
は～…
仕方がないっ
生活魔法を改良するのは一旦忘れよう
もうひとつの収穫
パウロ神父の魔法陣!!
この世界の魔法の深淵をのぞき見れるかもしれない!!

どよ～～ん…
…っ
ダメだ…
何日も考えたけどっ
全くわからん
寝不足。
そもそもわからんっ文字が
古い文字か今も使われてる文字なのかすらわからん～～
だって今まで食料のことか魔法の研究のことしか考えてこなかったんだもんっっ
ぶぅ～ん
まともに書けるのなんて自分の名前くらいだし
ピキーン
パキッ
ん？
おお!!
パリーッ
パリン

ついに生まれるのか!!
パリッ
ドキ
ドキッ
どんな使役獣が生まれるのかな
ピキッ
パキッ
パリッ
むっ
ドキドキッ
パリッ
ドッキドキー
むむっ
パリッ
パリッ
ピキキッ
うごうご
うごうご…
うごご
うご〜…
パリリッ
……
——長いな
割るのを手伝ったらダメかな
ソワソワッ
心配っ

パキ
カララン…
プルルルッ
クゥ〜〜
ちょこ————ん。

包囲殲《せん》滅《めつ》戦を迎え撃つ
奇想天外な
秘策とは——
バルカ・グラハム軍
VS.
ウルク軍激突！
INFORMATION
2020年
発売決定！
異世界の貧乏農家に転生したので、
レンガを作って城を建てることにしました
4
カンチェラーラ——著
RiV——イラスト
……これは
本格的にやばい

異世界の貧乏農家に転生したので、レンガを作って城を建てることにしました3

2020年9月1日　第1刷発行

著　者　カンチェラーラ

発行者　本田武市

発行所　TOブックス
〒150-0045
東京都渋谷区神泉町18-8　松濤ハイツ2F
TEL 03-6452-5766（編集）
0120-933-772（営業フリーダイヤル）
FAX 050-3156-0508
ホームページ　http://www.tobooks.jp
メール　info@tobooks.jp

印刷・製本　中央精版印刷株式会社

ISBN978-4-86699-025-5